Chester
Himes

Der Traum
vom großen Geld

Zu diesem Buch

Sugar Stonewall hockt auf der Feuerleiter und wartet, was sich in Albertas Schlafzimmer alles abspielen wird. Die Spielregeln zwischen Verliebten mögen zwar in Harlem anders sein als in Manhattan, aber auch ein schwarzer Liebhaber ist verbittert, wenn er ohne Angabe von Gründen von seinem Mädchen ausgesperrt wird …

Zu Sugars Erstaunen stellt sich heraus, daß sie ihn nicht betrügt. Welches Motiv gibt es dann für ihr Verhalten? Geld? Ja, das muß es sein: Alberta, durch verbotenes Lotteriespiel vielleicht zu Geld gekommen, will nicht teilen! Alberta kann beteuern, sooft sie will, daß sie vom großen Geld nur geträumt hat – keiner glaubt ihr.

Bald sind acht Menschen in die Jagd nach dem großen Geld verwickelt. Aber sie kommen sich gegenseitig ins Gehege, und dann sind es nur noch sieben. Dann sechs. Dann fünf … Coffin Ed Johnson und Grave Digger Jones haben alle Hände voll zu tun, um Harlem aus diesem Traum zu reißen.

Der Autor

Chester Himes wurde 1909 in Jefferson City, Missouri, in eine gutbürgerliche Familie hineingeboren. Aus dem College wurde er hinausgeworfen, und schließlich kam er wegen eines Juwelendiebstahls ins Gefängnis. Hier sammelte er den Stoff für seine späteren Romane. Nach seiner Entlassung ging er 1953 nach Europa. Seine Harlem-Krimis wurden zu Klassikern des Genres. Chester Himes starb 1984 in Spanien.

Im Unionsverlag ist außerdem lieferbar: »Lauf Mann, lauf!«. Weitere Titel sind in Vorbereitung.

Manfred Görgens, *der Übersetzer*, wurde 1954 geboren, reiste ausgiebig in Asien und studierte Kunst in Düsseldorf. Anschließend spezialisierte er sich auf Fotografie und schrieb mehrere Reiseführer. Seit einigen Jahren arbeitet er als freiberuflicher Lektor und Journalist.

Chester
Himes

Der Traum vom großen Geld

Deutsch von
Manfred Görgens

Unionsverlag
Zürich

Die französische Originalausgabe erschien 1959
unter dem Titel *Tout pour plaire* bei Gallimard.
Die englische Ausgabe erschien 1960
unter dem Titel *The Big Gold Dream*.

Auf Internet
Aktuelle Informationen
Dokumente über Autorinnen und Autoren
Materialien zu Büchern
Besuchen Sie uns:
http://www.unionsverlag.ch

Unionsverlag Taschenbuch 110

Rieterstrasse 18, CH-8059 Zürich
Telefon 0041-1 281 14 00, Fax 0041-1 281 14 40

Umschlaggestaltung: Heinz Unternährer, Zürich
Umschlagfoto: Heinz Wohner und Gerhard P. Müller
Druck und Bindung: Clausen & Bosse, Leck
ISBN 3-293-200110-5

Die äußersten Zahlen geben die aktuelle Auflage
und deren Erscheinungsjahr an:

1 2 3 4 5 - 01 00 99 98

1

»Der Glaube ist ein Fels! Ein Traum aus purem Gold!«

Die Stimme von Sweet Prophet Brown dröhnte aus den Megaphonen, die auf einem Lastwagen montiert waren, und hallte von den schäbigen Ziegelfassaden der Wohnhäuser in der 117th Street wider.

»Amen!« sprach Alberta Wright voller Inbrunst.

Ihr frommer Blick aus großen braunen Kuhaugen wanderte über das leuchtendweiße Meer kniender Gemeindeanhänger zu dem entrückten schwarzen Antlitz von Sweet Prophet. Es war ihr, als richte er seine Worte an sie höchstpersönlich, obwohl sie nur eine von sechshundert weißgekleideten Gläubigen war, die in der Mittagshitze auf dem glühendheißen Asphalt knieten.

»Dieser Traum ist die Grundfeste einer jeden Kirche in unserer Welt«, fuhr Sweet Prophet poetisch fort.

Ein leidenschaftliches Stöhnen ging wie ein eisiger Luftzug über die knienden Gestalten. Ob Zuschauer oder Gläubige, alle waren gleichermaßen ergriffen, als stünden sie unter einem Bann.

Menschen schwarzer, brauner und gelber Hautfarbe füllten die Gehsteige von der Seventh bis zur Lenox Avenue. Sie quetschten sich zwischen Fensterflügeln, drängten sich in miefigen Hauseingängen, klammerten sich an Laternenpfähle und standen auf Müllkübeln – nur um den Auftritt dieses legendären Mannes zu erleben.

Schwitzende Polizisten zu Fuß, denen das Hemd am Leib klebte, und Berittene auf schäumenden Pferden riegelten den Thron von Sweet Prophet gegen die Menschenmenge ab. Die Straße war an beiden Enden von der Polizei abgesperrt. Sweet Prophet saß auf einem Thron aus roten Rosen, der auf einer blumenbedeckten Plattform am einen Ende des Blocks stand, und sprach in sein Mikrophon. Über seinem Kopf glitzerte wie ein Heiligenschein ein Sonnenschutz aus goldenem Flitter. Zu seinen Füßen bildeten kleine schwarze Mädchen in Engelsgewändern einen Kreis.

Er warf den Kopf zurück und behauptete mit einer über jeden Zweifel erhabenen Stimme: »Der Glaube ist so mächtig, daß er dieses schmutzige Pflaster in Gold verwandeln kann.«

»Hab ich's doch gewußt!« sagte Alberta laut.

Ihre Hand umschloß Sugar Stonewalls Finger wie eine Stahlklammer. Er, der in seiner zerknitterten Sportkluft aus Kunstfaser neben ihr auf dem Pflaster kniete, zählte noch nicht zu den Bekehrten, doch sie hatte darauf bestanden, daß er in dieser großen Stunde des Triumphes bei ihr war. Aber sie sah ihn nicht an. Ihre Augen waren geschlossen, Tränen rannen über die glatte braune Haut ihrer Wangen.

»Vertraut auf den Herrn«, bekräftigte Sweet Prophet.

Alberta sprang auf. »Hab ich ja!« rief sie mit erhobenen Armen. »Hab ich! Ich hab Ihm vertraut, und da schickte Er mir einen Traum.«

»Knie nieder, Süße«, flehte Sugar. »Du störst die Andacht.«

Aber sein Flehen blieb unbeachtet.

Alberta war eine kräftige Frau mit flachem, hübschem Gesicht, das jetzt vor lauter Ekstase völlig verzerrt war. In ihren enganliegenden weißen Kittel gehüllt, die langen Finger zum Himmel gereckt, zog sie aller Augen auf sich. Ihre Verzückung steckte an.

»Amen!« riefen die Gläubigen im Chor.

Mit dem Instinkt des Showmasters witterte Sweet Prophet die Gunst des Augenblicks. Er unterbrach seine Betrachtungen und ermunterte sie: »Schwester, berichte uns von deinem Traum.«

»Ich träumte, ich würde drei Apfelkuchen backen«, erzählte sie, »und als ich sie aus dem Ofen nahm und zum Abkühlen auf den Tisch stellte, explodierten die Krusten wie Granaten, und überall in der Küche flatterten Hundert-Dollar-Scheine.«

»Mein Gott!« staunte ein Gläubiger.

»Geld!« schrie ein anderer, und der Chor fiel ein: »Geld! Geld! Geld!«

Auch Sweet Prophet schien beeindruckt. »Und hattest du Gottvertrauen, Schwester?« fragte er.

»Ich hatte Gottvertrauen«, versicherte Alberta.

»Herr im Himmel, nun halt doch den Mund, Kleines«, warnte Sugar Stonewall.

Aber sie beachtete ihn gar nicht und erklärte noch einmal: »Ich hatte Gottvertrauen. Und Er hat mich nicht enttäuscht. Gott schenkte mir die Erlösung!«

»Amen«, erklang aus voller Brust der Chor der Gläubigen.

Da rappelte sich Sweet Prophet hoch und gebot mit ausgestreckten Händen Stille. Seine ungeheure Gestalt in dem purpurnen Gewand, das mit Nerz und gelber Seide abgesetzt war, wirkte eindrucksvoll. Unter dem Mantel trug er einen Anzug aus schwarzem Taft mit weißen Biesen und Silberknöpfen. Seine Fingernägel, die er wachsen ließ, seit er angeblich zum ersten Mal mit Gott gesprochen hatte, waren mittlerweile gut zehn Zentimeter lang. Sie krümmten sich wie Raubtierkrallen und waren mehrfarbig lackiert. An jedem Finger trug er einen Brillantring. Auf seinem glatten schwarzen Gesicht mit dem Pferdegebiß und den Glupschaugen zeigten sich keine Zeichen seines Alters, doch sein langes Kraushaar, auf dem er eine schwarze Seidenkappe trug, war schneeweiß.

Stille legte sich wie Nacht über die Menge. »Also taufe ich dich, die du die Glorie gesehen und den Ruf vernommen hast, im Namen des Vaters, des Sohnes und des Heiligen Geistes.«

Sugar Stonewall griff nach dem Essenskorb, den Alberta für die anschließende Feier vorbereitet hatte, und verdrückte sich – gerade noch rechtzeitig. Denn noch bevor Sweet Prophets Worte verhallt waren, öffneten sich die Hähne der Feuerwehrschläuche, die von treuen Diakonen an beiden Enden des Blocks bedient wurden. Mächtige Fontänen schossen empor und prasselten wie die Wasser der Sintflut auf die weißgekleideten Gestalten hernieder.

Das selige kühle Naß, das vom Himmel kam, versetzte die Gläubigen, überwiegend Frauen, in einen unbändigen Taumel. Sie tanzten und schrien und johlten wie im Delirium. Sie sangen und beteten, keuchten und würgten in wahnwitziger Ekstase.

Eine Matrone schrie: »Meine Haut mag schwarz sein, aber meine Seele hat keine Farbe.«

»Wasche mich so weiß wie Schnee«, rief eine andere und riß sich die Kleider vom Leib, damit das Wasser ihre nackte Haut reinigen konnte.

»Ich hatte Gottvertrauen, nicht wahr, Herr?« sang Alberta, von der Massenhysterie gepackt, und wandte ihr verklärtes Gesicht zum Himmel. Wasser strömte ungehindert in ihre Nasenlöcher und erstickte sie fast. »Ich hatte Gottvertrauen«, fuhr sie stotternd fort, »und Du hast mich nicht verlassen.«

Schließlich wurden die Wasserschläuche abgestellt, und Sweet Prophets Kapelle, die um den Lautsprecherwagen aufgebaut war, begann mitreißende Hymnen zu spielen.

Die durchnäßten, halb ertränkten Gläubigen scharten sich um den Thron von Sweet Prophet, um Brotkrumen zu erstehen, die er aus den Taschen seines Gewandes zog. Pro Krume zahlten sie zwischen einem und zwanzig Dollar.

Mit den Geldpacken winkend, die er zwischen seinen gekrümmten, schillernd lackierten Fingernägeln hielt, feuerte er die Menschen immer weiter an: »Der Glaube wird den Pazifik in einen Wassertropfen verwandeln und aus den Rocky Mountains ein Sandkorn machen.«

Einige aus der Zuschauermenge hatten sich herbeigedrängt,

um ihre Gebrechen durch Handauflegung von Sweet Prophet heilen zu lassen. Ein verkrüppeltes Kind wurde hochgehoben. Eine gelähmte Frau wurde in einem Rollstuhl herangeschoben. Ein verstört aussehender Mann fuchtelte mit einem Räumungsbefehl herum. Lottoscheine für die Tagesziehung wurden gegen den Thron gepreßt, ein Würfel verstohlen am Saum von Sweet Prophets Gewand gerieben.

Alberta Wright fand Sugar Stonewall in einem überfüllten Hauseingang wieder. Er reichte ihr die Wasserflasche aus dem Verpflegungskorb und riet ihr, sie vom Propheten segnen zu lassen.

Sie bahnte sich einen Weg bis zur Plattform und hob die Flasche hoch. Sweet Prophet erkannte sie und tauschte einen Blick mit ihr. Er streckte eine Hand aus und berührte mit seinen langen Fingernägeln den Flaschenhals.

»Dieses Wasser wird Wunder bewirken«, verhieß er.

»Amen«, sagte eine Frau.

Alberta blickte verwirrt drein. Als könne sie ihr Glück noch gar nicht fassen, kramte sie eine nasse Fünfzig-Dollar-Note aus dem Büstenhalter und hielt sie Sweet Prophet hin. Als Gegenleistung bekam sie einen Krümel Brot von der Größe einer Erbse. Sie schob den Brösel in den Mund, blickte zum Himmel empor und spülte mit dem Wasser aus der gesegneten Flasche in einem langen, herzhaften Zug nach.

Jeder, der die Szene beobachtet hatte, war überzeugt, daß das Wasser mit heilenden Kräften gesegnet war.

Plötzlich begann Alberta in wilder Ekstase zu hüpfen und zu tanzen. Die schweren Knochen ihres Körpers schüttelten sich wie bei einer Bauchtänzerin. Ihr Gesicht strahlte vor Glaubenseifer.

»Er ist in mir!« schrie sie. »Gott ist in mir! Ich kann Ihn in meinem Magen spüren.«

Die Zuschauer schwankten zwischen Belustigung und Ehrfurcht.

»Ich spüre Ihn in meinen Knochen!« kreischte Alberta. »Er ist in meinem Blut.«

Sie zitterte in einem wahren leidenschaftlichen Delirium.

»Oh, wo ist mein Sugar?« schrie sie. »Sugar Stonewall! Wo bist du, Sugar?«

Auf einmal verschwammen ihr die Gesichter vor Augen. Das ganze Farbspektrum ergoß sich über den Himmel, als habe sich die Welt in einen Regenbogen verwandelt. Die Augen quollen ihr aus dem Kopf, Schweißperlen standen auf ihrem Gesicht. Sie begann zu wimmern und zu stöhnen, als würde die Ekstase über ihre Kräfte gehen. Dann taumelte und stolperte sie, knallte auf die Straße und lag zuckend auf dem nassen Pflaster, von dem der Wasserdampf aufzusteigen begann.

»Die hat einen Anfall«, schrie jemand.

Die Menschen drängten herbei, ihre Gesichter vor Aufregung verzerrt, und rangen wild miteinander, um möglichst viel sehen zu können.

Sweet Prophet erkannte, daß da etwas Außergewöhnliches vorging. Geistesgegenwärtig instruierte er seine Kapelle, *When The Saints Come Marching In* zu spielen, und winkte dann seinen ältesten Helfer, Reverend Jones, herbei.

Elder Jones, der in seiner goldgeschmückten weißen Uniform mit den farbigen Schulterquasten eher einem Konteradmiral der kubanischen Marine glich, war wie immer sofort zur Stelle. Er stieg zum Podium hoch, neigte sich dem Thron zu und hielt die Hand ans Ohr.

»Sieh mal nach, was mit der Frau da unten los ist«, wies Sweet Prophet ihn an.

Elder Jones ging auf die Straße hinunter und kniete neben Alberta nieder. Seine Miene verfinsterte sich. Die Zuschauer drängten sich um ihn, beugten sich über seine Schultern und überschütteten ihn mit Fragen.

»Zurück«, befahl er scharf. »Laßt der Schwester doch Luft

zum Atmen. Sie ist in Trance und wird nun mit Gott sprechen.«

Obwohl die Zuschauer voller Ehrfurcht zurückwichen, mußte er seine Untersuchung mit äußerster Vorsicht durchführen. Er hielt Albertas Hand und tastete verstohlen nach ihrem Puls – nichts. Auch die Nasenflügel bewegten sich nicht. Ihre Augen waren nach oben gekehrt, so daß nur das Weiße zu sehen war. Er strich über ihr Gesicht und befühlte die Adern der Schläfen, aber ihre Haut war wie erkaltetes Wachs. Gern hätte er ihr einen Spiegel an den Mund gehalten, wagte aber nicht, die Zuschauer zu beunruhigen. Der Schreck verschlug ihm fast den Atem, dennoch murmelte er immerzu: »Gelobt sei Jesus Christus«, um seine Angst zu verbergen. Er forderte die Polizisten auf, die Menge zurückzuhalten, und erkletterte dann langsam die Stufen zum Thron.

Sweet Prophet warf einen Blick auf Elder Jones' schwarzes Gesicht, das zu Holzkohle ausgedörrt schien, und war auf das Schlimmste gefaßt. »Na?« fragte er beklommen.

»Ich glaube, sie ist tot«, berichtete Elder Jones.

Sweet Prophets Glupschaugen schienen fast aus den Höhlen zu kullern. »Allmächtiger!« flüsterte er bestürzt. »Wie, in Gottes Namen, konnte das passieren?«

Elder Jones' Mund war trocken wie Watte, und sein heißer Atem brannte ihm in den Nasenlöchern. »Ich kann mir nur vorstellen, daß das Wasser, das Sie gesegnet haben, vergiftet war«, sagte er.

»Herr im Himmel, hilf uns«, stöhnte Sweet Prophet. »Wie kann es vergiftet sein?«

»Das weiß nur Gott«, antwortete Elder Jones.

Sweet Prophet kramte aus versteckten Falten unter seiner Robe eine Flasche Riechsalz hervor und hielt sie sich unter die Nase. Er konnte es sich nicht leisten, in dieser schwierigen Lage ohnmächtig zu werden, auch wenn ihm der Kopf vor lauter Panik nur so wirbelte. Er zog ein gelbes Seidentuch aus der Tasche und betupfte sich die Stirn.

»Bist du sicher, daß sie tot ist?« fragte er mit einem letzten Rest von Hoffnung in der Stimme.

»Ich konnte keinen Puls fühlen, und sie sieht ziemlich tot aus«, bestätigte Elder.

Wie es der Zufall wollte, kriegte einer der kleinen Engel, die um den Thron des Propheten standen, Jones' Bemerkung mit. Das Kind riß Augen und Mund weit auf.

»Dod? Wirklich richtig dod?«

»Still, Kind!« befahl Sweet Prophet erschrocken, aber es war schon zu spät.

Einer der Zuschauer, ein Riese mit kräftiger Stimme, der violette Hosenträger über einem gelben Hemd trug, hatte die Worte gehört. »Ach du heiliger Jehopapa! Die ist gar nicht in Trance!« brüllte er mit einer Lautstärke, die sogar das Schmettern der Blechbläser übertönte. »Die ist mausetot!«

»Halt's Maul, Idiot«, herrschte Elder Jones ihn an. »Willst du hier alle in Panik versetzen?«

Doch da war nichts mehr zu retten. Wie ein Buschfeuer verbreitete sich die Nachricht, daß die bekehrte Frau, die das heilige Wasser getrunken hatte, tot umgefallen war. Ein Höllenspektakel brach aus. Die Glut, die der religiöse Eifer entfacht hatte, schlug in puren Wahn um. Die aufgebrachte Menge begann zu raufen und zu schreien und in wilder Panik aufeinander loszuschlagen.

Sweet Prophet wußte, daß er nur durch schnelles Handeln eine Katastrophe abwenden konnte. Es war die furchtbarste Situation, der er während seiner langen, abwechslungsreichen Laufbahn als Erweckungsprediger je ausgesetzt war. Kein Vergleich mit damals, als man ihn beschuldigte, drei zwölfjährige Mädchen vergewaltigt zu haben.

Jetzt stand alles auf dem Spiel. Die nächsten zwanzig Minuten würden über das Schicksal der Sekte entscheiden, die er in den letzten zwanzig Jahren aufgebaut hatte. Dabei ging es nicht nur um seine Karriere als Erweckungsprediger, sondern vor allem um sein Vermögen. Er hatte keine Ahnung, wieviel er besaß, aber seine Anhänger als auch die Presse nannten ihn immerzu einen Multimillionär. Und es hatte sich als vorteilhaft erwiesen, dieses Gerücht zu schüren. Seine Jünger sprachen stolz von seinen Millionen und prahlten damit, daß er reicher sei als Father Divine, reicher sogar als Daddy Grace. Religiöse Menschen lieben den Gewinner, das hatte er gelernt. Daran erkannten sie, daß Gottes Segen auf ihm ruhte. Er fuhr in einem Rolls-Royce umher, der in majestätischem Purpur lackiert und dessen Kühler vergoldet war. Im Winter trug er einen Nerzmantel, an jedem seiner Finger steckte ein Brillantring, und Brillanten schmückten seine Schuhe. Obwohl er selbst niemals trank, war sein französischer Weinkeller mit erlesenen Champagnern und Jahrgangsweinen bestückt, die er besonders gern als Aushängeschild präsentierte. All das konnte jetzt über Bord gehen, wenn es sich herumsprach, daß ein Gläubiger an dem Wasser gestorben war, das er gesegnet hatte.

Aber schließlich hatte er es nicht deshalb so weit gebracht, weil er ein Hasenfuß war. Vielmehr besaß er die Gerissenheit eines Erpressers und die Nerven eines Bankräubers. Sein Verstand arbeitete am besten unter Druck.

»Hol die Flasche, Elder, hol um Gottes willen die Flasche und versteck sie«, drängte er. Dann gebot er der Kapelle mit einer Handbewegung Stille und sprach beschwörend ins Mikrophon: »Bleibt ruhig! Bleibt heiter! Freut euch! Gelobt sei der Herr! Laßt uns alle niederknien zum Gebet. Gott ruft die Heiligen zu sich!«

Ein großer schwarzer Mann, dessen Gesicht plötzlich aschfahl wurde, murmelte: »Verdammt, ich mach, daß ich hier wegkomm.« Dann zwängte er sich durch die Menge und rannte los. Andere folgten ihm. Entsetzen breitete sich aus.

»Bleibt und betet!« warnte Sweet Prophet. »Vor Gott kann man nicht davonlaufen!«

Er winkte der Kapelle, wieder einzusetzen, und tönte mit lautem Baß: *»Swing low, sweet chariot, coming for to carry me home …* Alle mitsingen!« befahl er.

»I looked over Jordan and what did I see, coming for to carry me home …«

Aber Hunderte stoben in wilder Flucht davon, rannten Frauen und Kinder um und trampelten über sie hinweg. Nur die Bekehrten und Gläubigen blieben. Ihre durchnäßten weißen Gewänder klebten ihnen am Körper, sie wandten ihre verzückten Gesichter zum Himmel und begannen jeder für sich Hymnen anzustimmen.

»Oh, Jesus, I is coming …«

»I hear you calling me …«

»Call me, Jesus, I is ready …«

Eine große, kräftige Frau klammerte sich an ihren Mann, der verzweifelt versuchte, sich aus dem Staub zu machen. »Was ist los mit dir? Willst du etwa nicht in den Himmel?« schrie sie.

Tränen strömten über das unerschütterliche Gesicht einer zahnlosen Alten. »Schnell, Gott, nimm mich, solange ich sauber bin«, betete sie.

»Laßt uns alle im Gebet niederknien«, dröhnte die Stimme von Sweet Prophet.

Mechanisch, wie unter dem Einfluß einer Massenhypnose, kniete die Menge auf der Straße nieder.

Mit unbeirrbarem, fesselndem Eifer sprach Sweet Prophet sein Gebet über den Lautsprecher: »Der Herr hat gegeben, der Herr hat genommen. Asche zu Asche, Staub zu Staub. Wenn Gott euch nicht erlöst, wird der Teufel euch …«

Niemand sah, wie Sugar Stonewall um die Ecke der Seventh Avenue bog und davonrannte. Er, die schlaksige Bohnenstange mit Plattfüßen, war dabei so unbeholfen, als seien seine Füße wund und die Straßen mit Glasscherben gepflastert. Die Arme dienten ihm als Mühlräder, um sich in Trab zu halten.

Aber er gab sein Bestes. Schließlich wußte er nicht, was nun alles zu tun sein würde und wieviel Zeit ihm dazu blieb.

2

Der farbige Corporal, der die Überwachung der Versammlung leitete, stürzte zur nächsten Notrufsäule und informierte das Morddezernat. Unterdessen war Elder Jones auf Sweet Prophets Anweisung hin zu einem nahegelegenen Drugstore geeilt, um die Ambulanz anzurufen, und ein weiterer wohlmeinender Zeitgenosse hatte die Feuerwehr benachrichtigt. Wieder ein anderer telefonierte mit Harlems größtem Bestattungsunternehmen, H. Exodus Clay.

Da Sonntag war, trafen alle mit Verspätung ein. Doch als erstes kreuzte der Leichenwagen auf. Jackson, der eigentliche Fahrer, befand sich gerade mit seiner Frau Imabelle in der Kirche, als der Anruf kam. Deshalb war der Ersatzmann eingesprungen, ein junger, unerfahrener Bursche, der sich aber die größte Mühe gab. Mr. Clay hatte ihm aufgetragen, sich vor dem Abtransport der Leiche einen Totenschein zu beschaffen, doch als der Fahrer am Tatort eintraf, fand er niemanden, der ihm die notwendigen Papiere ausstellen konnte, und Zeit zu warten hatte er nicht.

Also packte er die Leiche, bettete sie in die Weidentruhe, schob die Truhe in den Leichenwagen und fuhr mit laut heulender Sirene davon, bevor die Polizisten begriffen hatten, was überhaupt los war. Das Lenkrad mit eisernem Griff umklammert, starrte der junge Mann mit fanatischem Blick auf die Fahrbahn vor sich.

Zuerst fuhr er zum Harlem Hospital. Dort sagte man ihm,

man könne ihm keinen Totenschein ausstellen, sei aber bereit, die Leiche in der Notaufnahme zu untersuchen und die Polizei zu informieren. »Zum Teufel!« schrie er. Für solchen Quatsch hatte er keine Zeit.

Vom Harlem Hospital raste er wie wild zum Knickerbocker Hospital, ebenfalls in Harlem. Die Ärzte dort hörten sich seine Bitte an und rieten ihm, zum Leichenschauhaus zu fahren, wo ein diensthabender Assistenzarzt die Bescheinigung ausstellen könne.

Als sich die Polizei endlich auf seine Fährte begab, raste er gerade mit 140 Sachen auf dem East Side Highway südwärts Richtung Leichenschauhaus an der First Avenue, Ecke 29th Street.

Sweet Prophet hatte gleich nach Abfahrt des Leichenwagens seinen Rolls-Royce herbeigewinkt und sich schnell zu seinem Tempel des Wunderbaren Gebetes fahren lassen, der um die Ecke in der 116th Street lag. Die hartgesottenen Kriminalbeamten würden ihm genügend Scherereien machen, daher wollte er sie wenigstens auf heimischem Boden empfangen.

Dann traf einer nach dem anderen am Schauplatz ein: zuerst zwei Wagen der Feuerwehr mit Sauerstoffzelt und Inhalationsapparaten, dann der Polizeiarzt, den die Kripo verständigt hatte, schließlich eine große schwarze Limousine vom Morddezernat mit drei Beamten in Zivil, einer Sergeant, die anderen beiden Corporals.

Doch inzwischen war nicht nur die Leiche verschwunden, sondern auch der Prophet, die Zeugen, die Flasche mit dem angeblich vergifteten Wasser und längst auch Sugar Stonewall.

Mehr als eine Stunde war vergangen, seit Alberta Wright den ersten Schluck aus der gesegneten Flasche getrunken hatte. Nun saß Sweet Prophet hinter dem geschnitzten Mahagonischreibtisch in seiner luxuriösen »Audienzhalle« im zweiten Stock vom Tempel des Wunderbaren Gebetes, ihm gegenüber die drei Detectives auf Stühlen mit hohen Lehnen, die sonst Bittstellern vorbehalten waren. In einigem Abstand, wie hinter einer unsichtbaren Wand, drängten sich so viele Anhänger des Propheten, wie der Raum nur fassen konnte. Andere füllten die Gänge und das Treppenhaus, und Hunderte standen draußen auf der Straße. Der Tempel war ein vierstökkiges Gebäude mit einem modernen Kinosaal, der dem Propheten als Kirche des Wunderbaren Gebetes diente. Seine Wohnräume befanden sich in der obersten Etage.

Der Sergeant vom Morddezernat bemerkte: »Ich will mir vorerst nur ein klares Bild vom Ablauf der Dinge verschaffen, während der Polizeiarzt die Leiche sucht und die Todesursache bestimmt. Hier ist einiges durcheinandergeraten.«

»Der Herr wird die Sünder bestrafen«, verkündete Sweet Prophet. »Amen«, sagten seine Anhänger.

Sergeant Ratigan, ein großer, hagerer Ire mit Hakennase, blinzelte. »Das werden wir bald herausfinden«, sagte er. »Und Sie waren gerade dabei, die Leute zu taufen?«

»Sie sind dem Ruf gefolgt, und Sweet Prophet öffnete ihnen die Tore zu Gottes grünen Weiden, damit sie im wahren Glauben mit Gottes auserwählter Herde grasen können«, antwortete Sweet Prophet.

»Amen«, sagten die Gläubigen.

»Beantworten Sie nur meine Fragen«, sagte Ratigan.

»Ich bin Prophet«, erwiderte Sweet Prophet. »Vor etwas mehr als 33 Jahren sprach Gott zu mir genau hier an dieser Ecke der Lenox Avenue. Es war ein Samstagabend, und die Straße quoll über vor Sündern – Zuhälter, Prostituierte und Diebe. Gott berührte meine Schulter. Ich drehte mich um und sah niemanden. Da sagte Er: ›Ich bin Gott, und du sollst mein Prophet auf Erden sein. Ich sende dich aus, diese Menschen aus ihrer Schande und Verdammnis zu retten!‹«

»Gelobt sei Gott und gesegnet Sweet Prophet«, pries die Gemeinde.

»Lieber Himmel, müssen die alle dabeisein?« fragte Ratigan

zähneknirschend. »Sie stören beim Verhör, behindern die Polizeiarbeit und lungern herum, drei Vergehen gegen das Gesetz.«

»Sie sind demütig, sehr demütig«, beteuerte Sweet Prophet. Er streute eine Handvoll Brotkrumen auf den Boden und löste damit ein wildes Getümmel aus. »Sehen Sie doch, wie demütig wir alle sind«, erklärte er den Detectives, denen die Augen aus dem Kopf fielen. »Für Sweet Prophet essen wir sogar vom Fußboden.«

Und manche der Gläubigen leckten tatsächlich die Krumen direkt von dem schweren roten Teppich.

»Schon gut, schon gut, lassen wir die Fütterei mit den Brotkrumen und kommen zu dem Mord zurück«, schnaubte Sergeant Ratigan.

»Da gab's keinen Mord«, widersprach Sweet Prophet. »Keinen Mord und keinen Tod. Es war ein Abschied. Eine Heilige schied von uns und stieg auf in den Himmel.«

»Die Frage ist nur: Hat ihr ein Menschenkind ein wenig auf die Sprünge geholfen?« entgegnete Ratigan.

»Aber nein! Keine menschliche Hand hat sich gegen sie erhoben«, versicherte Sweet Prophet.

»Und wer hat das Wasser in der Flasche vergiftet?« fragte Sergeant Ratigan.

»Das Wasser war nicht vergiftet«, widersprach Sweet Prophet. »Ich habe es mit eigenen Händen gesegnet.«

»Wie kommt es dann, daß sie gestorben ist, nachdem sie davon getrunken hat?« fragte Ratigan.

»Wenn Sie das Wasser in Verdacht haben, bringen Sie mir eine ganze Gallone davon, und ich werde es austrinken«, versprach Sweet Prophet.

»Wovon hat sie gelebt?« fragte der Sergeant.

»Sie war Köchin bei einer weißen Familie im Westchester County«, antwortete Sweet Prophet.

»Was war sie für eine Frau?« fragte Ratigan.

»Eine aufrechte, gottesfürchtige Christin«, sagte Sweet Prophet.

»Irgendeine Idee, weshalb jemand sie vergiften wollte?« fragte Ratigan.

»Niemand hat sie je vergiften wollen«, behauptete Sweet Prophet nachdrücklich. »Sie war eine prächtige Köchin und eine gutverdienende Arbeitnehmerin. Niemand auf Gottes grüner Erde würde eine solche Frau vergiften.«

»Vielleicht ein eifersüchtiger Ehemann oder enttäuschter Liebhaber?« fragte der Sergeant.

»Nur der allmächtige Vater, der sich weder von der Farbe der Haut noch von der Schärfe des Verstandes, sondern nur von der Lauterkeit des Herzens leiten läßt, hätte Schwester Wright von ihrem Dasein auf Erden abberufen, um ihr einen Sitz im Himmel anzubieten – so nützlich, wie sie für jedermann war«, sagte Sweet Prophet.

In dem Augenblick klingelte eines der vier vergoldeten Telefone auf dem Schreibtisch. Sweet Prophet sah die Apparate an, ohne sich zu rühren.

Da trat eine schlicht gekleidete Frau mittleren Alters vor, die unbeweglich hinter ihm an der Wand gestanden hatte, und erstaunlicherweise griff sie gleich nach dem richtigen Hörer. »Des gesegneten Sweet Prophets Tempel des Wunderbaren Gebetes«, meldete sie sich mit wohltönender Stimme.

Vom anderen Ende war das schroffe Knarren einer Stimme zu vernehmen, aber die Worte blieben unverständlich.

»Sehr wohl«, sagte die Frau und sah den Sergeant an. »Es ist für Sie, falls Sie Sergeant Ratigan sind.«

Der Sergeant stand auf und langte über den Schreibtisch nach dem Hörer.

»Ratigan«, bellte er. »Schieß los!«

Das Knarren der schroffen Stimme, metallisch, aber weiterhin unverständlich, ergoß sich in die angespannt lauschende Stille, die nur durch Ratigans »Ja … Ja … Also, das ist doch …« unterbrochen wurde.

Dann legte er auf und sagte zu seinen Assistenten: »Gehen wir!«

3

Ein völlig abgewrackter Möbelwagen ohne Firmenaufschrift, der als einziges Kennzeichen ein vor Schmutz fast unleserliches Nummernschild trug, hielt vor einem vierstöckigen Wohnhaus in der 118th Street. Der Block lag parallel zu dem in der 117th Street, wo kurz zuvor die Taufzeremonie stattgefunden hatte.

Zwei große Farbige in Overalls, einer von ihnen der Fahrer, und ein kleiner, weißhaariger Jude in schwarzem Anzug und braunem Filzhut stiegen aus.

»He, Tantchen«, rief der Jude einer dicken schwarzen Frau zu, die aus einem Parterrefenster lehnte. »In welcher Etage wohnt Rufus Wright?«

Die Frau warf ihm einen bösen Blick zu. »Kenn nur ’ne Alberta Wright, die wohnt ganz oben.«

Der Jude zog die Augenbrauen hoch, erwiderte aber nichts.

»Wenn Rufus ’ne Frau bei sich hat, lassen wir die Finger von der Sache«, sagte er zu seinen Gehilfen, während sie durch das stickige Treppenhaus hinaufstiegen. Die Helfer gaben keinen Ton von sich.

Oben angekommen, winkte ihnen ein geschniegelter Farbiger mit glattgekämmtem Haar von der Tür am Ende des Gangs her zu und zischte: »Psst.« Er trug ein rosa Sporthemd, einen grünen Seidenanzug und gelbe Leinenschuhe und hatte ein breites, verschwörerisches Grinsen aufgesetzt.

Der Jude und seine Gehilfen betraten das Wohnzimmer des Zwei-Zimmer-Apartments. Der Farbige schloß die Tür, verriegelte sie und sagte: »Dann mal los, Daddy-O.«

Der Jude sah ihn argwöhnisch an. »Bist doch allein hier, wie?« Er war so lange mit Farbigen zusammengewesen, daß er ihren Tonfall angenommen hatte.

»Bin ich doch immer«, entgegnete der andere.

»Du weißt doch, keine krummen Touren.«

»Klare Sache, wir brauchen doch unser Alibi.«

Der Jude runzelte die Stirn. »Ein übles Wort«, sagte er, aber der Farbige ging nicht darauf ein. Der Jude fragte: »Du bist Rufus Wright, richtig?«

»Exakt«, antwortete Rufus.

Die Gehilfen, die neben der Tür stehengeblieben waren, kicherten. Jedesmal die gleiche Prozedur, wenn der Jude was von Rufus kaufte.

»Und das hier ist deine Wohnung, oder?«

»Genau.«

»Die Möbel gehören dir, richtig?«

»Richtig.«

»Wer ist diese Frau, diese Alberta Wright?« wollte der Jude plötzlich wissen.

»Die? Ach ja, meine Frau«, antwortete Rufus.

»Warum bist du nicht beim Junggesellendasein geblieben?« fragte der Jude vorwurfsvoll. »Das war sicherer.«

»Nun ja, Daddy-O, diesmal lief's eben anders«, erklärte Rufus. »Wegen der muß ich doch die Möbel verkaufen.«

»Was ist denn mit ihr?«

»Tja, nichts weiter, nur daß sie tot ist. Deshalb brauch ich unbedingt Zaster am heiligen Sonntag. Der Bestatter will erst 'nen Vorschuß sehen, bevor er die Tote aus dem Leichenschauhaus holt.«

Mit einem Grinsen deutete der Jude seinen Gehilfen an, daß ihm die Geschichte gefiel. »Na, das verstehe ich«, meinte er erleichtert. »Damit wäre alles geklärt.« Er wandte sich wieder den Helfern zu und ernannte sie zu Zeugen. »Ihr Jungs habt gehört, was Mr. Wright gesagt hat?«

Sie nickten.

»Also gut, Rufus, alter Knabe, kommen wir zum Geschäftlichen. Ist das der Apparat, den du versetzen willst?« fragte er und deutete auf einen großen Fernseher aus heller Eiche auf einem Klapptisch.

»Na ja, wie's aussieht, muß ich alle Möbel verkaufen«, antwortete Rufus. »Das wird 'ne teure Beerdigung, 500 Dollar muß ich bestimmt vorstrecken.«

»Für so viel Geld müßtest du mir schon Blumsteins ganzes Warenhaus anbieten«, antwortete der Jude trocken.

»Aber hier sind doch eine Menge prima Sachen«, behauptete Rufus. Der Jude sah sich mit säuerlicher Miene im Zimmer um. Wie ein Haufen Küken um die Henne war um den bauchigen Kanonenofen ein erbärmliches Sammelsurium ausgedienter Möbelstücke gruppiert: ausgetretene Teppiche, mottenzerfressene Polstersessel samt Sofa, Tische mit wakkeligen Beinen, Standuhren ohne Werk, Keramikfiguren, die wohl die Inquisition durchgemacht hatten, und ein ausgestopfter Fasan mit Federschwund auf dem Rücken; dazu an den Wänden ein zernarbtes Hirschgeweih, flankiert von vergilbten Lithographien mit englischen Jagdszenen, aus Zeitschriften ausgeschnittene Bilder von schwarzen Bluessängern neben Drucken der Jungfrau Maria mit dem Kind, des Abendmahls und der Kreuzigung aus einem Kalender, den der Bestatter H. Exodus Clay als Werbegeschenk verteilt hatte.

»Das nennst du Möbel?« fragte der Jude.

»In dem Zimmer sind vor allem Antiquitäten«, entgegnete Rufus. »Die Einrichtung im Schlafzimmer ist nagelneu.«

»Deine Frau konnte wohl ihren weißen Arbeitgebern nichts ausschlagen, wie?« spottete der Jude. »Hat alles nach Hause geschleppt, was in den Müll wandern sollte.«

»Sie konnte sich eben von nichts trennen«, erläuterte Rufus entschuldigend.

Grinsend zog der Jude Notizbuch und Kugelschreiber aus

der Jackentasche und machte sich an die Arbeit. Schnell und nur mit oberflächlichem Blick taxierte er den Fernseher auf 50 Dollar und den gesamten Rest auf 19 Dollar.

»Den Ofen kann ich nicht gebrauchen«, erklärte er. »Das wären dann 69 Piepen für den ganzen Ramsch. In Ordnung?«

»Soll das alles sein, für die gesamte Einrichtung?« staunte Rufus.

»Das ist mehr, als sie wert ist«, antwortete der Jude und fügte hämisch hinzu: »Ich würde noch nicht mal das zahlen, aber schließlich braucht deine Frau doch ein anständiges Begräbnis.«

Rufus riß den Mund auf und baute sich dicht vor dem Juden auf. »Nimm doch die Zähne auch noch mit, und dann basta«, jammerte er.

Der Jude schaute ihm interessiert in den Rachen und bemerkte: »Heilige Makrele, die Zunge ist rot, das Zahnfleisch blau und die Beißerchen weiß. Sollte dich je einer als Kommunisten beschimpfen, sperr einfach das Maul auf und zeig ihm unsere Nationalfarben.«

Rufus schloß den Mund und schaute dumm aus der Wäsche. »Na schön, 69 Piepen. Was sein muß, muß sein.«

Die Helfer wollten sich schon die Möbel schnappen, da hielt der Jude sie zurück. »Wartet, bis alles seine Ordnung hat«, warnte er.

In den Kommodenschubladen und auf dem Waschtisch im Schlafzimmer befanden sich noch Albertas persönliche Sachen, Wäsche und Toilettenartikel, wie sie diese am Morgen zurückgelassen hatte. Das Bett war gemacht und darüber eine billige rosa Tagesdecke ausgebreitet.

»Räum die Schubladen aus«, sagte der Jude.

Rufus pfefferte den Kram in eine Zimmerecke, während der Jude kurz den Wert der Möbel überschlug, ohne ihn im geringsten zu beachten.

Nachdem er das Bettlaken weggezogen hatte, um die

Matratze zu untersuchen, sagte er scharf: »Die ist ja beschädigt.«

Sämtliche Nähte der Matratze waren mit einem Messer so weit aufgetrennt worden, daß man mit der Hand hineingreifen konnte.

»Die mußte ich aufschlitzen, um Insektenpulver reinzustreuen«, sagte Rufus. »Die Wanzen haben uns ordentlich zu schaffen gemacht. Muß man nur zunähen, dann ist sie wieder wie neu.«

Der Jude hörte gar nicht hin. Er schob seinen Arm in die Öffnungen und tastete mit seinen Fingern die Polsterung ab. Mit einer ärgerlichen Bewegung warf er die Matratze umgekehrt auf den Boden und untersuchte sie von der anderen Seite. In seinem Gesicht zeichnete sich Enttäuschung ab.

»Das wär's wohl mit dem Geschäft«, keuchte er wütend. Seine fahle Haut hatte die dunkle Färbung einer reifen Feige angenommen.

»Verflucht, welche Laus ist dir denn jetzt über die Leber gelaufen?« schrie Rufus, und seine Augen traten wutentbrannt hervor. »Glaubst du, ich dreh dir 'ne Matratze an, in der noch Geld steckt?«

»Riskant, viel zu riskant«, sagte der Jude, der von Rufus' Drohgebärde etwas eingeschüchtert war. »Wenn da Geld gestohlen wurde, laß ich die Finger davon.«

»Ich hör immer Risiko«, tobte Rufus. »Du riskierst doch nie was. Nur ich. So wie du immer auf Nummer Sicher gehst, könnte dir der ganze verfluchte Kongreß nichts anhaben.«

Der Jude gab nach. »Also gut, wozu streiten wir überhaupt. Ich überzeug mich nur lieber selbst, ob da was verborgen ist oder nicht.«

»Mist, du kannst doch nicht in jeder Matratze 'nen Arsch voll Geld finden«, sagte Rufus verächtlich.

In Harlem hieß es, der Jude hätte vor zwanzig Jahren mal

einem verlausten Hotel eine Matratze für 75 Cents abgekauft, auf der ein weißer Penner gestorben war, und dann 35 000 Dollar in dem guten Stück entdeckt.

Rufus ließ nicht locker: »Wir Schwarzen haben nämlich kein Geld zu verstecken. Das habt ihr Juden euch doch längst unter den Nagel gerissen.«

Damit war das Thema für den Juden abgehakt. »Laß gut sein, Junge. 27,50 für das hier, okay?«

»Davon red ich ja«, antwortete Rufus. »Vor nicht mal einem Monat hat meine Alte 275 Dollar für die Garnitur bezahlt.«

»Hör schon auf – da bricht mir ja das Herz. Also 35, einverstanden?«

Rufus wischte sich mit einem weißen Seidentaschentuch über die glatte Haut seines schwarzen, eingecremten Gesichts. »Okay, Mann, okay«, sagte er schroff. »Machen wir voran, hab ja nicht den ganzen Tag Zeit.«

Der Jude unterdrückte ein boshaftes Grinsen und ging in die Küche. Nach einem Blick auf den Tisch mit der Kunststoffplatte und die Stahlrohrstühle mit kunststoffbezogenen Schaumgummisitzen sagte er: »Sieht so aus, als wär deine Frau Köchin gewesen.«

Er nahm am Tisch Platz und begann zu addieren, wobei er 13 Dollar für das Kücheninventar ohne Geschirr und Kochgeräte ansetzte. Alles in allem 117 Dollar. Dann riß er ein Formular von einem Block, der wie ein Scheckbuch aussah, und quittierte darauf:

117 Dollar von A. Finkelstein für das gesamte Mobiliar der Wohnung Nr. 44, 118th Street, Manhattan, New York City, erhalten.

Ohne die Quittung zu datieren, forderte er Rufus auf zu unterzeichnen.

»Mann, quatsch mir bloß nie wieder was von Risiko«, knurrte Rufus, als er unterschrieb.

»Du mußt doch deine Frau unter die Erde bringen«, stichelte der Jude boshaft. »Ich bin ja nicht verheiratet.«

Seine Helfer tauschten einen Blick aus und grinsten.

»Keine blöden Kommentare«, warnte der Jude, »ihr unterschreibt nur als Zeugen.«

Umständlich malten sie ihre Buchstaben unter die Quittung.

»Los jetzt, runter mit dem Krempel und einladen«, sagte der Jude. Er legte die Quittung sorgfältig in seine prall gefüllte Brieftasche und zog ein dünnes Päckchen Banknoten heraus.

Teilnahmslos schlurften die Helfer in den Wohnraum und begannen die Möbelstücke fortzutragen. Als sie mit der ersten Ladung unten ankamen, hatte sich die farbige Frau schon von ihrem Logenplatz im Erdgeschoß zurückgezogen, aber die anderen Fenster zu beiden Seiten der Straße waren von den üblichen Sonntagnachmittagsgaffern besetzt. Dem Umzug wurde keinerlei Bedeutung beigemessen. In einigen Fenstern waren von der Straße aus nur die gräulichen Sohlen nackter Füße zu sehen, die weiterhin lässig auf den Fensterbänken ruhten. Ein Streifenwagen rollte träge vorbei, aber die Bullen hatten für den Umzug nicht mal einen zweiten Blick übrig. Am Sonntag umzuziehen war völlig normal; viele konnten sich keinen besseren Tag dafür vorstellen.

Die Helfer verstauten die Kommode und den Toilettentisch neben der Wohnzimmergarnitur im Möbelwagen, nahmen danach das Bett auseinander und trugen die Teile hinunter: einer die Matratze, der andere den Sprungfederrahmen. Den Rahmen luden sie ein, ließen aber die Matratze auf der Heckklappe liegen, um sie als Polsterung für die Küchenmöbel zu benutzen. Bevor sie die Treppen wieder hinaufstiegen, gingen sie zum Führerhaus des Wagens und nahmen einen kräftigen Zug aus einer Flasche mit kalifornischem Muskateller.

Ein junger Mann, der im Eingang zum Nebenhaus stand und an einem Marihuana-Joint sog, beobachtete sie mit kindischer Hingabe. Seine breiten, eckigen Schultern ließen den langen Körper ungewöhnlich kräftig erscheinen. Er hatte einen kleinen Kopf mit rundem Babygesicht und glatter brauner Haut. Der Blick seiner zugedröhnten dunklen Augen wirkte völlig leer. Trotz der Hitze trug er eine schwere Tweedjacke mit dicken Schulterpolstern, einen tief in die Stirn gezogenen breitkrempigen Filzhut und hautenge senffarbene Kordhosen, die in den Schäften schwarzweißer Cowboystiefel steckten. Auf den ersten Blick konnte man ihn für einen harmlosen Irren halten.

Als sich die beiden Helfer wieder auf den Weg nach oben machten, drückte er seinen Joint aus, klemmte die Kippe hinter sein Hutband und schlenderte auf den Möbelwagen zu. Ohne darauf zu achten, ob ihn jemand sah oder nicht, nahm er die Matratze auf die Schultern, als sei sie mit Daunen gestopft, und ging gelassen in Richtung Lenox Avenue davon.

Eine junge Frau, die ihn an ihrem Fenster vorbeikommen sah, lachte klangvoll. »He, Schatz, schau dir die Vogelscheuche an, trägt's Eigenheim auf dem Rücken«, rief sie über die Schulter.

Ein muskulöser Schwarzer mit nacktem Oberkörper erschien neben ihr und meinte: »Hat sicher 'ne neue Braut und zieht jetzt bei ihr ein.«

Der junge Mann bog in die Lenox Avenue und verschwand.

Als die Helfer mit den Küchenmöbeln herunterkamen, bemerkten sie, daß die Matratze fehlte, und blickten die Straße auf und ab. Die junge Frau rief ihnen zu: »Suche zwecklos, die Schlafmütze hat sie sich gegriffen.«

»Und wie heißt die Schlafmütze?« fragte der eine.

»Weiß ich das?« erwiderte sie. »Meint ihr, ich kenn jeden Nigger, der Matratzen klaut?«

Der Muskelprotz erschien wieder neben ihr, und den beiden fiel augenblicklich ein, daß noch Arbeit auf sie wartete.

Als sie oben ankamen, schnüffelte der Jude gerade in der Küche herum. Sie stellten sich vor, daß er vielleicht ein paar Leckerbissen finden würde, und wollten ihn daher nicht mit der Nachricht von der gestohlenen Matratze behelligen und lieber zusehen, daß sie fertig wurden.

Der Jude nahm den Deckel von einem großen, eisernen Topf, der auf dem Herd stand, und entdeckte darin ein Gemansche aus gekochtem Reis und orangefarbenen Fleischwürfeln, die nach Fisch rochen. Er griff hinein und kostete. »Schmeckt gut«, sagte er. »Was ist das?«

Rufus steckte seine Nase in den Topf und probierte einen Bissen von dem hellen Fleisch. »Krokodilschwanz mit Reis«, sagte er. »Spezialität aus South Carolina.« Dann fiel ihm ein: »Meine Frau kam von dort.«

»Friede ihrer Seele«, sagte der Jude, nahm einen Teller aus dem Schrank und bediente sich.

Als die beiden Helfer ihre Arbeit getan hatten, fanden sie ihren Chef und Rufus in der Küche, den einen am Herd, den anderen am Eisschrank, und beide hatten einen Teller vor sich.

»Schwanz mit Reis!« riefen sie einstimmig und schlossen sich dem Gelage an, wobei sie ihre Teller auf den Ausguß stellten. Der eine unterbrach seine Mahlzeit kurz, um nach einem Whisky zu suchen. Hinter einem Stapel gebrauchter Papiertüten auf der Ablage entdeckte er eine Flasche Rum.

»Was dagegen, wenn wir uns 'nen Schluck genehmigen?« erkundigte er sich bei Rufus.

»Aber woher denn«, antwortete Rufus.

Er und der Jude tranken Bier.

Als sie den Topf geleert hatten, waren alle satt und zufrieden. Erst unten auf der Straße, als sie wieder in den Lastwagen einsteigen wollten, erinnerte sich der Fahrer, daß er dem Juden von dem Diebstahl berichten mußte. Der Jude machte ein nachdenkliches Gesicht. Die Matratze war ihm egal, aber offensichtlich schien jeder das gleiche zu vermuten. Deshalb beschloß er, möglichst bald die Polster der Wohnzimmergarnitur zu durchstöbern.

Rufus' Gedanken bewegten sich derweil in ähnlicher Richtung. In der Wohnung oben hatte er die Bolzen aus den Scharnieren des Wandschranks geklopft, um so die Türen öffnen zu können, und nun durchsuchte er das Innere. Aber er fand nichts außer Kleidern, zwei leeren Pappkoffern, einem Stapel Schuhkartons mit Zetteln, auf denen die Lottogewinne der letzten fünf Jahre notiert waren, und einem Haufen belanglosen Zeugs. Es sah ganz so aus, als hätte man ihn geleimt.

Nach einer Weile faßte er sich, zuckte die Achseln und verließ die Wohnung wie jemand, der auch mal verlieren kann. Er schloß die Tür mit dem Schlüssel ab, den Sugar ihm gegeben hatte, stieg die Treppe hinunter und blieb noch kurz im Hauseingang stehen. Niemand schien Notiz von ihm zu nehmen. Also trat er auf die Straße hinaus, ging um die Ecke und stieg in seinen Wagen, der auf der Lenox Avenue im Schatten geparkt war.

4

Im Süden wird Harlem von der 110th Street begrenzt. Sie erstreckt sich westwärts bis zum Fuß der Morningside Heights, auf denen die Columbia University steht. Manhattan Avenue, ein Block östlich vom Morningside Drive, ist eine der Querstraßen, die den Blick auf die Elendsquartiere von Harlem verdecken.

Unvermittelt weichen hier die Slumbehausungen Bäumen und gepflegten Wohnhäusern, vor denen die schweren Automobile der Harlemer Unterwelt Stoßstange an Stoßstange parken.

Nur mit Verbrechen und Laster sind solch hohe Mieten zu

verdienen, wie sie in diesen Grenzgebieten gefordert werden. Und genau hier hatte sich Rufus niedergelassen.

Sugar stieg die Treppe eines modernen Backsteingebäudes an der Ecke 113th Street hinauf und klopfte an die Tür eines Apartments im ersten Stock.

Rufus öffnete. Er hatte sein grünes Seidenjackett abgelegt, trug aber noch die Hose und das rosa Sporthemd.

»Ich muß mit dir reden«, keuchte Sugar drohend.

»Ich hab 'n Mädel bei mir«, antwortete Rufus. »Laß uns lieber in den Park gehen.«

Sie gingen auf die Straße hinunter und dann rüber zu der kleinen, dreieckigen Grünfläche, die durch Einmünden von Morningside Drive und Manhattan Avenue in die 112th Street gebildet wird. Jenseits des Drive lag der felsige Abhang des Morningside Parks, der von Sonntagsausflüglern bevölkert war. Dort setzten sie sich auf eine grüne Holzbank.

»Hör zu, Nigger, ich hab dir gesagt, du sollst nur das Fernsehgerät nehmen«, begann Sugar vorwurfsvoll.

»Du hast mir doch erzählt, sie hätte irgendwo Geld versteckt«, wandte Rufus ein. »Ich hab die Wohnung auf den Kopf gestellt und rein gar nichts gefunden.«

»Zum Teufel, meinst du vielleicht, ich hätte nicht längst danach gesucht, bevor ich zu dir kam?«

»Ich hab gehört, sie ist tot umgefallen«, sagte Rufus. »Irgendwas mußte ich doch für meine Mühe kassieren.«

»Deshalb kannst du doch nicht gleich die Möbel versilbern – die gehörten mir«, erklärte Sugar.

»Wenn sie was besessen hat, dann war's jedenfalls nicht in den Möbeln versteckt«, sagte Rufus. »Da kannst du Gift drauf nehmen, Mann. Ich hab zu viele solcher Wohnungen durchsucht, als daß mir da noch was entgehen würde.«

»Und sie hat doch was versteckt«, behauptete Sugar. »Darauf wette ich meinen Kragen.«

Rufus setzte eine skeptische Miene auf.

»Weißt du, besonders helle war die nicht. Dumme Weiber wie sie verstecken immer alles in der Matratze. Und in der war bestimmt nichts.«

»Immerhin reichte ihr Grips, um uns beide bis jetzt hinters Licht zu führen«, erinnerte ihn Sugar.

»Dann muß sie es woanders versteckt haben«, sagte Rufus.

»Aber wo könnte das sein?« fragte Sugar beharrlich weiter.

»Woher, zum Teufel, soll ich das wissen? Ich hab doch nicht mit ihr zusammengelebt, sondern du«, antwortete Rufus. »Und überhaupt, du hast keinen einzigen Beweis, daß sie je was besessen hat.«

»Oh, dafür gibt's reichlich Beweise«, sagte Sugar. »Außerdem hat sie sich selbst verraten.«

»Wie denn?«

»Geht dich nichts an, ist mein süßes Geheimnis.«

»Du meinst wohl, weil sie dich gestern abend vor die Tür gesetzt hat?« fragte Rufus.

»Quatsch, Mann, das hat sie schon oft getan«, gab Sugar zu, hielt es aber nicht für nötig, Rufus den Grund für seinen Verdacht zu nennen. Irgendwie hatte er den Eindruck, daß Rufus raffinierter war als er, deshalb wollte er ihm nicht zuviel anvertrauen. »Wenn du sie so gut gekannt hättest, wie du behauptest, dann wüßtest du, daß sie an Geld gekommen sein muß, sonst wäre sie nicht so plötzlich religiös geworden«, fügte er hinzu.

Rufus begann zu grübeln. »Da ist was dran«, räumte er ein. »Ich seh mir ihren Plunder noch mal an, Stück für Stück.«

»Wo ist das Zeug denn?« wollte Sugar wissen.

»Verrat ich nicht«, erwiderte Rufus. »Du hast dein kleines Geheimnis, ich hab meines.«

»In Ordnung, Mann, aber verbrenn dir nicht die Finger.«

»Verdammt, Mann, ich hab dir vertraut, jetzt bist du dran.«

»Klar doch, ich sag's ja nur, mehr nicht. Also dann – halbehalbe!«

»Weiß ich ja, halbe-halbe. Wenn ich was finde, kriegst du deine Hälfte, geht schon in Ordnung.«

»Denk nur dran, es könnte dich den Kopf kosten«, drohte Sugar.

»Du redest wie ein Gangster«, beklagte sich Rufus beleidigt. »Du brauchst mir nicht zu drohen, Mann.«

»Ich drohe doch gar nicht«, widersprach Sugar. »Ist nur ein guter Rat. Zieh ja keine komische Nummer ab.«

Rufus stand auf. »Ich geh jetzt, Mann. Da wartet 'ne Perle auf mich.«

»Werd nicht leichtsinnig und wach eines Tages tot auf«, rief Sugar ihm nach.

5

Jahrelang hatte die Third Avenue den Harlem River ein paar Blocks nördlich der 125th Street überquert – entlang der Trasse der alten Hochbahn – und nordwärts weiter durch die Bronx zur Fordham Road geführt. Jetzt, nach dem Abriß der Hochbahn, hüpft die Third Avenue völlig schmucklos vom einen zum anderen Ufer. Auf der einen Seite heißt sie Third Avenue, Manhattan, auf der anderen Third Avenue, Bronx. In Manhattan wie in der Bronx ist der Anblick der gleiche. Es ist eine Straße des Abgenutzten und Ausrangierten; der Pfandleihen, der schmutzigen Bars, der Armut und der Verkommenheit – ein wahrhaft demokratisches Pflaster.

Im Block zwischen 166th und 167th Street in der Bronx liegen hintereinander die schmierige Kneipe eines Griechen, in der ein farbiger Barmann Gäste aller Nationen bedient, ein Geschäft mit Überschußwaren aus Armee- und Marinebeständen, ein Markt mit koscherem Fleisch, ein Secondhandladen der Mission der Vereinigten Protestantischen Kirchen, ein Schweinemetzger, eine namenlose Geschäftsfassade hinter einem Eisengitter, mit dem man auch Alcatraz sichern könnte, ein großes Holztor, das mal gelb gestrichen war, und ein wettergeschwärzter Ziegelbau mit einer Brauerei, die den Nachkommen eines deutschen Einwanderers gehört.

Es war zehn Uhr abends. Abgesehen von dem hin und wieder vorbeirauschenden Bus, vereinzelten Pkws und einigen verloren wirkenden Passanten lag die Straße wie ausgestorben da. Nur das erleuchtete Fenster der Brauerei und am anderen Ende die von Insekten umschwirrten Scheiben der Bar zeigten Anzeichen von Leben.

Zwei Messingvorhängeschlösser, mit denen das Eisengitter vor dem namenlosen Laden verriegelt war, schimmerten stumpf im schwachen Licht der fernen Straßenlaterne. Im dahinterliegenden Schaufenster erkannte man einen Berg verschlissener Möbelstücke, die wie eine zweite Barriere bis zur Decke aufgestapelt waren. Die Fenster in den drei darüberliegenden Stockwerken waren mit Brettern zugenagelt.

Das hölzerne Tor nebenan versperrte eine kurze, mit Ziegeln gepflasterte Einfahrt, die zu einem blechgedeckten Holzschuppen führte. Aus dem Schuppen ragte das Heck eines Möbelwagens hervor.

Eine schmale Tür an der Rückseite des Schuppens gab Zugang zu einem kleinen betonierten Hof, der sich hinter dem Laden erstreckte. Zwei Fenster, verriegelt und verrammelt, flankierten die in der Mitte gelegene Tür, die ebenfalls mit einem mächtigen Eisengitter gesichert war. Aber aus einem kleinen Kellerfenster am anderen Ende des Gebäudes drang noch Licht. Durch die verdreckten Scheiben konnte man in das Zimmer dahinter sehen. Hier war eine Ecke des Kellers abgeteilt und als Tischlerei eingerichtet. An drei Wänden reihten sich Werkbänke, über denen Regale mit allerlei Schreinerwerkzeug angebracht waren. Nahe der Rückwand standen eine Bandsäge, eine Drehbank, eine Hobelmaschine und ein Elektrobohrer.

Alles, was von Albertas mottenzerfressener Polstergarnitur übriggeblieben war, lag verstreut im Schein grellen weißen Lichts einer mit grünem Schirm versehenen Pendelleuchte auf dem Boden.

Der Jude kniete neben dem noch unversehrten Sofa. Die Skelette der beiden Sessel waren wie die Knochen von Kadavern beiseite geschoben. Bezüge und Polster lagen aufgehäuft daneben.

Er tastete das Sofa ab, als würde er einen Zuchtbullen untersuchen, stieß hier und dort hinein und hätschelte es dann mit weichem, liebevollem Streicheln.

»Grandios«, murmelte er vor sich hin. »Grandios. Über hundert Jahre alt. Hergestellt in New Orleans. Hat schon den Bürgerkrieg überstanden. Phänomenal! Was für Schätze diese schwarzen Köche so horten.«

Plötzlich griff er zu seinen Werkzeugen und begann, das Sofa wie einen alten Meister freizulegen. Dabei führte er die ganze Zeit über Selbstgespräche.

»Dieser Rufus, was für ein Trottel. Will den alten Abie aufs Kreuz legen – haha.«

Als erstes hebelte er sämtliche verborgenen Nagelstifte heraus.

»Die Matratze – Tresor der Farbigen, haha.«

Dann trennte er mit einer Rasierklinge alle Nähte der Bezüge auf und klappte diese zurück, als würde er ein Tier häuten. Außer dem Geräusch der reißenden Fäden und seinem angestrengten Keuchen war es still wie in einer Gruft. Er redete vor sich hin, weil die Lautlosigkeit ihn beunruhigte, und nicht etwa, um seine Gedanken in Worte zu kleiden.

»Kleine Vermögen … kleine Vermögen … aus kleinen Vermögen werden große Vermögen …«

Unter dem Bezug kam eine Lage Roßhaar zum Vorschein, darunter eine Schicht vergilbter Baumwolle. Mit äußerster Sorgfalt entfernte der Jude Lage um Lage. Seine geschickten

Finger betasteten und erforschten jeden Fingerbreit der Polsterung, ehe er sie beiseite legte.

»Er hat nach etwas gesucht. Denkt, Abie wüßte das nicht. Glaubt, er hätte Abie überlistet. Der Holzkopf – haha …«

Da meinte er ein Geräusch zu hören.

»Wer da?« rief er.

Seine Blicke flogen zu dem Kellerfenster. Flink wie eine Katze huschte er zu einem Schalter, der unter der Kante einer Hobelbank versteckt war, und knipste die Lampe aus. Das äußerst schwache Licht der nächtlichen Stadt zeichnete die Umrisse des kleinen, rechteckigen Fensters, in dem keine verräterische Silhouette zu sehen war. Er hatte den Atem angehalten. Jetzt holte er kurz Luft und lauschte. Nur die dumpfen, fernen Geräusche, die durch die dicken Mauern der Brauerei drangen, störten die Stille.

»Niemand weit und breit«, murmelte er.

Aber er zögerte noch, das Licht wieder anzuschalten. Eine unerklärliche Nervosität überkam ihn – keine Vorahnung, eher eine wachsende Erregung. Durch die Dunkelheit ging er zur Tür, die zur Treppe führte. Irgend etwas streifte sein Bein. Der Schreck fuhr ihm wie ein kalter Blitz in die Glieder. Er sprang zur Seite und spürte, wie sich ihm das Haar auf der eiskalten Kopfhaut sträubte. Seine Hände tasteten verzweifelt über die Werkzeugregale nach einer Waffe.

Dann maunzte eine Katze und trippelte zu ihm hinüber, um sich an sein Bein zu schmiegen. Er blickte hinunter und sah zwei grünliche Ellipsen in der Dunkelheit schimmern.

Mit einem schmatzenden Laut sog er die Luft ein.

»Sheba!« keuchte er. »Sheba, kleine Mieze.«

Er bückte sich, um die schnurrende schwarze Katze zu streicheln.

»Sheba! Kleine Königin. Du wirst den alten Abie noch ins Grab bringen.«

Er durchquerte den Raum, schaltete das Licht an und

machte sich wieder an die Arbeit. Die Katze tollte um seine Füße herum.

Er arbeitete konzentriert. Nachdem er die Polsterung entfernt hatte, begann er das mit Sackleinen bespannte Holzgestell mit einem kleinen hölzernen Hammer abzuklopfen. Mit gespitzten Ohren lauschte er auf die Töne aus dem Holz. Er arbeitete sich an der Rückseite des Gestells entlang bis zum Ende der Hinterbeine, dann weiter zu den Vorderbeinen und an den Seiten wieder hinauf. Die Lehnen des Rahmens schienen solide Zylinder aus einem leichten hellen Holz zu sein. Der Hammer lockte nur dumpfe, leise Töne hervor, als er damit gegen das massive Holz klopfte.

»Unverwüstlich«, murmelte der Jude.

Enttäuschung zeichnete sich in den Falten seines Gesichts ab. Wieder strich die Katze an seinen Beinen entlang, doch dieses Mal stieß er sie mit einer ärgerlichen Bewegung zurück.

Er begann die andere Armlehne abzuklopfen. Plötzlich neigte er den Kopf vor, um besser lauschen zu können. Tatsächlich erklang unter den Schlägen des Hammers ein leicht hohler Ton. In seinem Gesicht leuchtete unbändige Gier auf.

Derweil hatte sich die Katze in einiger Entfernung plaziert, um sich mit gekränktem Stolz das Fell zu putzen.

Der Jude kniete nieder und untersuchte in dem hellen Licht das Ende der zylindrischen Lehne. Es unterschied sich nicht von dem der anderen Lehne. Die Stirnmaserung wies keine Fuge auf, die Strebe schien aus einem massiven Stück gearbeitet. Er tauschte das Holzhämmerchen gegen einen kleinen Eisenhammer und klopfte, immerzu lauschend, behutsam gegen das Holz. Dann griff er nach einem schmalen Beitel auf der Werkbank und begann damit einen engen Kreis in den Kopf der Lehne zu schlagen. Nach wenigen Minuten löste sich unter seinen Schlägen ein runder Pflock.

»Prima Arbeit«, murmelte er anerkennend.

Mit einem Dorn spießte er den Pflock auf und entfernte

ihn aus der Lehne. Dahinter befand sich eine zylindrische Höhlung von vielleicht einem Zoll Durchmesser.

Er schob einen Finger hinein, und seine Miene verwandelte sich in Verblüffung. Mit einer langen Pinzette zog er dann eine Rolle hervor, die genau in die Öffnung paßte. Die äußere Hülle bestand aus gelber, bestens erhaltener ölgetränkter Seide. Er schnüffelte daran, sie duftete ein wenig nach Parfum.

Er ging zur Werkbank, schaltete eine weitere Lampe ein und strich die Rolle glatt aus. Die Hülle erwies sich als einfacher Seidenbeutel mit einer Verschlußklappe, die aber nicht versiegelt war. Er öffnete den Beutel und zog einen hübschen Packen hellgrüner Banknoten heraus, der durch eine Banderole zusammengehalten wurde. Er atmete tief durch. Sein Gesicht hätte in diesem Augenblick zum Studium sämtlicher Emotionen herhalten können.

»Phantastisch«, murmelte er. »Noch druckfrisch.«

Es handelte sich um Hundert-Dollar-Noten.

Langsam schob sich seine Zungenspitze hervor und glitt auf der Unterlippe hin und her.

Während er die Banknoten zählte, wurden seine Augen immer größer. Es waren tausend Hundert-Dollar-Scheine.

Plötzlich beugte er sich vornüber und lachte, als wäre er mit einem Mal völlig übergeschnappt. Er lachte so laut, daß er das leise Scharren einer Schuhsohle auf dem Zementboden draußen vor dem Kellerfenster nicht wahrgenommen hat.

Aber die Katze hatte es gehört. Sie unterbrach ihre Wäsche und starrte, ohne zu blinzeln, auf die Konturen eines Mannes, der durch die schmutzigen Scheiben hereinspähte.

Die Silhouette verschwand, und die Katze putzte sich weiter.

Endlich gewann der Jude seine Fassung zurück. Er richtete sich auf und starrte das Geld an. Speichel rann aus seinen Mundwinkeln. Er rieb sich die Hände, als würde er sie waschen. Die Katze unterbrach sich erneut beim Putzen und sah ihn regungslos an. Er tätschelte das Geld, drehte es um und betrachtete die Rückseite, dann hielt er einen Schein gegen das Licht.

»Unglaublich«, murmelte er.

Im nächsten Augenblick wurde sein Körper starr, gefror in lauschender Haltung, die Ohren gespitzt. Das unverkennbare Geräusch eines Anlassers drang zu ihm herüber. Bevor sich auf seinem Gesicht eine Reaktion abzeichnen konnte, sprang der Motor an, und das laute, harte Dröhnen eines auf vollen Touren laufenden Lastwagens zerriß die Stille der Nacht. Kein Zweifel, irgendwer hatte den Motor seines Möbelwagens im Schuppen gestartet. Außer ihm besaß niemand einen Schlüssel zum Tor. Es mußte also jemand dort eingebrochen sein.

Der Motor lief auf Vollgas, sank dann auf eine niedrigere Drehzahl ab und tuckerte weiter im Leerlauf.

Mit unglaublichem Tempo ergriff der Jude das Geld, schob es in den Beutel zurück und zog eine Schublade der Werkbank auf. Dort hinein legte er den Beutel und nahm einen mit Leuchtpatronen geladenen .38er Colt und eine schwere schwarze Stablampe mit einem ziemlich großen Reflektor heraus. Er knipste das Licht über der Werkbank aus und hastete hinüber zum Hauptschalter unter der anderen Bank. Nachdem er sich einmal in Bewegung gesetzt hatte, schien sein Körper an Schnelligkeit zu gewinnen. Die schwarzgekleidete Gestalt mit dem gelblichweißen Haar, bewaffnet mit Colt und Lampe, erweckte den Eindruck unberechenbarer Gefahr.

Der Schalter klickte leise, und der Raum versank in tiefer Dunkelheit. Aber der Jude bewegte sich durch die Finsternis, als könnte er sehen. Auf Zehenspitzen huschte er durch die offene Tür und die Treppe hinauf. Eine der Stufen knarrte unter seinem Gewicht, und er flüsterte kaum hörbar einen jiddischen Fluch vor sich hin.

An einem Absatz mündete die Treppe direkt neben der

Hoftür in den rückseitigen Gang im Erdgeschoß. Der Jude hielt einen Augenblick inne, um durch die schmutzigen Scheiben in den Hinterhof hinauszublicken. Da er aber aus seinem hellerleuchteten Arbeitsraum kam, hatten seine Augen sich noch nicht ganz an die Dunkelheit gewöhnt. Er legte sein Ohr an die Scheibe, hörte jedoch nichts als das Dröhnen des im Leerlauf rasselnden Motors.

Mit größtmöglicher Vorsicht schloß er die Tür auf. Das leise Klicken des Schlosses wurde durch das Rattern des Motors übertönt. Die Tür öffnete sich lautlos.

Das Gesicht gegen das Eisengitter gepreßt, wartete er, spähte und lauschte. Noch immer nichts als der Lärm des Motors. Der Jude vermutete eine Falle, wußte aber nicht, ob er es mit einem professionellen Gauner oder irgendwelchen halbwüchsigen Strolchen zu tun hatte. In seinem kabuffartigen Büro im Erdgeschoß stand ein Telefon. Er hätte also die Polizei anrufen können, wollte sie aber nicht in seine Angelegenheiten hineinziehen, weil sie dann nur hier herumschnüffeln und dumme Fragen stellen würden.

So zog er es vor, dem Eindringling selbst eine Falle zu stellen. Er schloß das Gitter auf, stieß es in seinen Angeln vor, bis es im rechten Winkel zur Hauswand stand und den Eingang vor jedem Angriff von links schützte. Dann zog er sich in die Dunkelheit zurück und wartete.

Fünf Minuten verstrichen. Die Katze kam die Treppe herauf, blickte hinaus und stolzierte mit steil erhobenem Schwanz über den Hof, ohne nach rechts oder links zu sehen. Der Jude wußte, daß daraus überhaupt nichts zu schließen war, denn Sheba ignorierte einfach jeden, den sie nicht kannte.

Zehn Minuten vergingen, dann waren es fünfzehn. Allmählich wurde der Jude ungeduldig. Er wollte wieder zu seinem Geld zurück. Das da draußen mochten irgendwelche Lausebengel sein. Niemand, der halbwegs bei Verstand war, konnte es auf seinen Möbelwagen abgesehen haben. Und falls jemand in sein Lager eindringen wollte, hätte er längst die Gelegenheit beim Schopf gepackt. Er wollte noch fünf Minuten warten.

Er konnte die verstreichende Zeit nur abschätzen, aber seine innere Uhr arbeitete ziemlich zuverlässig. Als nach seinem Zeitgefühl die fünf Minuten verstrichen waren, schob er den Revolver unter seine Jacke, um das Knacken beim Spannen des Hahns zu dämpfen. Die große schwarze Stablampe in der linken Hand, den Daumen auf dem Schaltknopf, und den schweren Colt ausgestreckt in der Rechten, den Finger am Abzug, tauchte er langsam im dunklen Rechteck der Türfüllung auf.

Rechts von der Tür trat ein Mann hervor, der bisher regungslos an der Ziegelwand geklebt hatte. Er hatte längere Geduld bewiesen als der Jude.

Der Jude sah den Hammer herabsausen und wich instinktiv den Bruchteil einer Sekunde vor dem Aufprall aus, so daß der Schlag ihn genau auf das rechte Schultergelenk traf. Der Arm war augenblicklich gelähmt, und der Schmerz rief einen schalen Geschmack im Mund hervor. Ein Schuß löste sich, ehe die Waffe polternd auf dem Zementboden landete. Die Kugel zog eine weiße Linie durch die Dunkelheit, prallte an der Brauereimauer ab und schlug Kapriolen in der Luft.

Mit dem linken Fuß stieß der Mann die Waffe beiseite, während er mit dem rechten Arm erneut den Hammer schwang. Der Jude hatte auf den Schaltknopf seiner Lampe gedrückt, und ihr Strahl leuchtete in dem Moment kurz auf, als der Hammer den Scheinwerfer zerschmetterte. Es war, als sei das Zucken eines Blitzes fast mit dem Krachen des Donners zusammengetroffen und damit die Dunkelheit noch finsterer geworden. Die Stablampe flog dem Juden aus der Hand und rollte über den Hof. Hand und Unterarm fühlten sich an, als steckten in ihm bis zum Ellbogen hinauf Tausende von Nadeln.

Der Jude war geblendet, beide Arme gelähmt. Aber er trat wild um sich und erwischte seinen Angreifer am Schienbein. Jaulend vor Schmerz knickte der Mann in sich zusammen. Der Schlag des Hammers, der eigentlich nach dem Kopf zielte, traf nur den Brustkorb des Juden. Das Geräusch brechender Rippen klang wie ein Trommelschlag unter Wasser. Der Jude wollte aufschreien, doch dazu fehlte ihm die Luft. Auf einem Bein stehend, holte der Angreifer aus der Rückhand erneut aus. Der Hieb traf den Juden über dem rechten Ohr und erzeugte ein Geräusch, als würde ein Metzger einen Markknochen spalten. Der krampfhaft verzerrte Mund des Juden entspannte sich augenblicklich, seine gestrafften Muskeln lösten sich, und er sank zu einem schlaffen Häufchen zusammen.

Der Eindringling beugte sich darüber und ließ einen Hagel von Schlägen auf die kraftlose Gestalt niederprasseln. Eine ganze Weile lang war da nichts als das Heben und Senken des Hammers, die dumpfen Töne, die nach Fleisch klangen, wenn der Hammer wieder und wieder im Gesicht und auf dem Kopf des Juden landete.

Dann hörte das grausige Treiben unvermittelt auf.

Der Angreifer ließ den Hammer auf den Boden fallen, setzte sich nieder und vergrub sein Gesicht in den Händen. Unmenschliche Laute drangen aus seinem Mund. Sie klangen so, als würde er vor unbeherrschbarem Entsetzen schreien.

Plötzlich hörte auch das Schreien auf.

Der Angreifer ging in die Hocke und knipste ein Feuerzeug an. Im flackernden Licht erschien der Jude wie ein Bündel blutgetränkter Lumpen. Sogleich erlosch der Feuerschein wieder.

In der Dunkelheit suchte der Eindringling hastig die Taschen des Juden ab. Er fand nichts, kein Geld, keine Brieftasche, keine Papiere.

Er mußte ins Haus gehen. Vor Grauen am ganzen Körper

zitternd, suchte er vergeblich nach einem Lichtschalter. Im Schein des Feuerzeugs stieg er die Treppe hinunter. Eine der Stufen knarrte plötzlich unter seinem Gewicht. Das Feuerzeug entglitt den verkrampften Fingern, und er mußte in der Dunkelheit danach herumtasten. Sein Atem gab pfeifende Töne von sich.

Endlich fand er das Feuerzeug, doch es funktionierte nicht sogleich. Er tastete sich bis zum Ende der Treppe hinunter und versuchte es noch einmal mit dem Feuerzeug. Es brannte, aber die Flamme war jetzt noch schwächer als zuvor.

Die Zeit wurde knapp.

Einen Augenblick lang blieb er im Türrahmen stehen und sah sich in dem Raum um. In dem schwachen, flackernden Licht waren die Gegenstände kaum zu erkennen, doch er konnte die Werkbank ausmachen, vor der er den Juden zuletzt hatte stehen sehen. Er ging hinüber, legte das Feuerzeug beiseite und begann die Schubladen aufzuziehen. Seine Beute lag noch dort, wo der Jude sie zurückgelassen hatte.

Er hielt das Säckchen aus ölgetränkter Seide in der Hand, als sei es so verletzlich wie die Hoffnung auf ein Jenseits. Sein Körper war vornübergebeugt, die Augen starrten auf das Päckchen. In seinem Gesicht stand der Ausdruck unbezähmbarer Begierde.

Hundert Riesen, dachte er.

Plötzlich hörte er das Knarren der losen Stufe.

Um seinen Kopf schloß sich eine eisige Klammer: Der tote Jude wollte sich das Geld zurückholen. Instinktiv fuhr er herum und griff nach einem Stemmeisen als Waffe. Nur sein unterdrücktes Atmen war zu hören, aber er konnte die Anwesenheit einer Gestalt auf der Treppe förmlich spüren.

Er schob den Beutel in seine Hüfttasche und knöpfte die Klappe zu. Dann griff er nach seinem Feuerzeug, hielt es in der einen und das Eisen in der anderen Hand und schlich vorsichtig auf Zehenspitzen in Richtung der Tür.

Als er sie erreicht hatte, hörte er Schritte die Stufen heruntertrappeln. Sein Körper stieß mit dem eines anderen zusammen. Keiner von beiden konnte in der Dunkelheit etwas sehen. Er schlug mit seinem Stemmeisen zu und hörte einen scharfen Schmerzensschrei. Im selben Moment bemerkte er den kühlen, blitzschnellen, fast schmerzlosen Messerschnitt auf seiner Wange.

Der Zweikampf war kurz, aber heftig. Der eine stieß wie verrückt zu und führte sein Stemmeisen mit einer besinnungslosen Wut. Deutlich spürte er, ob das Ding in die Wand fuhr oder auf Kleider und Fleisch traf. Das Messer konnte er nicht sehen, wußte aber, daß es in der Luft über ihm herumstocherte. Unzählige Male fühlte er, wie es in seinen Körper eindrang, registrierte aber keinen Schmerz, sondern nur ein wahnsinniges Entsetzen.

Auf beiden Seiten erklangen unverständliche Grunzlaute, sonst nichts. Kein Wort wurde gesprochen, kein Fluch ausgestoßen. Zwei Gestalten rangen, duckten sich und hieben blindlings in völliger Dunkelheit aufeinander ein. Dann löste der erste sich und rannte davon.

Er meinte, in Richtung der Treppe zu laufen, bis er in der Finsternis gegen einen harten Gegenstand stieß. Er prallte zurück, stolperte über einen anderen Gegenstand und fiel der Länge nach auf etwas, das sich wie ein Sprungfederrahmen anfühlte. Er konnte die wilde Verfolgungsjagd des anderen hören, der ebenfalls gegen Möbelstücke stieß und wie ein Tier vor sich hin knurrte.

Die Federn schienen sich um seine Beine geschlungen zu haben. Tretend und stampfend, schüttelte er sie ab, als würden sie mit Händen nach ihm greifen. Andere Gegenstände lauerten ihm in der Dunkelheit auf und trafen ihn an allen erdenklichen Stellen. Etwas hakte sich in sein Ohr und zerriß ihm das Ohrläppchen. Etwas anderes schlug ihm quer über den Mund. Dinge umklammerten seine Knöchel. Es schien, als wären die zerbrochenen und zerlegten Möbel zum Leben erwacht, um ihn wie eine Horde von Meuchelmördern zu foltern. Sein Verfolger durchlitt die gleichen Qualen, doch war das kein Trost.

Nachdem er eine Runde im ganzen Kellerraum zurückgelegt hatte, war er unbarmherzig geprügelt worden. Sein Atem kam stoßweise. Er hatte das Stemmeisen noch fest im Griff, aber kaum noch die Kraft, es zu benutzen. Endlich gelangte er zur Treppe. Er schleppte sich hinauf und hörte, wie sich sein unsichtbarer Verfolger weiterhin heftig mit den widerspenstigen Möbelstücken herumschlug und unverständliche Flüche in die Finsternis fauchte.

Er gelangte in den dunklen Hof und schnappte nach Luft. Sein Magen drohte sich umzudrehen, und er biß die Zähne zusammen. Die Leiche des Juden lag noch dort, wo er sie zurückgelassen hatte. Er verspürte den wahnsinnigen Trieb, nach Leibeskräften zu schreien. Zwar wußte er, daß er aus etlichen Stichwunden blutete, doch empfand er keinerlei Schmerz.

Die plötzliche Stille unten schreckte ihn erneut auf. Er hörte die lockere Stufe laut knarren, als ein Fuß darauf gesetzt wurde. Er rannte zum Schuppen.

Der Motor des Möbelwagens tuckerte weiter vor sich hin. Ohne eine einzige überflüssige Bewegung sprang er auf den Fahrersitz, legte den Rückwärtsgang des großen alten Lastwagens ein, trat das Gaspedal durch und ließ die Kupplung hochschnellen. Das Gefährt donnerte wie ein Rammbock rückwärts auf das Tor zu. Das Gatter riß aus den Angeln und flog über den Bürgersteig hinweg bis mitten auf die Third Avenue. Der Möbelwagen folgte.

Aus reiner Gewohnheit zog er die Handbremse und trabte schon los, noch bevor seine Füße den Boden berührt hatten.

6

Der Morningside Park ist Teil jener steinigen, unbewohnbaren Wildnis an der Ostflanke des Felsrückens, der die Klippen über dem Hudson River bildet. Er ist weitgehend von dichtem Gebüsch überwachsen und wird von steilen, gewundenen Treppen durchzogen, auf die sich nach Einbruch der Dunkelheit nur leichtsinnige Naturen verirren.

Kurz nach Mitternacht sausten Streifenwagen zum Park und trafen sich nahe bei der Bank, auf der am Nachmittag Sugar und Rufus gesessen hatten. Beim zuständigen Präsidium war ein anonymer Anruf eingegangen, daß dort die Schreie eines Mannes zu hören waren.

Als der erste Streifenwagen eintraf, waren die Schreie bereits verstummt. Eine Spur aus dunklen Blutstropfen begann bei einer am Straßenrand geparkten grellgrünen Limousine. Die Rückenlehne des Fahrersitzes und das Lenkrad waren mit Blutspritzern übersät. Auf dem Gehweg, der zu einer im Dunkeln liegenden öffentlichen Toilette und weiter in das schwarze Dickicht des Parks führte, waren die Tropfen bereits zu großen Lachen angewachsen. Die Toilette war über Nacht verschlossen, und die Blutspur führte um sie herum bis unter das herabhängende Laub. Die Suchlichter der Polizei durchbohrten die Finsternis im dichten Unterholz.

Auf Gehsteig und Fahrbahn hatte sich die für Harlem übliche Menschenansammlung eingefunden, und den Polizisten gelang es kaum, sie in Schach zu halten.

»Da haben wir's!« verkündete ein Polizist.

Die Gestalt lag zusammengerollt unter dichtem Buschwerk, in das sie sich schutzsuchend verkrochen hatte.

»Zurückbleiben! Bleibt zurück!« befahl ein Corporal.

»Den kenn ich; ist mir bekannt, der Mann«, überschlug sich ein großer Farbiger in Arbeitskleidung. »George Clayborne heißt der.«

»Und wer sind wir?« fragte der Corporal.

»Ich bin Hausmeister von dem Dingsbums, dem Haus da drüben. Das ist da, wo George Clayborne wohnt.«

»Namen notieren«, befahl der Corporal. Es schien, als hätte er sich selbst das Kommando übertragen. »Aussage zu Protokoll nehmen. Und ihr anderen vernehmt die übrigen Leute hier. Mehr können wir nicht tun, bevor der Leichenbeschauer und die Männer vom Morddezernat hier sind.«

»Das da ist sein Wagen drüben«, informierte der Hausmeister den jungen Polizisten, der ihn vernahm.

Der Polizist öffnete die vordere Wagentür und entdeckte Flecken auf dem Fahrersitz und dem Lenkrad, die wie Blut aussahen. Er rief nach dem Corporal.

Ein mageres schwarzes Mädchen mit Zöpfchen, die ihr in allen möglichen Richtungen vom Kopf abstanden, blickte sich vorsichtig um, bis sie den größten der anwesenden Polizisten ausfindig gemacht hatte. Sie schlich sich an seine Seite und zupfte ihn am Ärmel.

Der Mann fuhr zusammen und griff nach seiner Pistole. All diese finster dreinblickenden Farbigen hatten seine Nerven bis zum Zerreißen gespannt. Als er sah, wer ihn berührt hatte, wurde er knallrot.

»Was willst du?« schrie er ärgerlich.

Das kleine Mädchen blickte aus großen braunen Augen ernst zu ihm auf. »Hab gesehen, wer's war«, sagte sie.

Der große Polizist fuhr erneut zusammen. »Was?« Er war sich nicht sicher, ob er es richtig verstanden hatte.

»'ne weiße Lady war's. Hab sie mit dem Messer gesehen.«

»Weiße Lady!« Der große weiße Polizist wies das entschieden zurück. »Geh nach Hause und ab ins Bett. Du weißt ja nicht, wovon du redest.«

»Ich hab sie mit dem Messer gesehen«, beharrte das kleine Mädchen. »Es war ganz voll Blut, und sie war ganz in Weiß, wie'n Gespenst.«

»Was war das?« bellte der etwas schwerfällige große Polizist. »Weiß gekleidet, meinst du. Dann war's also keine weiße Lady.«

»Nee, klar, nur weiß gekleidet, mehr nicht«, sagte das Mädchen stur. »Hab gesehen, wo sie langgegangen ist.«

»Dann wollen wir ihr mal nach«, meinte der große Polizist voller Tatendrang. »Wir nehmen das Auto, und du zeigst uns, welchen Weg sie genommen hat.«

Er drängte sich durch die Menge zu seinem Streifenwagen, wo sein Kollege rauchend hinter dem Lenkrad saß.

»Die Kleine hat die Täterin gesehen«, sagte er. »Sie will uns zeigen, wohin die Frau gegangen ist.«

Sie setzten das Mädchen zwischen sich, und sie zeigte die 112th Street runter zur Eighth Avenue.

Der Wagen raste mit heulender Sirene den Straßenblock entlang und bog mit 100 Stundenkilometern in die Eighth Avenue ein.

Das kleine Mädchen reckte den Hals und zeigte plötzlich auf eine weißgekleidete Gestalt, die eilig die Eighth Avenue hinunter zur 110th Street lief. »Da ist sie!« rief das Kind.

Der Streifenwagen war schon halb über die Avenue hinausgeschossen, fuhr aber noch im gleichen Tempo. Der Fahrer stieg in die Bremsen und riß den Wagen im rechten Winkel herum, als steuere er einen Überschall-Jet am leeren Himmel. Das Kreischen der Reifen tönte um die Wette mit dem Heulen der Sirene. Ein nach Norden fahrender Wagen scherte auf die linke Spur der Eighth Avenue aus und krachte frontal in ein entgegenkommendes Fahrzeug, das mit blockierenden Bremsen seitwärts schlitterte, weil ihm der Streifenwagen den Weg abgeschnitten hatte. Das Polizeifahrzeug streifte mit zwei Rädern die Bordsteinkante, drohte sich zu überschlagen, donnerte gegen einen eisernen Laternenpfahl, der es wieder auf alle vier Räder zurückwarf, und jagte dann in eine Reihe von Mülltonnen, die über den breiten Bürgersteig bis in die

Schaufensterscheiben eines Supermarkts segelten. Das Scheppern von Metall auf Metall und Blech gegen Glas erfüllte die Nacht mit ohrenbetäubendem Lärm, und noch an der Seventh Avenue sah man Leute in Deckung springen.

Gegenüber begann die weißgekleidete Gestalt davonzurennen, aber der Streifenwagen hatte seine Fahrt nicht unterbrochen. Er schleuderte zur anderen Straßenseite hinüber. Der Fahrer blutete aus einer Schnittwunde an der Wange, die von zerbrochenem Glas herrührte. Er brachte den schlingernden Wagen dicht neben der rennenden Frau zum Stehen.

Die Polizisten waren schon draußen, als das Fahrzeug noch schaukelte. Der Große machte einen mächtigen Satz und riß die Frau zu Boden. Sie landete auf dem rechten Oberschenkel, trat mit der linken Hacke zurück und verpaßte dem Polizisten einen Schlag aufs Maul. Bis der andere um das Fahrzeug herumgelaufen war, stand sie schon wieder auf den Beinen und empfing ihn mit einem Rückhandschwinger aufs Auge.

Sie war eine große, kräftige Frau, flink wie eine Katze, und wehrte sich gegen die beiden Polizisten, als wäre sie nicht mehr bei Sinnen.

Die Menge, die sich wie üblich schnell am Schauplatz versammelt hatte, kriegte einen hervorragenden Kampf zu sehen.

Schließlich hatten die Polizisten die Frau flach auf den Bauch gedreht und hielten ihre Hände fest auf dem Rücken. Der große Polizist hockte auf ihren Beinen, und der Fahrer kniete auf ihrem Nacken, während sie ihr Handschellen anlegten. Bevor sie aufstehen durfte, durchsuchten sie die Frau, sehr zur Freude der Zuschauer, und fanden in den Taschen ihres Kittels zwei Messer. Eines der Messer war klebrig von geronnenem Blut.

Sie ließen sie los, standen auf und hielten respektvoll Abstand, als sie sich aufrappelte.

»Warum haben Sie das getan?« bellte der große Polizist.

»Was getan?« fragte sie mürrisch. Wenn Blicke töten könnten, wären beide Polizisten auf der Stelle tot umgefallen.

»Ihn umgebracht?« beharrte der Große.

»Wen umgebracht?« fragte sie.

»Dies hier ist doch das Messer«, stellte der Fahrer fest.

»Welches Messer?« sagte sie.

»Gib's lieber mir«, wandte sich der große Polizist an den Fahrer. »Da tropft ja schon dein eigenes Blut drauf.«

Der Fahrer reichte ihm das Messer. Der Große wickelte es in sein Taschentuch.

Schwarze Gesichter beobachteten die Vorstellung mit äußerstem Interesse.

Der große Polizist ging zu einer neuen Taktik über. »Warum sind Sie denn davongerannt?«

»Jeder hier rannte«, sagte sie. »Ich hab gedacht, die Welt geht unter.«

»Und der Festnahme widersetzt«, fuhr der Polizist fort, »warum, wenn Sie unschuldig sind? Die Polizei ist doch Ihr Freund und Helfer.«

Die dankbaren Zuhörer quittierten die Bemerkung mit wohlverdientem Gelächter, aber sowohl der Frau als auch dem Polizisten war es todernst.

»Woher sollte ich denn wissen, daß es die Polizei war?« sagte sie. »Ich hörte den Lärm und meinte, der Jüngste Tag wär angebrochen. Dann packte mich jemand an den Beinen. Ich dachte, das ist der Teufel. Sie würden sich auch wehren, wenn Sie der Teufel am Tag des Jüngsten Gerichts an den Beinen packt.«

»So beschränkt können Sie unmöglich sein«, stellte der große Polizist fest. »Komm, wir nehmen sie mit«, sagte er zum Fahrer.

Inzwischen waren die anderen Streifenwagen vom Morningside Park herübergekommen, und die Menge rannte kreischend die Straße hinunter zum Ort dieses aufregenden Geschehens.

»Ich glaub nicht, daß die Karre noch läuft«, sagte der Fahrer.

»Macht nichts, da kommt schon der Transporter«, verkündete der große Polizist und deutete auf die grüne Minna, die sich ihren Weg durch die Menge bahnte.

Die Besitzer der demolierten Autos fingen an, sich bei dem Corporal zu beschweren.

»Verklagen Sie die Stadt«, riet er ihnen.

Derweil bedienten sich die Anwohner an den Vorräten im zerschlagenen Schaufenster des Supermarkts, ohne daß die stockblinden Polizisten etwas davon mitkriegten.

»Wo ist dieses Mädchen, das den Tip gegeben hat?« fragte der Fahrer. »Wir brauchen sie als Zeugin.«

Der große Polizist sah sich suchend um, fand sie aber nicht. »Mein Gott, warum hast du sie laufenlassen?« fragte er vorwurfsvoll.

»Ich sie laufenlassen!« rief der Fahrer erbost aus. »Du hast sie doch auch laufenlassen.«

»Ich war damit beschäftigt, die Verdächtige festzunehmen«, sagte der große Polizist.

»Zum Teufel, was meinst du, was ich getan habe?« wollte der Fahrer wissen. »Hier, sieh dir mal mein Auge an.«

»Schon gut, schon gut«, sagte der große Polizist.

Sie suchten in der Menge nach dem kleinen Mädchen und fragten nach ihr, aber ohne Erfolg. Also brachten sie die Frau ohne die kleine Zeugin zum Revier.

Von der Leiche im Gebüsch waren Fotos gemacht worden, dann hatte man sie zwecks näherer Untersuchung zu der öffentlichen Toilette gebracht und ihr die Kleidungsstücke ausgezogen.

»Ich zähle neunzehn Stichwunden an Kopf, Nacken, Schultern und Rückenpartie«, sagte der Amtsarzt. »Wir können mit ziemlicher Sicherheit davon ausgehen, daß sie die Todesursache waren.«

Der Sergeant vom Morddezernat betrachtete die leblose Gestalt auf dem Fliesenboden und fühlte eine leichte Übelkeit aufsteigen. »Sieht so aus, als wäre er außerdem verprügelt worden«, bemerkte er.

Die beiden anwesenden Beamten in Zivil und die Polizisten in Uniform starrten stumm auf die Leiche.

Der Amtsarzt wischte sich die Hände mit einem alkoholgetränkten Tuch ab. »Ja, das ist das Merkwürdige daran«, räumte er ein. »Er wurde mit irgendeinem stumpfen Gegenstand schwer mißhandelt, und zwar mindestens eine halbe Stunde, bevor man ihn umbrachte. Aber sehen Sie – alle Prellungen befinden sich an der Vorderseite des Körpers, zielten aber im Unterschied zu den Stichwunden nicht auf eine bestimmte Region. Die Prellungen erstrecken sich von den Schienbeinen bis zur Stirn, als hätte man ihn geschlagen, während er auf dem Rücken lag.«

»Irgend jemand hat ihn nicht besonders gemocht«, bemerkte der Sergeant.

»Fürs erste würde ich behaupten, daß ihm sowohl die Stichwunden als auch die Prellungen von mehr als einer Person zugefügt wurden«, sagte der Arzt. »Aber wir werden nach der Obduktion genauer wissen, ob mehr als ein Messer benutzt wurde.«

»Heißt das, Sie halten es für einen Bandenmord?« fragte der Sergeant.

»Entweder das, oder der Mörder war eine ungewöhnlich schnelle und kräftige Person.«

»Tja, wir haben da eine Frau mit einem blutverschmierten Messer aufgegriffen«, sagte der Sergeant. »Und soweit ich es dem Bericht der betreffenden Beamten entnehmen kann, ist sie in der Tat schnell und kräftig.«

Der Mediziner setzte eine skeptische Miene auf. »Nach meiner Erfahrung mit Frauen gibt es keine, die so schnell und kräftig wäre«, sagte er.

»Schön, das werden wir bald feststellen«, meinte der Sergeant.

Der Amtsarzt ging kopfschüttelnd zu seinem Wagen; ebenso der Sergeant, dem der Schädel vor lauter Fragen brummte.

7

Der Sergeant hieß Frick. Er war ein hagerer Mann mit schwarzem Haar, der seine quälenden Magengeschwüre stets vor den anderen zu verheimlichen suchte. Jetzt sah er so aus, als würde er plötzlich von einem der Geschwüre geplagt.

»Sagten Sie, Ihr Name sei Alberta Wright?« fragte er ungläubig.

Die Frau, die auf dem Hocker im Lichtkegel einer 300-Watt-Birne saß, antwortete mürrisch: »Jawoll, Sir, hab ich gesagt.«

Der Sergeant blickte vom einen zum anderen der beiden farbigen Detectives neben ihm. »Haben Sie das mitgekriegt?« fragte er.

»Was soll damit sein?« entgegnete Grave Digger Jones höflich. Die lässige Haltung seiner großen, drahtigen Figur in dem zerknitterten dunklen Anzug ließ ihn wie einen Farmer aussehen, der sich für eine Pause auf seinen Pflug stützt.

»Gestern gegen Mittag erhielten wir hier im Büro einen Anruf, sie sei bei irgendeinem religiösen Fest tot umgefallen«, sagte der Sergeant.

»Dafür sieht sie aber ziemlich lebendig aus«, bemerkte Coffin Ed Johnson. Er stand auf der anderen Seite neben Sergeant Frick. Abgesehen von seinem Gesicht, war er das Gegenstück zu Grave Digger. Doch dieses säurezernarbte Gesicht, Andenken an einen nächtlichen Krawall in einem

Schuppen weiter unten am Harlem River, erinnerte eher an die Maske eines afrikanischen Wunderheilers.

Beide Detectives gehörten zur Polizeistreife, aber der Sergeant vom Morddezernat hatte sie gebeten, beim Verhör anwesend zu sein.

Der Sergeant sah auf die Frau hinunter, als erwarte er, daß sie jeden Augenblick die Flucht ergreifen würde. Dabei klebte sie geradezu auf diesem Hocker, der mitten auf dem nackten Fußboden des schalldichten, fensterlosen Raums im Harlemer Polizeirevier, des »Singvogelkäfigs«, wie ihn die Unterwelt nannte, festgeschraubt war. Sie trug immer noch ihren verschmutzten weißen Kittel und die weiße Gummibadekappe, die sie bei der Taufe angehabt hatte.

»Sie machen dem Morddezernat ziemliche Scherereien«, sagte der Sergeant. »Gestern noch waren Sie tot, jetzt sind sie quicklebendig und haben jemand anderen umgelegt.«

»Ich war nicht tot, und umgelegt hab ich auch keinen«, bestritt Alberta.

»In Ordnung, in Ordnung, dann schießen Sie mal los mit Ihren Lügen«, sagte der Sergeant. »Erzählen Sie mir alles, was passiert ist.«

Sie sprach mit der gedämpften, winselnden Stimme, mit der sie auf die Befragungen von Weißen zu reagieren pflegte.

Als sie fertig war, bemerkte der Sergeant: »Sie haben mich wohl etwas zu wörtlich genommen, wie?«

»Nicht doch, Sir, was ich sage, ist die Wahrheit«, beharrte sie.

Der Sergeant sah abermals die beiden farbigen Detectives an. »Kaufen Sie ihr das Märchen ab?« fragte er dann mit Blick auf den Polizeistenographen, der in einer Ecke an seinem kleinen Tisch saß und alles mitgeschrieben hatte.

Der Protokollführer antwortete nicht.

»Ein bißchen davon«, urteilte Grave Digger. Unter dem ziemlich ramponierten Filzhut zuckte sein dunkles, vernarbtes

Gesicht vor unterdrückter Belustigung. Er verstand sich prächtig auf die Kunst der Lüge.

»Teils ja, teils nein«, ergänzte Coffin Ed.

Der Sergeant sah aus, als hätte man ihm eine Ladung Rizinusöl eingetrichtert. Er wandte sich wieder Alberta zu und forderte sie auf: »Lassen Sie mich das noch mal hören. Vielleicht hab ich's ja beim ersten Mal nicht richtig verstanden.«

»Was noch mal hören?« fragte Alberta. »Sie meinen, die ganze Geschichte von eben noch einmal herbeten?«

»Nein, nur den Teil, wie Sie das Messer gefunden haben«, sagte der Sergeant. »Auf das andere kommen wir zurück, wenn wir das geklärt haben.«

Sie holte tief Luft und wischte sich den Schweiß aus den Augen. »Da gibt's nichts zu klären«, plauderte sie gleichgültig los. »War genau so, wie ich gesagt hab. Ich saß auf 'ner Bank im Central Park ...«

»... und taten was?« schnitt ihr der Sergeant das Wort ab.

»Hab mich ausgeruht.«

»Allein?«

»Jawoll, Sir, allein. Da seh ich den Streifenwagen auf der 110th Street vorbeirauschen und rein in die Manhattan Avenue.«

»Um welche Zeit war das?«

»Weiß ich nicht. Hatte keine Uhr, und außerdem war's mir egal, wie spät es war. Was fragen Sie nicht die, wo den Schlitten gefahren sind?«

»Hab ich schon. Beantworten Sie nur meine Fragen. Was geschah dann?«

»Ich hatte so eine Vorahnung.«

»Vorahnung von was?«

»Keine Ahnung, wovon, 'ne Vorahnung eben, weiter nichts.«

»Wie haben Sie sich gefühlt? Schwach? Benommen? Wie eine Hellseherin? Oder was?«

»Hab mich halt so gefühlt, wie ich mich immer fühl, wenn ich 'ne Vorahnung hab – wie, als würd was Schlimmes passieren.«

»Wem?«

»Wem's passiert, hat mir mein Gefühl nicht verraten.«

»Haben Sie das immer, wenn Sie einen Streifenwagen sehen?«

»Nee, Sir, ich krieg das bei vielen Sachen. Ich weiß nicht, warum. Manche sagen, ich hätt das Zweite Gesicht.«

»Aber als die Polizei Sie festgenommen hat, gab es vorher keine Visionen, oder?«

»Nee, Sir.«

»Wie schade für Sie. Na gut, weiter, was geschah, als Sie Ihre Vorahnung hatten?«

»Ich stand auf und ging dem Streifenwagen nach.«

»Vorhin haben Sie gesagt, Sie wären ihm nachgerannt«, korrigierte der Sergeant.

»Jawoll, Sir, bin gerannt«, bestätigte Alberta. »Trödeln wär schlecht gewesen, Vorahnungen halten nicht ewig.«

»Was sollte denn Ihrer Meinung nach geschehen?«

»Wußte ich auch nicht, was Schlimmes jedenfalls. Irgendwas sagte mir, ich müßte da sein.«

»Wo sein?«

»Wo es passierte.«

»Warum ausgerechnet Sie? Warum sollten Sie da sein? Was hatten Sie da verloren? Wen kannten Sie dort?«

»Weiß ich nicht. Die Wege des Herrn sind unergründlich. Ich frag nicht so danach wie Sie. Ich hatte eine Vorahnung und lief dem Streifenwagen hinterher, weiter nichts.«

»Bei Ihrem ständigen Gerede vom Herrn kriegt man den Eindruck, Er wäre hier im Raum«, kommentierte der Sergeant sarkastisch.

»Ist Er auch«, entgegnete Alberta feierlich. »Steht direkt neben mir.«

»Also gut«, sagte der Sergeant. »Was geschah dann, als Sie dort waren?«

»Als ich ankam, sah ich all die Leute und die Polizisten drum herum. Ich fragte eine Frau, was passiert war. Sie sagt, irgendein Mann wär umgebracht worden. Ich frage sie, wer's war. Sie sagt, sie weiß es nicht. Dann frage ich sie, wie er umgebracht wurde, und sie sagt, er wurde erstochen.«

»Was dachten Sie denn, wer es sein könnte?« fragte der Sergeant scharf.

»Hab gar nicht gedacht, daß es jemand Bestimmtes war.«

»Schön, und als Sie da ankamen, steckte Ihnen jemand das Messer zu. Wer war das?«

»Da war keiner, der so was gemacht hat, hab auch nie behauptet, da war einer«, antwortete sie wütend. »Ich bin auf was getreten, und als ich hinsah, was es war, seh ich, es war ein Messer mit ganz viel Blut dran.«

»Wo lag das?«

»Im Rinnstein.«

»Wo genau?«

»Vor dem Spielplatz.«

»Und Sie wollten es verstecken, weil Sie wußten, wer es benutzt hatte«, beschuldigte der Sergeant sie bissig.

Doch Alberta ließ sich nicht einschüchtern. »Nee, Sir, so was hab ich nicht gemacht«, widersprach sie hitzig. »Es war so, wie ich eben schon gesagt hab – plötzlich tippt der Herr mir auf die Schulter und befiehlt mir, das Messer zu nehmen und es in den Teich im Central Park zu werfen, damit würd ich 'nem Unschuldigen das Leben retten.«

»Wie das?«

»Indem ich das Messer in den Teich werf, genau so.«

»In Ordnung, und wer war der Unschuldige?«

»Hat der Herr mir nicht verraten.«

»Na, dann fragen Sie Ihn doch mal«, knurrte der Sergeant. »Sie sagen doch, Er steht direkt neben Ihnen.«

»Jawoll, Sir«, antwortete sie unbeirrt, drehte sich um und redete in die Luft. »Herr, wer war das?«

Der Protokollführer hörte auf zu schreiben und blickte gespannt auf. Eine Weile sagte niemand einen Ton.

Dann fragte der Sergeant zynisch: »Was sagt Er denn?«

»Er sagt, Er behält's für sich«, erwiderte Alberta gleichgültig.

Der Polizeistenograph kicherte, aber die Gesichter von Grave Digger und Coffin Ed blieben regungslos.

Sergeant Frick sah sie an und rieb sich mit der Handfläche heftig über die Stirn. Jedesmal, wenn er dienstlich nach Harlem kam, befielen ihn diese unsäglichen Kopfschmerzen.

»Was halten Sie von dem Märchen?« fragte er die farbigen Detectives.

»Was sie behauptet getan zu haben, stimmt vielleicht«, antwortete Grave Digger. »Warum sie es tat, ist 'ne andere Geschichte.«

»Wollen Sie etwa sagen, Sie glauben, daß jemand dämlich genug ist, eine Mordwaffe vor der Polizei zu verstecken, ohne auch nur zu wissen, wer der Mörder ist?« fragte der Sergeant ungläubig.

»Sicher«, nickte Coffin. »Das glaube ich. Nicht unbedingt diese Frau, aber es gibt Leute in Harlem, die das tun würden.«

»Warum, zum Teufel?«

»Die meisten hier halten die Polizei für den Erzfeind der Gesellschaft«, führte Grave Digger aus. »Aber bestimmt hat die Lady eine ziemlich klare Vorstellung davon, wer der Mörder ist.«

»Das würde ich auch meinen«, sagte der Sergeant, drehte sich dann wieder zu Alberta um und bombardierte sie mit der Frage: »Wann haben Sie George Clayborne zuletzt gesehen?«

»Hab nie von dem gehört«, stritt sie ab.

»Er war ein Spezi von Ihrem Gatten«, behauptete der Sergeant.

»Ach ja?« sagte sie unbeeindruckt, ohne auf den Köder hereinzufallen. »Da sieh einer an!«

Der Sergeant wurde rot. »Wie, sagten Sie, hieß Ihr Gatte?«

»Hab ich nicht gesagt, aber wenn Sie's hören wollen, er heißt Rufus Wright.«

»Wo arbeitet er?«

»Weiß ich nicht, interessiert mich auch nicht. Hab ihn seit fast einem Jahr nicht mehr gesehen, und was er macht, ist mir egal.«

»Wer ist denn Ihr Freund?« fragte Grave Digger.

»Mein Freund! Der heißt Sugar Stonewall.«

»Was wollte er in Claybornes Haus?« warf der Sergeant geschickt ein.

»Er war nicht dort«, Alberta blieb zäh. »Er ist mit dem Neun-Uhr-fünfzehn nach Detroit, wie ich schon gesagt hab.«

»Nein, ist er nicht«, sagte der Sergeant. »Er wartete auf Clayborne vor dessen Haus, als er heimkam. Er hatte irgendein Geschäft mit Clayborne abzuwickeln. Sie haben im Park gewartet, bis Stonewall kam und Ihnen erzählte, ob die Sache geklappt hatte. Als Sie dann den Streifenwagen vorbeifahren sahen, ahnten Sie, daß etwas schiefgelaufen war. Sie eilten zum Tatort, und als Sie hörten, man habe Clayborne umgebracht, wußten Sie, daß nur Stonewall der Täter sein konnte. Sie entdeckten das Messer, das Stonewall weggeworfen hatte, und erkannten es. Ihnen war klar, daß man damit auf Stonewalls Spur kommen würde. Deshalb wollten Sie es in den Teich werfen. Los jetzt, warum hat Stonewall ihn umgelegt?«

»Wenn Sie alles so genau wissen, was fragen Sie dann noch?« erwiderte Alberta eigensinnig.

»Ich will es Ihnen nur etwas leichter machen«, sagte der Sergeant. »Ich fühle mit Ihnen«, fuhr er fort und sah dabei so mitfühlend aus wie ein Henker. »Ich will nicht, daß Sie sich die Schuld eines Versagers aufladen, der sich aus dem Staub macht und Ihnen den Dreck hinterläßt.«

»Er hat mir keinen Dreck hinterlassen«, widersprach Alberta stur. »Sugar Stonewall würde keiner Fliege was zuleide tun.«

»Warum waren Sie nicht in Ihrer Wohnung?« fragte Coffin Ed.

»Hab ich doch schon erzählt. Ich fühlte mich einsam, als Sugar fort war. Da bin ich runter zum Park und hab den jungen Leuten zugeschaut, die auf dem Teich Boot fuhren. Ich hatte mich gerade hingesetzt, da kam der Streifenwagen vorbei.«

»Alberta, ich habe es verdammt satt, mir Ihre Lügen anzuhören«, sagte der Sergeant. »Ich werde Sie unter Mordverdacht festnehmen und in Einzelhaft stecken, bis Sie sich entschließen, die Wahrheit zu sagen.«

»Der Herr wird mir beistehen«, erwiderte sie trotzig.

»Ich gebe eine Fahndung nach diesem Sugar Stonewall heraus«, informierte der Sergeant die farbigen Detectives. »Und ich werde auch der Polizei in Detroit telegraphieren. Ich möchte, daß Sie derweil die Geschichte dieser Frau überprüfen.«

»Geht klar«, sagte Grave Digger. Er wartete, bis der Protokollführer dem Sergeant aus dem Raum gefolgt war, wandte sich dann Alberta zu und sagte einschmeichelnd: »Wo wir Farbigen jetzt unter uns sind, können Sie uns die ganze Geschichte erzählen, und das wär's dann.«

»Hab schon alles erzählt«, behauptete sie hartnäckig.

»Na schön, das werden wir feststellen«, sagte er schroff. »Wo sind die Schlüssel zu Ihrer Wohnung?«

»Weiß ich das?« murmelte sie. »Ihr habt sie mir doch abgenommen.«

»In den Bau mit ihr«, knurrte Coffin Ed. »Sie geht mir auf die Nerven.«

»Stehen Sie auf«, sagte Grave Digger.

Sie nahmen sie mit hinaus und übergaben sie der Aufsichtsbeamtin.

8

Eine halbe Stunde später hatten sie Albertas Wohnung aufgesucht und völlig leer vorgefunden. Sie waren schon auf dem Weg zurück, um sich die Verdächtige erneut vorzuknöpfen.

»Pssst!« zischte da von ihrem Fenster aus die korpulente Dame, die im Erdgeschoß des Hauses an der 118th Street wohnte.

Es war bereits nach ein Uhr nachts, und die Straße lag verlassen da. In keinem der Fenster brannte Licht. Nur die Ratten waren noch in Aktion und stöberten zwischen den überfüllten Mülltonnen herum; und natürlich wachten noch die räuberischen Katzen, die mit jagdlüsternen Augen aus ihren dunklen Verstecken das Treiben verfolgten.

Grave Digger zeigte mit dem Daumen auf den kaum auszumachenden Umriß einer Frau, die fast die untere Hälfte eines pechschwarzen Fensters füllte. Coffin Ed nickte.

»Kommen Sie rein«, flüsterte die Frau. »Ich muß Ihnen was erzählen.«

Sie machten kehrt und traten wieder in den trüb erleuchteten Hausflur.

»Schau einem Spitzel nicht ins Maul, wenn er singt«, sagte Grave Digger mit gedämpfter Stimme.

Coffin Ed rückte seine vernickelte, mit langem Lauf versehene .38er in dem eingefetteten Schulterhalfter zurecht. Grave Digger bemerkte den Reflex. Gebranntes Kind scheut das Feuer, kam es ihm in den Sinn. Vor lauter Argwohn war er völlig angespannt. Er fragte sich, ob Coffin Ed je vergessen würde, wie man ihm damals die Säure ins Gesicht geschüttet hatte. Seitdem war sein Finger stets zu schnell am Abzug gewesen, und so ein schießwütiger Detective war nicht minder gefährlich als eine aufgeschreckte Klapperschlange.

Zur Rechten wurde eine Tür vorsichtig einen Spaltbreit geöffnet und dann ganz vor einem finsteren Raum aufgesperrt.

»Licht an«, fauchte Coffin Ed, und der Revolver funkelte bereits in seiner Hand.

»Immer langsam mit den jungen Pferden«, besänftigte ihn Grave Digger.

Aus dem Dunkel kam ein Keuchen, dann brannte plötzlich das Licht. »Lieber Himmel, haben Sie mich aber erschreckt«, stöhnte die fette schwarze Frau. »Ich wollte nur nicht, daß jemand sieht, wie ich mit der Polizei rede.«

Sie betraten das Zimmer, und Coffin Ed, dessen Revolver locker in seiner Hand baumelte, stieß mit dem Fuß die Tür hinter sich zu. Die fette Lady eilte zum Fenster und zog die Schlagläden vor.

Sie standen im Wohnzimmer. Die Frau bot ihnen Whisky an, den sie aber ausschlugen.

Mit der Aura des Geheimnisvollen verkündete sie: »Ich hab Sie kommen sehen und wußte gleich, daß Sie zu Alberta Wright raufgehen würden.«

»Was ist denn da oben passiert?« wollte Grave Digger wissen.

Die Matrone riß die Augen auf. »Das wissen Sie nicht? Man hat ihr doch sämtliche Möbel gestohlen, als sie bei der Taufe war.«

Die beiden Detectives horchten plötzlich auf. »Jede Wette, Sie saßen dabei im ersten Rang an Ihrem Fenster«, sagte Coffin Ed.

»Ich hab nicht gesehen, wie sie das Zeug weggeschafft haben, aber ich war dabei, als sie mit dem Möbelwagen kamen«, gab sie zu.

»Na schön, dann lassen Sie mal hören«, sagte Grave Digger. »Und wenn Sie's gut mit Alberta meinen, dann erzählen Sie alles geradeheraus.«

»Herr im Himmel, die Kleine ist so was wie eine Tochter für mich«, beteuerte sie und berichtete dann ausführlich, wie sich der Diebstahl abgespielt hatte.

»Wie sah dieser Rufus Wright aus?« fragte Grave Digger.

Sie beschrieb ihn so genau, als wäre sie seine Haushälterin gewesen.

»Und Alberta war klar, wer es gewesen ist, als Sie ihr von der Sache erzählten?«

»Und ob ihr das klar war«, sagte die Dicke. »Halten Sie die beiden für Verwandte?« Sie leckte sich über die Lippen, als genieße sie etwas Köstliches. »Vielleicht war er mit ihr verheiratet; der andere Nigger war's jedenfalls nicht.«

»Kann sein«, sagte Grave Digger. »Halten Sie nur weiter die Augen auf, und wenn Sie was sehen, rufen Sie im Revier an und verlangen einen von uns. Sie wissen doch, wer wir sind, oder?«

»Mein Gott, wenn ich's nicht schon wüßte, würd ich bestimmt drauf kommen«, sagte sie und schaute zu, wie Coffin Ed den Revolver mit dem langen Lauf wieder in das gut gefettete Schulterhalfter schob.

Sie saß wieder an ihrem Fensterplatz, noch bevor die kleine, zerbeulte schwarze Limousine, mit Grave Digger am Steuer und Coffin Ed neben ihm, vom Bordstein abschwenkte.

Sie kehrten zum Präsidium zurück und hängten sich ans Telefon. Coffin Ed rief im Leichenschauhaus an und ließ sich eine Beschreibung der Leiche und der Kleidungsstücke geben, die der Tote getragen hatte. Dann rief er das Morddezernat unten im Stadtzentrum an, verlangte Sergeant Frick und bat ihn um ein Foto der Leiche; allerdings wußte er, daß er notfalls auch auf das Bild verzichten konnte. Immerhin kannte er jetzt den zweiten Namen des Ermordeten: Rufus Wright.

Grave Digger sprach unterdessen mit dem Polizeirevier in der Bronx, um Erkundigungen über das Lagerhaus des Juden einzuziehen. Er erfuhr mehr, als er erhofft hatte.

Nachdem sie ihre Informationen ausgetauscht hatten, kamen sie wortlos zum gleichen Schluß.

»Wir sollten sie lieber zum Hintereingang rausbefördern«, sagte Coffin Ed. »Dem Sergeant wird's nicht recht sein.«

Grave Digger lächelte: »Sie und ihren Herrgott gleich mit.«

Sie fuhren, Alberta zwischen sich geklemmt, quer durch die Stadt zum Harlem River. In diesem Abschnitt der Park Avenue, gleich hinter der Station 125th Street, lauerten Prostituierte und Straßenräuber im Schatten der Hochbahnpfeiler all den Dummköpfen auf, die sich viel zu bereitwillig das Geld oder das Leben nehmen ließen.

»Wo bringen Sie mich hin?« fragte Alberta schließlich.

»Die Möbel besichtigen, die Rufus Ihnen gestohlen hat«, antwortete Grave Digger.

Sie gab keinen Laut mehr von sich.

Sie überquerten den Fluß auf der Ellis Stone Bridge und trafen am U-Bahn-Knoten 149th Street wieder auf die Third Avenue, Bronx.

Als sie das Lagerhaus des Juden erreichten, war der Möbelwagen bereits am Straßenrand abgestellt, und die Flügel des Holztors lehnten am Eisengitter an der Ladenfront. Zwei uniformierte Polizisten schoben Wache vor dem Haus, und auf der anderen Straßenseite parkte ein Streifenwagen.

»Wir kommen aus Harlem«, sagte Grave Digger.

»Ja, der Inspektor hat uns schon angerufen und gesagt, daß Sie kämen«, sagte einer der Uniformierten.

Sie führten Alberta über den Hof zur Hintertür und dann in den Keller hinunter.

»Das war aber nicht alles«, sagte sie.

»Sehen Sie sich doch einfach mal um«, schlug Coffin Ed vor.

Sie schalteten sämtliche Lichtquellen an und beobachteten sie, wie sie zuerst den Keller und dann das gesamte Erdgeschoß absuchte. Sie schien sich vor allem für Matratzen zu interessieren. Als sie fertig war, fragte sie: »Gibt's hier nicht noch 'nen Raum?«

»Nein, das sind alle«, sagte Grave Digger.

Tränen stiegen ihr in die Augen.

»Wonach suchen Sie denn?« fragte Coffin Ed.

Doch sie verriet es ihm nicht. Alles, was sie sagte, war: »Der Herr wird sie bezahlen lassen.«

»Wenn sie die Zeche jetzt noch nicht bezahlt haben, wird wohl nie was draus«, sagte Grave Digger. »Der Jude ist auch ermordet worden.«

Ihr dunkles Gesicht wurde allmählich leichenblaß. »Der Herr hat sie niedergestreckt«, sagte sie.

»Der wohl nicht«, berichtigte Grave Digger. »Das war eher jemand hier aus der Gegend. Wollen Sie uns jetzt ein bißchen mehr erzählen?«

»Ich will mit meinem Priester sprechen«, sagte sie.

»Tja, dem kann ich nur empfehlen, sich schleunigst mit Ihrem Freund, dem Herrn, in Verbindung zu setzen«, riet Grave Digger. »Sieht so aus, als hätten Sie Ihn bitter nötig.«

Sie nahmen sie wieder mit auf die Wache und ließen sie ins städtische Gefängnis überführen.

9

Sugar stand neben einem filzbespannten Nierentisch im Hinterzimmer eines Lebensmittelladens an der Lenox Avenue, nahe der 118th Street, und verfolgte eine spannende Pokerpartie.

»Wie spät ist es?« fragte er mittendrin den Spielleiter.

Der Mann zog eine antiquierte Elgin-Taschenuhr hervor. »Achtundzwanzig Minuten und siebenundfünfzig Sekunden nach zwei«, antwortete er und ließ beim Sprechen seine goldfunkelnden Zahnkronen blitzen.

»Ich muß gehen«, sagte Sugar.

»Wer hält dich davon ab?« fragte der Spielleiter.

Sugar tastete sich durch den unbeleuchteten Laden zum Ausgang, und der Türsteher ließ ihn hinaus.

Hastig ging er zur Eighth Avenue zurück und steuerte vorsichtig auf die Stelle zu, wo Alberta verhaftet worden war. Die Menschenmenge hatte sich längst zerstreut, die Straße lag so gut wie ausgestorben da.

Die beschädigten Fahrzeuge waren an den Straßenrand geschoben worden, und vor dem Supermarkt wachte ein einsamer Polizist. Ansonsten war die Luft rein. Sugar entdeckte einen farbigen alten Mann, der Zeuge des Spektakels gewesen war und jetzt auf der Türschwelle eines Wohnhauses hockte, als warte er darauf, daß noch mehr geschähe. Der Mann erzählte ihm, die Bullen hätten bei der inhaftierten Frau das Messer gefunden und als Tatwaffe identifiziert.

Sugar konnte sich keinen Reim darauf machen. Er wußte, daß sie ihn nicht umgelegt hatte, aber was hatte sie mit dem Messer zu schaffen? Ihm fiel keinerlei Erklärung ein. Aber das konnte er sich für später aufheben. Was sie mit dem Messer wollte, war im Augenblick zweitrangig, daß sie es bei sich trug, war das Problem, ein riesiges, mit großem P geschriebenes Problem.

Er suchte in seinen Taschen nach einer Zigarette, fand aber keine. Hungrig war er außerdem, besaß aber kein Geld, um sich was zu kaufen. Er kannte niemanden, von dem er auch nur einen halben Dollar hätte borgen können. Die trüben Tassen, mit denen er manchmal um Geld spielte, hatten gewöhnlich kaum mehr als er, und das meiste davon stammte obendrein von deren Frauen. Außerdem wußte er, daß sie ihm selbst dann nichts pumpen würden, wenn sie etwas hätten. Wertsachen, die er hätte verhökern können, besaß er ebenfalls nicht. Zum Taschendieb fehlte ihm das Talent, auch wenn eine Tasche in Sicht gewesen wäre, die er hätte klauen können. Er hatte einfach nicht die Nerven, jemanden zu bestehlen, und nicht die Kraft für einen handfesten Überfall.

Seit er mit Alberta zusammen war, hatte er auch mit keiner Frau mehr angebändelt; er war zu faul dazu. Von Natur aus ein Müßiggänger.

Und jetzt hatte er nicht mal ein Lager für die Nacht, und das, wo er so müde und gerädert war, nachdem er die vorige Nacht wach geblieben und den ganzen Tag durch die Gegend gelaufen war.

Ihm wurde bewußt, wieviel Alberta für ihn eigentlich bedeutete. Jetzt ging es nicht mehr darum, Mittel und Wege zu ersinnen, ihr das Geld zu stehlen. Was zählte, war, daß er seine Frau zurückbekäme. Dann könnte sie die Probleme lösen. Sie würde für beide eine Bleibe und was zu essen beschaffen. Vielleicht würde sie sogar das Vermögen wieder auftreiben. Sie war eine starke, phantasievolle Frau. Auf sie konnte man zählen.

Aber es brauchte Geld, um sie gegen Kaution freizukriegen.

Er dachte an Cassie. Sie war auch so eine Küchensklavin wie Alberta. Wenn sie es schaffte, diesen Dummy bei Kasse zu halten, hatte sie vielleicht noch was in Reserve. Alberta war so eng mit ihr befreundet, daß sie eventuell ein bißchen davon rausrücken würde.

Er ging rüber zu Cassies Wohnung in der 112th Street, doch es öffnete niemand.

Entmutigt und ratlos stand er auf der Straße. Harlem ist grausam, dachte er. Ohne Geld keine Freunde. Er erinnerte sich an die Zeit, als er unten im Süden im Knast gewesen war. Dort hatte er gesehen, wie eine hungrige Ratte Chilisauce aufgeleckt hatte, während sie in einem Topf mit Wasser hockte, um sich den Magen zu kühlen.

Aus der Seventh Avenue kam ihm ein Mann entgegen. Als er schon ganz nah bei ihm war, erkannte Sugar, daß der Kerl ziemlich groß war und eine alte Mütze und einen sauberen, gestärkten Overall trug. Aber Sugars Blicke klebten an dem Henkelmann, den der andere in der Hand hielt. Hätte Sugar ein Messer gehabt, wäre er auf ihn losgegangen, um ihm das Essen zu entreißen. Aber nicht einmal ein Messer konnte er sich leihen. Niemand wollte ihm eines geben. Es ging nicht darum, was er Schlimmes damit hätte anstellen können; es war nur so, daß keiner auf seinen Dolch verzichten wollte. Nicht weil die Leute mit ihrem Messer auf andere losgehen wollten, sondern weil sie es lieber bei sich trugen, für den Fall, daß andere auf sie einstechen sollten.

Der hochgewachsene Arbeiter ging in sicherem Abstand vorüber, seine freie Hand in der Tasche hielt das Messer fest umschlossen. Nicht daß er Sugar böse Absichten unterstellte; er wollte lediglich auf alles gefaßt sein.

Sugars Füße begannen ihn in Richtung seines Zuhauses zu tragen. Die Wohnung stand zwar leer, die Möbel waren verkauft, die Tür verschlossen, seine Frau im Gefängnis ... und was das übelste war, die Bude gehörte ihm nicht mal, und einen Schlüssel besaß er auch nicht. Aber es war sein Zuhause, das einzige, das er hatte.

»Pssst!«

Er wäre vor Schreck fast gestorben. Die dicke schwarze Lady war in ihrem dunklen Fenster nicht zu erkennen. »Wer da?« fragte er in bangem Flüsterton.

Sie beugte sich vor, und er konnte im schwachen Schein der weiter entfernten Straßenlaterne das Weiße in ihren Augen ausmachen.

»Ich bin's – Miz Teabone.«

»Scheiße«, schimpfte Sugar. »Warum legen Sie sich nicht aufs Ohr?«

»Die Polizei war hier, hat nach Ihnen gesucht«, informierte sie ihn mit der gedämpften Stimme einer Souffleuse.

»Nach mir gesucht?« Er war nahe daran, sich auf dem Absatz umzudrehen und meilenweit davonzulaufen.

»Grave Digger und Coffin Ed«, flüsterte sie wichtigtuerisch. »Wo ist Ihre Frau?«

»Im Gefängnis.«

»Wußt ich's doch«, triumphierte Mrs. Teabone. »Hab im Radio gehört, in der Bronx wurde so'n Judenheini namens Abie umgelegt, da wußt ich, sie war's. Ich kann hellsehen.«

»Der Jude!« rief Sugar aus. »Tot?«

»Lebendig jedenfalls nicht«, sagte sie genüßlich. »Sie hat ihm mit 'nem Hammer die Rübe eingeschlagen.«

»Hat sie bestimmt nicht«, verteidigte er Alberta. »Das muß jemand anders gewesen sein.«

»Dieser Jemand können dann aber nur Sie sein«, sagte sie.

Wieder langte die Botschaft zuerst bei seinen Füßen und dann in seinem Hirn an. Er rannte. Wohin, wußte er nicht, aber er befand sich auf seinem Weg.

Etwas kam schnell hinter ihm her und packte ihn am Ärmel. Es hörte sich nach einem gehetzten Tier an. Die Haare standen ihm zu Berge. Es war spät in der Nacht, er war allein auf der Straße und besaß zudem kein Messer. Er wollte noch einen kräftigen Schritt zulegen und wagte es nicht, sich umzusehen. »Loslassen!« keuchte er voller Entsetzen.

Das Ding packte fester zu und holte auf. Kopf an Kopf bogen sie in die Lenox Avenue ein. Das Ding knurrte warnend. Er blickte es an und sah einen weit aufgerissenen, von wohlgeformten weißen Zähnen umrahmten Mund in einem breiten, flachen Gesicht. Aber hinter den Zähnen, wo normalerweise eine Zunge hängt, gähnte nur ein schwarzes Loch.

»Dummy!« rief er erschöpft. Er blieb stehen und schnappte nach Luft. »Mein Gott, Mann, jag mir doch nicht so einen Schrecken ein«, beschwerte er sich.

Dummy grunzte weiter vor sich hin. Seine sanften braunen Augen blickten bedeutungsvoll unter einem Netz wulstiger Narben hervor.

»Mann, hör doch mit diesen Geräuschen auf«, sagte Sugar.

Dummy griff nach seiner Hand und drückte ihm einen schmutzigen Papierfetzen hinein.

Sugar drehte sich ein wenig zur Seite, damit das Licht über seine Schulter fiel.

Er las: *die männers sind auf deine suche halt deckung geh nach mammy stormy die ist sauber.*

Er schaute auf.

Dummys Kopf bewegte sich panisch auf und ab.

Er nickte und sagte: »In Ordnung.«

Dummy grinste, und sein Mund sah aus wie das Paradestück eines Zahnklempners. Er war ein kleiner, kräftig gebauter Mann mit dickem, graumeliertem krausen Haar, der gut von Hawaii hätte stammen können. Seine Ohren erinnerten an Blumenkohlköpfe, seine Hände an Vorschlaghämmer. Die Muskeln spannten sich unter seinem dunkelbraunen T-Shirt, aber sein Fettansatz rückte ihn bereits in die Klasse der Schwergewichtler. Sein Alter konnte irgendwo zwischen dreißig und fünfzig Jahren liegen.

Mit dem rechten Daumen und Zeigefinger formte er ein O, drehte sich um und ging die Lenox hinunter in Richtung 116th Street. Sugar sah ihm eine Weile hinterher. Dummy hatte den halb schlurfenden, vornübergeneigten Gang eines ausgewachsenen Gorillas.

Sugar fragte sich, woher Dummy wissen konnte, daß die Polizei nach ihm suchte. Was hatte er mit der Sache zu tun? Was ging in ihm vor? Wußte er was von dem Geld?

Einer Eingebung folgend, blieb er Dummy auf den Fersen. Aber das war gar nicht so leicht. Mit der instinktiven Vorsicht eines Taubstummen sah sich Dummy ständig nach allen Seiten um. Sugar blieb in einem Hauseingang zurück, bis Dummy um die Ecke in die 116th Street eingebogen war. Dann rannte er ihm in seinem typischen Laufschritt, die Knie hoch angezogen, die Gelenke wie Gummi schlackernd, hinterher.

Er erreichte die Ecke gerade noch rechtzeitig, um Dummy im Schatten unter dem Portal zu Sweet Prophets Tempel des Wunderbaren Gebetes verschwinden zu sehen.

Mammy Stormy wohnte drüben an der Seventh Avenue, nahe der 115th Street. Sollte Dummy ihn weiter die 116th Street runterlaufen sehen, würde er logischerweise annehmen, daß Sugar zu Mammy Stormy ging. Aber falls Dummy wirklich in den Tempel gegangen war, würde Sugar auch das bald herausbekommen.

Über einem schmalen Hauseingang, der zwischen einem verlotterten Lebensmittelladen und einem hinter Vorhängen verborgenen Friseursalon eingezwängt war, hing ein Glaskasten mit der kaum zu entziffernden Aufschrift: *Hotel.* Nachts diente der Hoteleingang den Prostituierten des Bezirks als Wachposten und den vorbeigehenden Zechern als Pissoir. Tagsüber schnüffelten hier die Hunde herum, um zu klären, was die Nachbarköter gefressen hatten.

Als Sugar sich dem Haus näherte, kam ein minderjähriges Mädchen die steile Treppenflucht herunter. Ihr Baumwollkleid war zerknittert und zerrissen, das straff gekämmte Haar war zerwühlt und stand von ihrem Kopf ab wie Stacheln von einem ramponierten Kaktus. Sie war ein mageres Mädchen mit flachen Brüsten, ihr schmales schwarzes Gesicht war tränenüberströmt und vom Heulen völlig verunstaltet.

Dummy trat plötzlich aus dem Eingang des Tempels und trottete über die Straße. Sugar steuerte weiter auf die beiden zu und bemühte sich, ein möglichst unbeteiligtes Gesicht aufzusetzen.

»Der hat mich verladen«, schrie das Mädchen Dummy hysterisch an. »Hat eine Fuhre Müll aus mir gemacht.«

Sugar konnte gar nicht anders, als das mit anzuhören. Ihm war klar, um was es ging: Ein Mann, mit dem sie aufs Zimmer gegangen war, hatte ihr ein paar Scheine gezeigt, aber hinterher von Bezahlung nichts mehr wissen wollen. Sugar war verblüfft, daß sich Dummy als Zuhälter betätigte.

Dummy wollte der Kleinen mit Zeichensprache zu verstehen geben, daß sie das Maul halten sollte, aber sie kapierte es nicht. Vielmehr dachte sie, daß er nicht begriffen hatte, was sie ihm zu sagen versuchte. Also führte sie ihm mit Gesten vor, wie der Mann sich an ihr vergriffen und sie dann ohne Bezahlung hinausgeworfen hatte.

»Du solltest hier auf ihn warten und ihn hochnehmen«, sagte sie. »Er hat 'nen dicken Packen Geld, ich hab's gesehen.«

Dummy packte und schüttelte sie, damit sie endlich Ruhe gäbe. Er wollte nicht, daß Sugar mitkriegte, was hier vor sich ging. Aber die Kleine dachte, daß er sie verprügeln wollte, weil sie auf diese miese Nummer hereingefallen war.

»Nicht schlagen«, bettelte sie. »Ich helfe dir. Wir zwei schaffen das spielend. Er hat ja nur sein Messer.«

Dummy stieß sie in den Hoteleingang zurück. Sie landete auf der Treppe und machte erst gar keine Anstalten, sich wieder aufzurappeln. Vor lauter Aufregung versuchte er zu sprechen. Die Laute fuhren Sugar eiskalt in die Glieder.

Dummy zog einen schmuddeligen Notizblock und einen Bleistiftstummel aus seiner Gesäßtasche und kritzelte hastig: *mach dich ab, mann die bullentypen sind bald da.* Er reichte Sugar den Zettel.

»Woher weißt du, daß die Schmiere nach mir sucht, wenn du die ganze Nacht auf das Flittchen aufgepaßt hast?« fragte Sugar mißtrauisch.

Dummy schrieb: *die fanden messer an alburda, was du weggeschmissen hast.*

Sugar riß die Augen weit auf: »Das Messer, das ich weggeworfen hab! Welches Messer?«

Dummy schrieb: *das, wo du rufus mit abgestochen hast.*

»Mann, lieber Himmel, jetzt hör mal«, legte Sugar los, aber Dummy packte ihn am Arm und zeigte die Straße runter.

Am Ende des Blocks schwenkten langsam die abgeblendeten Scheinwerfer einer kleinen schwarzen Limousine in die 116th Street ein. Es war jetzt fast vier Uhr.

Ein gurgelndes Geräusch kam aus Dummys Mund, als er

verzweifelt versuchte zu sprechen. Doch Sugar hatte die Botschaft ohnehin verstanden. Aus dieser Entfernung konnte er zwar weder das Fahrzeug noch die Gesichter der Insassen identifizieren, aber nur Grave Digger Jones und Coffin Ed Johnson vermochten bei Dummy einen solchen Gesichtsausdruck zu erzeugen.

Der einzige Weg, unbemerkt zu entkommen, führte die Treppe hinauf. Sugar hechtete über die zusammengekauerte Gestalt der kleinen Prostituierten hinweg und raste über die steile Treppe nach oben. Dummy holte mit dem Fuß aus und versetzte dem Mädchen einen Tritt. Sie sprang auf und folgte Sugar.

»Kommst du denn nicht?« rief Sugar gedämpft die Treppe hinunter.

Aber Dummy sprintete schon quer über die Straße und verschwand im Schatten des Eingangs zum Tempel.

10

Grave Digger und Coffin Ed waren auf ihrer »Spitzelrunde«, wie sie es nannten. Die Tour führte sie quer durch The Valley, das dichtbesiedelte Slumviertel Harlems. Sie unternahmen diese Fahrt, wenn immer es möglich war, in den frühen Morgenstunden, kurz vor Dienstschluß, und klapperten dabei ihre Informanten ab.

Jeder der Spitzel hatte seine vorgegebene Position und Uhrzeit für die Kontaktaufnahme. Er mußte nicht unbedingt jede Nacht dort aufkreuzen, schließlich taten die Polizisten das auch nicht; aber wenn einer drei Nächte hintereinander blaumachte, ging's ihm an die Gesäßtasche, wie man in Harlem sagte, wenn es mächtig was auf den Hintern gab. Sorgfältig wurde darauf geachtet, daß kein Spitzel je die Identität eines anderen herausbekam.

Wenn die beiden Polizisten in ihrem zerbeulten schwarzen Wagen auftauchten und gemächlich die Straße entlangfuhren, gab der Spitzel von seinem Posten aus das Signal. Es bestand darin, sofort alles stehen- und liegenzulassen und sich in den nächsten Hauseingang zu verdrücken, als würde er sich vor der Polizei verstecken. Danach bogen die Detectives in die nächste dunkle Straße ein und parkten dort mit ausgeschalteten Scheinwerfern unauffällig im Schatten. Dann warteten sie. Manchmal waren die Spitzel binnen fünf Minuten bei ihnen, mitunter schafften sie es aber auch erst nach mehr als einer halben Stunde. Man mußte dem Informanten Zeit lassen, seine Kumpel abzuschütteln und zu verschwinden, ohne Verdacht zu erregen. Schließlich hatte es keinen Sinn, sich einen Spitzel zu halten, der als solcher bekannt war.

Die Detectives hatten sich auf ihre Runde begeben, nachdem sie mit Alberta Wright aus der Bronx zurückgekehrt waren. Sie brauchten Informationen über Rufus und den Juden. Der Report des Leichenbeschauers, Fotos, Fingerabdrücke, Analysen des Kriminallabors und sämtliche Ergebnisse moderner Ermittlungstechniken – einschließlich der von den Beamten erarbeiteten Theorien – waren im allgemeinen nutzlos, wenn es um die Aufklärung eines Mordes in Harlem ging. Befragungen halfen auch kaum weiter, weil die kriminellen und unterprivilegierten Schichten Harlems unzählige hochkarätige Lügner hervorbrachten. Drittklassige Verhörmethoden förderten manches zutage, aber man konnte nicht aus jedem die Wahrheit herausprügeln. Sofern keine Augenzeugenberichte vorlagen, waren die Detectives also auf ihre Spitzel angewiesen.

In diesem Fall wußten sie aber nicht einmal, wo sie ansetzen sollten. Der Jude war Opfer eines Raubüberfalls geworden. Einen anderen Grund, so schlossen sie, konnte es nicht geben, weshalb ausgerechnet dieser Jude umgelegt wurde. Das Motiv für den Mord an Rufus war eventuell bei Alberta zu suchen, aber daran zweifelten sie. Hätte sie ihm eine solche Menge an Stichwunden zugefügt, müßten wenigstens ein paar Blutspritzer auf ihrem Kittel gewesen sein – aber nichts dergleichen.

Grave Digger zog Bilanz: »Es bringt nichts, sich den Kopf über den Fall zu zerbrechen, bevor wir mehr wissen, worüber wir nachdenken können.«

»Zum Beispiel darüber, was der Jude in den Möbeln einer so armen Hausangestellten gefunden haben könnte, das es wert war, ihm dafür die Lampe auszupusten«, sagte Coffin Ed.

»Und warum Rufus das Zeitliche gesegnet hat, nachdem er schon aus der Sache heraus war«, warf Grave Digger ein.

»Wir sollten nach jemandem suchen, der einen Packen nagelneuer Geldscheine besitzt, und die Angelegenheit von hinten aufrollen«, meinte Coffin Ed. »Unsere lieben Brüder und Schwestern bringen einander beinahe wegen nichts um, aber wenn sie einen Juden kaltmachen, muß Geld im Spiel sein.«

»Genau«, sagte Grave Digger.

Sie hatten schon die Hälfte ihrer Tour zurückgelegt, als sie den ersten interessanten Hinweis bekamen. Ein Schmalspurtänzer aus dem Celebrity Club in der 125th Street erzählte ihnen von einem Versager, der eine Stunde zuvor in dem Laden aufgetaucht war und mit einem Packen Geld vor den Ballettgirls herumgefuchtelt hatte, um eine von ihnen herumzukriegen. Der Tänzer saß auf dem Rücksitz, als die Detectives ihn ins Kreuzfeuer nahmen.

»Wie hieß der Kerl?« fragte Coffin Ed.

»Weiß ich nicht, Boß. Den kennt hier keiner.«

»Was macht er?«

»Keine Ahnung, Boß.«

»Mann, du kannst einem doch von der Nasenspitze ablesen, was er so treibt.«

»Ich hab ihn doch gar nicht gesehen, Boß. Nur gehört, wie

die Girls von ihm erzählten. Sie sagten, er sieht wie ein Schläger aus, 'ne richtig brutale Nummer. Hat sie angebaggert und ihnen einen Schweinekram erzählt, als wären sie Nutten. Das hat den Mädchen überhaupt nicht gepaßt.«

»Wie prall war denn der Geldpacken?«

»Sie haben's nicht gezählt, Boß.«

»Aber gesehen.«

»Nur den Rand, Boß. Er hielt es ganz eisern in der Faust und ließ nur die Ränder rausgucken.«

Grave Digger und Coffin Ed tauschten einen Blick.

»Konnte er denn woanders bei einer Nutte landen?« fragte Coffin Ed.

»Hat keiner was von erzählt, Boß. Jedenfalls war er plötzlich weg.«

»Du bist vielleicht 'ne Pfeife«, sagte Coffin säuerlich.

»Ich tu doch, was ich kann, Boß.«

»Ja, und denk dran, wenn man dich dabei erwischt, daß du Marihuana an Teenager verkaufst, kriegst du nach dem neuen Bundesgesetz lebenslänglich«, versprach Grave Digger. »Ist dir doch klar, oder?«

»Weiß ich, Boß, aber ich deal nicht mit Gras.«

»Okay, zieh Leine – du stinkst«, sagte Coffin Ed.

Der Spitzel sprang aus dem Fahrzeug, als hätte es Feuer gefangen.

Grave Digger und Coffin Ed sahen einander an.

»Was hältst du davon?« fragte Grave Digger.

»Auf den ersten Blick sieht's so aus, als hätte irgendein Penner Spielgeld gefunden und würde jetzt versuchen, sich damit ein bißchen zu amüsieren«, sagte Coffin Ed.

»Ja, aber für eine Stadt wie Harlem ist das eine ziemlich alte Nummer.«

»Na ja, Digger, dafür gibt's hier aber auch einen Stall voll Schwachköpfen«, wandte Coffin Ed ein.

»Vielleicht ist der Penner ja auch so ein Schwachkopf«,

sinnierte Grave Digger. »Trotzdem, wir sollten uns das Spielchen bei Gelegenheit mal näher ansehen.«

»Im Augenblick möchte ich mir lieber mal anhören, was man sich so über einen gewissen Juden erzählt«, fand Coffin Ed.

»Richtig«, stimmte Grave Digger zu und ließ den Motor an.

Der nächste Hinweis war eine Niete. Er kam von einem einfältigen Schluckspecht, dessen einziges Ruhmesblatt darin bestand, daß er angeblich mal als hochdotierter Schwergewichtler im Ring des Madison Square Garden gestanden hatte. In Wahrheit waren es nur vier Runden im Vorprogramm, und weder vorher noch nachher hatte je einer was von ihm gehört; aber immerhin, er hatte dort geboxt.

Er kam aus der Braddock Bar drüben an der Eighth Avenue gestolpert, sah den Streifenwagen und sprang gleich wieder zurück.

»Sollen wir den auslassen?« fragte Grave Digger, der den Wagen fuhr.

»Wir haben nicht mehr viel Zeit«, räumte Coffin Ed ein. »Aber manchmal kommt der beste Tip von einem Idioten.«

Grave Digger grinste vor sich hin.

Sie warteten auf die Schnapsnase. Der ließ sie nicht lange stehen. Er ging auf den Wagen zu, als sei's ihm egal, wer ihn sah, öffnete die hintere Tür, ohne Coffin Ed dazu Zeit zu lassen, und kroch auf den Sitz.

»Spuck's aus und dann ab«, herrschte Coffin Ed ihn an. »Du verpestest uns hier die Luft.«

»Wollt ihr wissen, wer den Zigarrenladen der United ausgeräumt hat?« fragte der Säufer.

»Wer denn?« knurrte Coffin Ed.

»Ich!« jubelte der Angesäuselte und schüttelte sich vor Lachen.

Coffin Ed war im Nu aus dem Wagen und pflanzte seine

großen Füße aufs Pflaster. Den Revolver wie eine Keule in der Hand, riß er die hintere Tür auf, langte hinein, griff den Exboxer am Kragen und zerrte ihn durch die offene Tür hinaus, bevor Grave Digger kapiert hatte, was vor sich ging.

»Tu ihm nichts, Ed!« schrie Grave Digger. »Bitte nicht – der hat sie doch nicht alle.«

Coffin Eds säurezerfressenes Gesicht wirkte diabolisch vor lauter Zorn. Aber er bremste den Schlag des Revolvergriffs kurz vor dem Aufprall auf dem Schädel des Säufers. Dann stieß er ihn gegen den Wagen und gab ihm was aufs Maul. »Bist gar nicht komisch«, sagte er mit einer so bedrohlich klingenden Stimme, daß es Grave Digger kalt den Rücken hinunterlief.

Der ehemalige Boxer wurde vor Schreck ohnmächtig. Coffin Ed rollte ihn mit dem Fuß beiseite.

»Wo bleibt dein Sinn für Humor, Ed?« fragte Grave Digger.

»Hab keinen«, gab Coffin Ed zu, als er seinen Revolver in das Halfter zurückschob und sich wieder in den Wagen setzte. »Den haben sie mir weggeätzt.«

Grave Digger startete den Wagen, aber Coffin Ed hielt ihn am Arm zurück. »Was machen wir mit dem Clown?«

»Ihn hierlassen«, sagte Grave Digger. »Wenn der den Zigarrenladen überfallen hat, bin ich der Weihnachtsmann.«

Coffin Ed brummte nur.

»Auf Gottes schöner Erde leben die seltsamsten Geschöpfe, Ed«, fügte Grave Digger philosophisch hinzu.

»So? Für ein paar Komiker wird's aber Zeit, sich von hier zu verkrümeln«, sagte Coffin Ed.

Sie hatten ihre Tour fast beendet, als sie eine letzte Nachricht erhielten. Sie kam von Dummy.

Als sie ihn im Eingang von Sweet Prophets Tempel verschwinden sahen, lenkte Grave Digger den zerbeulten Wagen über den Bordstein zu einer Ausfahrt neben dem Saal einer

Kinokette. Auf der einen Seite die eisernen Doppeltüren des Kinos, auf der anderen die Ziegelwand des Nachbarhauses.

Nach einer Weile erschien Dummy auf dem Bürgersteig, kam auf sie zu, wobei er sich in seiner typischen Art immerzu umsah, und verschwand plötzlich aus dem Blickfeld.

Coffin Ed schaute aus dem verdunkelten Fahrzeug hinaus und sah neben sich in der Finsternis zwei leuchtende Augen. Er öffnete die hintere Tür, und Dummy stieg ein.

»Was gibt's Neues?« fragte Coffin.

»Hier drin sieht er nichts«, sagte Grave Digger. »Wir sollten ihn zum Revier mitnehmen.«

Dummy rutschte auf dem Rücksitz hin und her und wühlte in seinen Taschen nach dem schmierigen Notizblock und dem Bleistift.

Coffin Ed setzte sich zu ihm nach hinten, und Grave Digger bog im Rückwärtsgang in die Straße ein. Als sie vor den grünen Laternen im Revier standen, kritzelte Dummy erschreckt: *wollt mich einbuchten?*

Coffin Ed schob sein Gesicht in den Schein der Lampen und sagte: »Aber nein, nur ein paar Fragen.«

Dummy beruhigte sich und grinste.

Sie nahmen ihn mit zum Singvogelkäfig. Er setzte sich auf den Hocker in dem weißen Lichtkegel und malte sich aus, wieder im Ring zu stehen. Er wirkte so glücklich wie ein Kind mit einem neuen Spielzeug.

»Der würde immer noch boxen, wenn man ihn nur ließe«, bemerkte Grave Digger.

Dummy las ihm die Worte von den Lippen ab und nickte heftig. Er sprang auf und begann in die Luft zu boxen, den Blick starr auf den Boden geheftet, um die Schritte seines imaginären Gegners zu taxieren.

»Setz dich«, sagte Coffin Ed, aber Dummy achtete nicht auf die Bewegung seiner Lippen, so daß Coffin Ed ihn auf den Hocker zurückstoßen mußte.

Grave Digger holte zwei klobige Stühle vom Schreibtisch in der Ecke, und die beiden postierten sich Dummy gegenüber, der im Licht saß.

»Zück dein Papier und den Bleistift«, sagte Digger.

Dummy feuchtete den Stummel in seinem zungenlosen Mund an und schob den Notizblock auf seinen Knien zurecht.

»Wer hat Rufus auf dem Gewissen?« fragte Grave Digger aufs Geratewohl. Er spekulierte nicht unbedingt auf eine Antwort, aber da Dummy ein Nachtvogel war, bestand allemal die Chance, daß er etwas wußte.

straßendieb, notierte Dummy unverzüglich.

Grave Digger griff nach dem Block und reichte ihn dann an Coffin Ed weiter. Sie blickten einander an.

Grave Digger schob den Notizblock zurück und fragte: »Hast du's gesehen?«

Dummy nickte.

»Du kennst ihn?« fragte Coffin Ed.

Dummy schüttelte den Kopf. Er beschrieb mit dem Zeigefinger einen Kreis um sein Gesicht und schüttelte wieder den Kopf.

»Hast also sein Gesicht nicht gesehen?«

Dummy nickte.

»Dann erzähl uns, was du gesehen hast«, sagte Grave Digger.

Dummy schrieb: *rufus fährt vor räuber packt ihn im auto zieht ihn raus setzt messer an kehle schiebt ihn zum klo rufus will weg räuber sticht ihm in rücken sticht weiter rufus auf hände und knie kriecht in busch räuber hinterher ich seh keinen rauskommen.*

Die Detectives lasen überrascht die hingekritzelte Botschaft.

»Und wo hast du dich aufgehalten?« fragte Grave Digger.

Dummy griff nach seinem Block und schrieb: *versteckt im busch.*

»Was hast du da getan?« wollte Coffin Ed wissen, aber

Grave Digger hob die Hand und meinte: »Das klären wir später. Laß uns erst mal herausfinden, wie der Mörder aussah.

Mit aufrichtiger Miene schüttelte Dummy den Kopf.

»Na schön – du hast also sein Gesicht nicht gesehen, aber den Rücken«, sagte Grave Digger.

Dummy schrieb hastig: *ich seh seinen arm mit dem messer auf und ab.*

»Du hast bestimmt mehr gesehen«, behauptete Coffin Ed. »Wie sah er aus? Was hatte er an? Wie groß war er?«

Dummy überschlug sich beim Schreiben: *großer mann wie schwergewicht trug braunen pullover und armeekappe mit langem schirm war jung kräftig schnell nicht mehr gesehen.*

»War da noch jemand in Sicht?« fragte Grave Digger.

keinen gesehen.

Kaum hatte Dummy ein Blatt mit seinen Antworten vollgeschrieben, riß es Grave Digger auch schon vom Block und stopfte es sich in die Tasche. »Was hast du getan?« fragte er.

bin den hügel rauf konnte polizei nicht rufen wollte keine prügel von dem großen starken schläger konnte keinem erzählen was ich gesehen hab hab mit erzählen auf euch gewartet.

»Kennst du Sugar Stonewall?« fragte Coffin Ed.

Dummy nickte.

»War er's?«

Dummy schüttelte den Kopf.

»Es ist besser, wenn wir den Lieutenant dazuholen«, sagte Grave Digger.

Dummy riß den Mund auf. Würgende Laute drangen aus dem schrecklich anzusehenden Schlund.

»Keine Sorge«, beruhigte Grave Digger ihn. »Immer ruhig bleiben. Wir müssen nur ein Protokoll aufnehmen.«

Schweißtropfen standen plötzlich auf Dummys zernarbtem, wulstigem Gesicht.

»Wer vom Revier beherrscht die Zeichensprache?« wandte sich Grave Digger an seinen Kumpel.

»Der Lieutenant, glaub ich«, sagte Coffin Ed. »Ich hab mal gesehen, daß er damit herumprobiert hat.«

»Also gut, Dummy, du bleibst hier sitzen und regst dich nicht auf«, sagte Grave Digger und erhob sich. »Wir halten dich nicht fest, wenn keine Veranlassung besteht.«

Coffin Ed stand ebenfalls auf, die beiden gingen zur Tür hinaus und schlossen hinter sich ab.

Lieutenant Anderson leitete die Nachtschicht. Er hatte die Zeichensprache erlernt und übernahm die Befragung Dummys, dessen Aussagen er für die Detectives und den Protokollführer, der am Tisch saß und die Vernehmung in Steno festhielt, übersetzte.

Dummy sagte aus, Alberta Wright habe am vergangenen Abend gegen halb elf Cassie in ihrer Wohnung in der 112th Street aufgesucht. Sie war allein gekommen, er selbst sei zu dem Zeitpunkt unterwegs gewesen. Als er heimkehrte, saßen die beiden Frauen einander am Küchentisch gegenüber. Cassie aß von einer mit schwarzem Pfeffer gewürzten Wassermelone und trank dazu Bier.

»Wo waren Sie denn gewesen?« unterbrach Anderson.

»Hab auf meine Mädchen aufgepaßt«, antwortete Dummy.

»Ihre Mädchen?«

»Er hat da zwei Amateurnutten laufen«, erklärte Grave Digger. »Versucht ihnen beizubringen, wie man sich durchs Leben vögelt. Er will ein waschechter Zuhälter werden.«

Lieutenant Anderson leitete seit über einem Jahr den Nachtdienst in Harlem. In dieser Zeit hatte er seine beiden farbigen Top-Detectives sehr gut kennengelernt, und er hielt große Stücke auf sie. Er wußte, daß sie eigene Ansichten von der Ausübung ihres Jobs als Hüter des Gesetzes hatten. Bestimmte Leute tasteten sie niemals an: Puffmütter tadellos geführter Bordelle, Veranstalter sauberer Glücksspiele, alle, die mit illegalem Zahlenlotto zu tun hatten, und Bordsteinschwalben, die in ihrem Revier blieben. Aber sie waren gnadenlos gegen Gewaltverbrecher und Betrüger. Und er hatte immer geglaubt, daß sie auch hart gegen Dealer und Luden vorgingen. Deshalb überraschte ihn Grave Diggers beiläufige Bemerkung über Dummys Zuhälterei.

»Und Sie lassen ihn seelenruhig zwei junge Mädchen zurichten?« fragte er.

»Wenn er das nicht täte, würde er was Schlimmeres anstellen«, sagte Grave Digger. »Er wäre Strauchdieb, Einbrecher oder Bankräuber. Er kann weder sprechen noch hören. Vielleicht bekäme er einen Job als Dienstbote oder Tellerwäscher, aber damit würde er sich nicht abgeben. Er war mal ziemlich gut bei Kasse und hält solche Arbeiten für erniedrigend. Immerhin war er einer der Größten im Weltergewicht, aber die Halsabschneider, die ihn gekauft hatten, schickten ihn so oft in den Ring, daß ihm bald beide Trommelfelle zerschlagen waren. Als er ihnen nichts mehr einbrachte, haben sie ihn auf die Straße gesetzt. Dann griffen ihn die Wohltäter auf und haben ihn so lange bearbeitet, bis er vor einem Untersuchungsausschuß über die Machenschaften im Boxgewerbe aussagen wollte. Und da kamen eines Nachts ein paar Kidnapper und haben ihm die Zunge rausgeschnitten. Sie haben ihn am Foley Square aus dem Wagen geworfen, direkt vor der Behörde, die ihn vernehmen wollte, und es war nur Glückssache, daß ein Streifenwagen gerade noch rechtzeitig vorbeikam, um ihn ins Krankenhaus zu bringen, bevor er verblutete. Seitdem hat er sich mit den üblichen Tätigkeiten eines Exboxers versucht – bei der Lotterie, im Glücksspiel, als Leibwächter. Irgendeine Boxgröße hat ihm Geld für einen kleinen Schuhputzladen gegeben, aber er hat sich dafür einen neuen Cadillac gekauft und ihn gleich in der ersten Nacht zu Schrott gefahren, weil er die Hupe eines Lastwagens nicht hören konnte. Na, und jetzt versucht er sich als Zuhälter. Wenn die beiden Nutten nicht für ihn arbeiten, dann eben für einen anderen. Wenigstens behandelt er sie besser, als die meisten anderen Zuhälter es tun würden; er beschützt sie und verprügelt sie nicht. Und wenn ein Flittchen erst mal beschlossen hat, auf den Strich zu gehen, kann man sie sowieso nicht mehr davon abbringen. Darum lassen wir ihn in Ruhe. Was würden Sie tun?«

»Was weiß ich«, sagte Anderson. »Kommen wir wieder zur Sache. Sie leben mit dieser Cassie zusammen?«

Dummy nickte: »Sie ist meine Lady«, bedeutete er ihnen.

»Sie läßt ihn bei sich wohnen und kümmert sich um ihn, soweit sie kann«, erklärte Grave Digger wieder. »Aber sie hat nur einen Job als Köchin, und außerdem säuft sie, deshalb reicht das Geld nicht weit. Er verdient auch nicht viel mit seiner Zuhälterei, aber es bringt ihm das Kleingeld ein.«

»Ah ja«, sagte der Lieutenant. Dann wandte er sich wieder an Dummy: »Weshalb sind Sie nach Hause gegangen?«

»Um mir zehn Piepen zu holen«, gestand Dummy. »Es lief nicht besonders.«

»Und Alberta Wright war schon da, als Sie kamen?«

»Ja, Sir«, bestätigte Dummy.

Er berichtete dann, Alberta habe Cassie erzählt, daß Rufus ihre Möbel gestohlen hatte, während sie in Trance war. Sie war vorbeigekommen, um vielleicht von Dummy Rufus' Adresse zu erfahren.

Sie und Rufus hatten nach ihrer Hochzeit fünf Jahre lang gemeinsam als Bedienstete gearbeitet – er als Butler und Chauffeur, sie als Köchin und Hausmädchen. Dann hatte Rufus die Ersparnisse der beiden gestohlen und war mit einer anderen Frau durchgebrannt. Sie hatte ihn schon eine gute Weile nicht mehr gesehen und kannte weder seinen Wohnort noch seinen gegenwärtigen Namen.

Erst von Dummy erfuhr Alberta die Zusammenhänge. Seit über einem Jahr drehten Rufus und der Jude das Ding mit dem Möbeldiebstahl.

Abie betrieb in Harlem einen Laden mit Gebrauchtmöbeln an der Third Avenue, nicht weit von der 125th Street, und einen weiteren an der Third Avenue, Bronx, wo er heiße Ware aufbewahrte, bis Gras über die Sache gewachsen war. Rufus brach in Apartments ein, deren Bewohner privat oder geschäftlich auf Reisen waren, und verkaufte als angeblicher Besitzer das Inventar an den Juden. Der Jude sicherte sich ab; er verlangte von Rufus eine Bestätigung, daß er der Eigentümer sei, und händigte ihm vor Zeugen eine unterschriebene Quittung aus.

Dummy hatte Alberta erzählt, wenn sie ihre Möbel zurückhaben wolle, würde der Jude sie ihr gegen den Betrag aushändigen, den er an Rufus bezahlt hatte, plus zwanzig Prozent Bearbeitungsgebühr und zehn Dollar pro Stunde für den Ab- und Rücktransport – vorausgesetzt, es würden von beiden Seiten keine weiteren Fragen gestellt.

»Ein sauberer kleiner Beschiß«, kommentierte Lieutenant Anderson.

»Ich habe ihre Möbel gesehen«, warf Grave Digger ein. »Sie waren den Aufwand bestimmt nicht wert.«

»Das hat Cassie auch gemeint«, berichtete Dummy. »Ich habe Alberta angeboten, mich darum zu kümmern, aber sie wollte nur Rufus auftreiben.«

»Na schön, Dummy, aber jetzt mal im Klartext«, sagte Grave Digger. »Was hatte sie in ihren Möbeln versteckt, das so wertvoll war, den Kram abzuräumen.«

»Sie sagte, es wären nur Pülverchen und Zaubergebräu und Amulette gewesen«, antwortete Dummy. »Zeug aus Afrika und Haiti. Am Äquator gedörrte Knochen von Wunderärzten und Voodoo-Kram aus der Karibik; Herzblut aus Mexiko und getrocknete Giftzähne indischer Schlangen. Allen möglichen magischen Krempel, sagte sie.«

Grave Digger und Coffin Ed sahen zuerst einander und dann den Lieutenant an.

Der Lieutenant blickte verdutzt drein. »Noch mal ganz genau«, sagte er. »Sie hat Ihnen erzählt, das Zeug wäre in ihren Möbeln versteckt gewesen.«

»Ja, Sir, hat sie.«

»Und Sie haben das geglaubt?«

»Nein, Sir, aber das hat sie gesagt.«

Grave Digger schmunzelte. »Könnt ihr euch vorstellen, der Jude hat sich all die Mühe mit dem Aufschlitzen der Möbel gemacht, um nach ein bißchen Zauberpulver zu suchen?«

»Was brauchte sie das ganze Zeug, wenn sie doch gerade zur Religion gefunden hatte«, bemerkte Coffin Ed.

»Ich wiederhole ja nur, was sie gesagt hat«, entgegnete Dummy.

»Sie glauben, da war etwas anderes?« fragte Lieutenant Anderson die Detectives.

»Es muß Geld drin gewesen sein, sonst hätte sich der Jude nicht für die Sache interessiert«, sagte Grave Digger. »Zumindest müssen sie geglaubt haben, daß da Geld war.«

»Was war es Ihrer Meinung nach, Dummy?« fragte der Lieutenant.

»Ich hab zuerst geglaubt, sie wäre einfach sauer auf Rufus. Er hatte ihr schon einmal Geld gestohlen, und ich dachte, wenn er ihr auch noch die Möbel klaut, wär's der Tropfen, der das Faß zum Überlaufen bringt.«

»Und was glaubst du jetzt?« fragte Coffin Ed. »Du weißt doch, daß der Jude inzwischen auch tot ist, oder?«

Dummy nickte. »Ich glaube auch, es war was anderes«, bestätigte er.

»Was?« bohrte Coffin Ed weiter.

»Etwas, das sie gestohlen hat«, meinte Dummy. »Schmuck vielleicht.«

»Das können wir bei ihren Arbeitgebern leicht herausbekommen.«

»Es könnte aber auch von jemand anderem stammen.«

»Na schön«, sagte Anderson. »Haben Sie ihr gesagt, wo Rufus wohnt?«

»Nein, Sir«, beteuerte Dummy. »Ich hab ihr nur erzählt, ich würde mich nach seiner Adresse erkundigen, und sie versprach mir zehn Dollar, falls ich fündig werde.«

»Und Sie haben herausgekriegt, wo er wohnt, und es ihr erzählt?«

»Nein, Sir, ich kannte seine Adresse ja«, sagte Dummy. »Ich ließ Alberta bei Cassie zurück und ging zu Rufus, um zu sehen, was ich aus ihm herausquetschen konnte. Er war nicht zu Hause, da hab ich auf der anderen Straßenseite auf ihn gewartet. Deshalb habe ich auch gesehen, wie er vorfuhr.«

»Sie haben sie bei Cassie gelassen, und Cassie gab ihr die Adresse von Rufus«, sagte der Lieutenant.

»Nein, Sir, Cassie kennt die Adresse nicht«, wandte Dummy ein. »Und wenn, hätte sie sie nicht rausgerückt.«

»Das werden wir gleich haben«, sagte der Lieutenant. »Ich lasse sie herholen.«

»Hat wenig Zweck«, meinte Dummy. »Die hat inzwischen längst den Kanal voll.«

»Werden wir sehen«, sagte der Lieutenant. Er befahl dem Protokollführer, sein Steno in Maschinenschrift zu übertragen, und wies die Detectives an, Dummy einzusperren, bis sie Cassie verhört hätten.

Doch Cassie war so betrunken, daß sie nur mit einem Krankenwagen zu transportieren gewesen wäre, und die beiden hielten es für das beste, sie daheim ihren Rausch ausschlafen zu lassen.

Es war schon heller Tag, als das fertige Protokoll Dummy zur Unterschrift vorgelegt werden konnte.

Grave Digger hatte noch eine letzte Frage: »Hast du Sugar Stonewall gesehen?«

Lieutenant Anderson war schon nach Hause gegangen, und Dummy mußte für die Antwort wieder Block und Bleistift benutzen. Er schrieb: *nein, sir hab sugar ganze woche nicht gesehen.*

Dann stellte Coffin Ed seine letzte Frage: »Wer läuft mit einem frischen Packen Geld in der Stadt herum?«

keiner, den ich kenn, schrieb Dummy.

Sie ließen ihn das Protokoll unterzeichnen und brachten ihn wieder dorthin, wo sie ihn aufgelesen hatten. Dann fuhren sie zur Lenox Avenue zurück, fanden dort eine Kaschemme, die durchgehend geöffnet hatte, setzten sich an die Theke und bestellten Kaffee und Krapfen.

11

»Laß uns Sweet Prophet wecken«, sagte Grave Digger.

»Das wird ihm nicht besonders gefallen«, meinte Coffin Ed.

»Sicher nicht«, stimmte Grave Digger zu.

Sweet Prophet empfing die Detectives im Salon neben dem Schlafzimmer, der sich in der obersten Etage des Gebäudes befand, in dem der Tempel und die Audienzhalle untergebracht waren.

Die Haushälterin hatte die Vorhänge beiseite gezogen und die Fenster geöffnet, von denen man auf die geschäftige Einkaufszeile der 116th Street hinuntersehen konnte. Motorenlärm und laute Stimmen drangen mit den Auspuffgasen und dem Gestank des heißen, schmutzigen Asphalts herauf.

Das Zimmer lag im gedämpften Nordlicht und war wie das Foyer eines Paramount-Kinos eingerichtet. Pausbäckige, selbstgefällige Cherubim in Gold und Silber jagten kaffeebraune Engel über das Morgenrosa der Tapete, während die zu dem Ambiente passende Himmelblau bemalte Decke mehr Sterne als die Milchstraße aufwies. Sie wirbelten schwindelerregend um einen silbernen Mond, der vage Umrisse eines Gesichts zeigte, das dem von Sweet Prophet in verblüffender Weise ähnelte. »Wenn das nicht der Himmel selbst ist, dann dürfte es zumindest als Ersatz genügen, bis das Himmelreich anbricht«, bemerkte Coffin Ed.

»Pssst«, warnte Grave Digger. »Da ist der Prophet.«

Sweet Prophet sah wütend und verschlafen zugleich aus. Seine Augen quollen aus einem finsteren Gesicht hervor. Der gelbe Seidenpyjama, der unter einem neckisch rotweiß gestreiften Morgenmantel hervorguckte, hatte etwas von einem Karnevalskostüm. Seine großen Füße staken in knallroten, golddurchwirkten türkischen Pantoffeln, und auf seinem langen, krausen Haar saß ein Fes im gleichen Rot mit einer herabbaumelnden goldenen Quaste.

Seine Begrüßung verriet Unsicherheit. »Gentlemen, ich habe die besten Anwälte östlich des Mississippi.«

»Na, dann werfen Sie uns doch raus«, sagte Grave Digger.

»Da Sie schon mal hier sind, setzen Sie sich, aber setzen Sie sich doch«, sagte er und ließ sich in einen hohen, vergoldeten Sessel fallen, der an einen Thron erinnerte. »Schließlich sind wir Farbigen doch Brüder, nicht wahr? Sie müssen bei mir nicht auf Etikette achten, ich bin ein demütiger Mensch.«

Die Detectives zogen sich Sessel herbei, auf denen sie gleich um zwei Köpfe tiefer als der Prophet saßen.

»Wir bedauern sehr, Sie um diese Tageszeit belästigen zu müssen, Prophet«, sagte Grave Digger, »aber es ist wichtig.«

Sweet Prophet faltete die Hände über dem Bauch. Er trug all seine Diamantringe, aber seine langen Fingernägel steckten in schützenden Fingerlingen aus farblich angepaßtem Hartgummi.

Es muß die Hölle sein, wenn er sich mal kratzen will, dachte Coffin Ed.

»Wichtig!« kam das Echo von Sweet Prophet. »Wichtiger als ein seliger Schlaf?«

»Es geht um eine kürzlich von Ihnen bekehrte Person«, erläuterte Grave Digger.

»Mein Gott, jetzt sagen Sie nicht, es ist noch jemand tot umgekippt – abgekratzt –, ich meine, von uns geschieden«, staunte Sweet Prophet und rang nach dem gebührenden Wort. »Das wäre das bittere Ende.«

Grave Digger legte vorsichtig seinen abgenutzten Hut auf dem grellgrünen Teppich nieder. Er und Coffin Ed hatten ehrerbietig ihren Kopf vor dem großen Mann entblößt.

»Nein, es geht nach wie vor um Alberta Wright«, erklärte Grave Digger. »Wir möchten Ihnen ein paar Fragen über sie stellen.«

»Gentlemen, ich bitte Sie, lassen Sie doch die Toten in Frieden ruhen«, sagte er pietätvoll. »Die arme Frau hat es verdient – so schwer, wie sie ihr ganzes Leben gearbeitet hat.«

»Das ist es ja gerade, Prophet«, informierte ihn Grave Digger. »Sie ist gar nicht tot.«

»Wie bitte? Nicht tot?« rief Sweet Prophet mit vor Staunen vorquellenden Augen. »Wollen Sie etwa sagen, die Frau lebt noch? Oder ist sie von den Toten auferstanden?«

»Fassen Sie sich, Prophet«, antwortete Grave Digger sachlich. »Sie ist nicht tot.«

»Heiliger Vater, Mensch, ich habe sie selbst sterben sehen«, widersprach Sweet Prophet.

»Sie war nur bewußtlos.«

»In Trance, meinen Sie.« Sweet Prophet fischte nach seinem gelben Seidentaschentuch, das in dem entzückend gestreiften Morgenrock steckte, und wischte sich damit über die dunkle, schweißnasse Stirn. »Das ist mir gar nicht in den Sinn gekommen. Ich bin ganz perplex.«

»Und jetzt«, fuhr Grave Digger seelenruhig fort, »wüßten wir gern etwas mehr über diese Frau.«

»Da reichen zwei Sätze«, sagte Sweet Prophet. »Als Trottel geboren, zum Schuften erkoren.«

»Mag sein«, antwortete Grave Digger. »Aber uns interessiert eigentlich, was bei der Taufe geschah.«

»Das weiß nur Gott. Ich habe die Flasche mit dem Wasser gesegnet – ich nehme jedenfalls an, daß es Wasser war –, sie trank davon und fiel um. Ich hielt sie für tot, aber jetzt sagen Sie, es sei nur eine Trance gewesen. Soll mir recht sein. Ich muß das unbedingt in Erinnerung behalten.«

»In Ordnung, eine Trance«, sagte Grave Digger. »Im Augenblick ist die Erklärung so gut wie jede andere. Seit wann zählte sie denn schon zu Ihren Anhängern?«

»Friede meiner Seele, Gentlemen, sie war nicht wirklich eine Anhängerin von mir, wie Sie es ausdrücken. Nur eine neue Rekrutin. Ich habe die Frau gestern morgen zum ersten Mal gesehen, als sie zu mir kam, um ihre Sünden zu beichten und die Taufe zu empfangen.«

»Soll das heißen, sie gewähren Menschen die Taufe, ohne etwas über sie zu wissen?« meldete sich endlich auch Coffin Ed zu Wort.

»Aber, meine Herren, man mußte die Frau doch nur einmal sehen und wußte schon alles, was es da über sie zu wissen gab, das habe ich doch schon erwähnt«, erklärte Sweet Prophet. »Sie war der geborene Küchenautomat.«

»Na schön, wie dem auch sei«, sagte Grave Digger. »Wie hat sie denn so plötzlich zur Religion gefunden?«

»Wer weiß?« antwortete Sweet Prophet und gestikulierte ratlos mit seinen künstlich verlängerten Händen. »Frauen wie sie haben Tausende von Gründen für einen solchen Schritt – die einen haben gerade ihren Gatten ermordet, die anderen werden von Alpträumen geplagt.«

»Sie muß doch einen Grund genannt haben«, beharrte Grave Digger.

»Wenn es so war, hab ich nicht zugehört«, erwiderte Sweet Prophet. »Frauen lügen unentwegt, wenn es um die Ursache für ihre Frömmigkeit geht. Würde ich dem Beachtung schenken, wäre ich längst erledigt.«

»Okay, lassen wir das«, sagte Grave Digger. »Erzählen Sie

mir nur, was in ihrem Besitz gewesen sein könnte, für das jemand einen Einbruch riskiert.«

Sweet Prophets Augenbrauen hoben sich einen Zoll, und seine Augäpfel traten bedenklich weit hervor. »Sie meinen, jemand hat ihr was gestohlen?« fragte er mit ungläubiger Stimme. »Gentlemen, das wäre ein Wunder.«

»Als sie bewußtlos war, hat man ihre Möbel gestohlen, und später wurden deswegen zwei Menschen umgebracht«, informierte ihn Grave Digger.

Seine Augäpfel traten so weit hervor, daß sie ihm über die Wangen zu kullern drohten. »Sie hat sie umgebracht.« Das war mehr eine Behauptung als eine Frage.

»Davon gehen wir eigentlich nicht aus«, sagte Grave Digger.

»Sehen Sie mal, meine Brüder«, begann Sweet Prophet und wischte sich mit dem großen gelben Taschentuch übers Gesicht. »Wir drei sind doch mehr oder weniger im gleichen Gewerbe: Wir fassen die Sünder. Seien wir also offen miteinander. Es kann niemand wegen der Möbel unserer Schwester umgebracht worden sein, es sei denn, sie selbst war es. Ich sah dieser Schwester ins Gesicht und hörte mir ihre Beichte an. Sie hat in ihrem ganzen Leben nichts anderes besessen als das, was die Weißen ihr gaben. Und sie gaben dieser Schwester nichts, was andere hätten haben wollen. So eine Sorte Frau war sie eben – oder besser: ist sie.«

»Würden Sie irgendeinen Schwur oder dergleichen brechen, wenn Sie uns erzählten, zu welchen Sünden sie sich bekannt hat?« fragte Grave Digger.

»Das war alles nicht der Rede wert«, versicherte ihm Sweet Prophet. »Sie war nichts weiter als eine arme Frau, die Ehebruch beging und zur Strafe dafür wie ein Tier schuftete – so wie Tausende anderer dieser armen, einfältigen schwarzen Frauen in Harlem. Nichts, wofür der Herr Seine Ohren spitzen würde.«

»Und doch besaß sie etwas«, erklärte Coffin Ed unbeirrbar.

Sweet Prophet sah ihn aus seinen vorquellenden Augen an. »Das einzige, was diese Schwester besaß, war Gottvertrauen«, sagte er. »Und ganz unter uns, Gentlemen, ihr Glaube war keinen Diebstahl wert.«

»Na, dann sollten wir doch mal versuchen, ein paar Fakten zu sammeln«, beschloß Grave Digger. »Was geschah mit ihr, nachdem sie tot umgefallen zu sein schien?«

»Darüber ist mir nichts bekannt«, gestand Sweet Prophet. »Bis Sie mich eines Besseren belehrten, hatte ich angenommen, die Schwester ruhe jetzt bei ihrem Schöpfer. Bruder Clays Leichenwagen kam und nahm sie mit, danach stellten mir Polizisten vom Präsidium ein paar Fragen. Aber einer von ihnen erhielt zwischendurch einen Anruf, und sie brachen das Verhör ohne jede Erklärung ab.«

»Haben Sie sich denn gar nicht bemüht, herauszufinden, was aus ihr geworden ist?« fragte Grave Digger.

»Nein, mit dem Tod endet das Werk von Sweet Prophet, und der Herr übernimmt das Weitere«, antwortete Sweet Prophet. »Aber Sie könnten ja den Bestatter Clay fragen.«

»Das werden wir«, sagte Grave Digger.

Er und Coffin Ed standen auf.

»Herzlichen Dank für Ihre Unterstützung, Prophet«, fügte er hinzu. »Hoffentlich haben wir Sie nicht allzusehr gestört.«

»Es freut mich immer, wenn ich unseren farbigen Polizisten zu Diensten sein kann«, erklärte Sweet Prophet. »Solange Sie nicht kommen, um mich festzunehmen.«

»Ich wollte Ihnen noch mitteilen, daß Alberta Wright Sie gern sehen möchte, falls Sie die Nachricht nicht schon bekommen haben«, sagte Coffin Ed, bevor sie hinausgingen.

»Möchten das nicht alle?« bemerkte Sweet Prophet.

Mr. H. Exodus Clay war gerade von seiner Wohnung im obersten Stock des alten Sandsteingebäudes in der 134th Street heruntergekommen, dem Haus, wo er auch sein Bestattungsunternehmen führte. Die pergamentfarbene Haut noch halb entseelt vom Schlaf, das lange, weiße, ausgetrocknete Kraushaar frisch gekämmt und gebürstet, wirkte er mehr denn je wie eine für die Beisetzung zurechtgemachte Leiche.

Er empfing sie in seinem Büro, dem Vorderzimmer mit der Lampe im Fenster, die niemals erlosch.

Sie kamen gleich zur Sache.

»Wir wüßten gern, was mit der Frau geschah, die einer Ihrer Fahrer gestern bei Sweet Prophets Taufzeremonie als vermeintlich tot abtransportiert hat«, sagte Grave Digger.

Mr. Clay rückte seinen Kneifer zurecht. »Sie meinen die Leiche, die wieder zum Leben erwachte«, bemerkte er mit seiner trockenen, unpersönlichen Stimme. »Einen Augenblick, ich lasse den Fahrer holen.«

»Also, das war so, Mr. Clay«, erklärte der junge Mann, der den Leichenwagen gefahren hatte. »Jeder schickte mich zum Leichenschauhaus, um den Totenschein zu besorgen. Aber als ich dort ankam, sagte der Mann zu mir, ich solle die Leiche hineinbringen, damit er sie sich ansehen kann, ehe er mir die Bescheinigung gibt. Allein schaffte ich es nicht, deshalb hat er mir geholfen. Wir trugen sie in einen großen weißen Raum und legten sie auf einen langen weißen Tisch, dann fing er an, mit allerlei Instrumenten und solchem Zeug zu hantieren und redete andauernd davon, was das doch für ein hübsches Exemplar sei. Ich fragte ihn, ob sie tot ist, und er wollte wissen, wo ich sie herhätte. Ich erzählte es ihm, und er sagte, die Untersuchung würde etwa eine Stunde dauern, ich sollte hinausgehen und in einer Stunde wiederkommen. Da fragte ich ihn, ob es denn wirklich eine ganze Stunde dauern würde, nur um den Tod festzustellen, und er sagte, sie ist nicht tot, aber er würde so lange brauchen, um herauszufinden, was ihr fehlt. Also dachte ich mir, es wäre nicht nötig, daß ich eine Stunde lang warte, wenn sie doch gar nicht tot ist. Deshalb bin ich gleich wieder hierher zurückgekommen, hab den Leichenwagen abgestellt und ihn gründlich saubergemacht.«

Mr. Clay drehte sich zu den Detectives um und fragte mit regloser Miene: »Ist Ihre Frage damit beantwortet?«

Grave Digger setzte seinen Hut auf, Coffin Ed tat es ihm nach.

»Ist sie«, sagte er.

Danach fuhren sie zum Leichenschauhaus.

Der Beamte, der sonntags anwesend war, hatte montags frei, und der Diensthabende, der jetzt dran war, wußte nichts über den Fall.

»Meinst du, wir sollten ihn zu Hause wachrütteln?« fragte Coffin Ed.

Grave Digger sah auf die Uhr. »Heute morgen nicht mehr. Es ist schon neun Uhr, und meine Frau wird sich inzwischen Sorgen machen.«

»Meine auch«, sagte Coffin Ed. »Machen wir Feierabend.«

»Einverstanden«, bestätigte Grave Digger. »Solange die Frau hinter Gittern ist, kann nichts passieren.«

12

Die drei steilen Treppenfluchten mündeten in einen langen, schwach erleuchteten Gang mit acht Türen. Es war das dritte Stockwerk, höher führten die Treppen nicht.

Sugar rannte zu dem schmutzigen Vorderfenster und sah auf die Straße hinunter. Dummy war nirgends in Sicht. Auch der Wagen der Detectives war verschwunden. Langsam ging er durch den Gang zurück zu dem Mädchen, das dort in der Ecke kauerte. Irgendwas war faul an der Sache, dachte er. Es ging alles zu schnell. Zu viel war passiert, als daß Albertas Geld wirklich ein Geheimnis sein konnte.

»Er wohnt da drin«, flüsterte das Mädchen und deutete auf eine windschiefe Tür, an deren Kanten sich gelbe Lichtstreifen zeigten.

Sugar nahm den scharfen Geruch von Marihuana wahr, der durch die Ritzen drang.

»Wer?«

»Der Mann, von dem ich erzählt hab, der mit dem vielen Geld.«

Die Tür war mit Schließhaken und Ösen gesichert. Sie hatte sich so stark verzogen, daß das billige Schloß nutzlos geworden war.

»Wenn da drin jemand haust, der viel Geld hat, sollte er mal seinen Geisteszustand untersuchen lassen«, meinte Sugar gedankenverloren.

»Es gehört ihm ja nicht«, sagte sie, »er hat's gestohlen.«

»Halt den Mund und laß mich überlegen«, raunte Sugar sie an.

Es gab nur die eine Erklärung, daß Dummy auch nach dem Geld suchte, dachte er. Wie sonst sollte er so genau wissen, was vorgefallen war? Und dann, als er das Ganze noch einmal durchging, setzte sich das Bild plötzlich in seinem Kopf zusammen.

Alles hing mit dem Mord an dem Juden zusammen. Wäre er nicht umgebracht worden, könnte möglicherweise derjenige das Geld haben, der Rufus auf dem Gewissen hatte. Aber es lag nahe, daß der Mörder des Juden bereits Rufus in die Mangel genommen hatte und überzeugt war, daß er das Geld nicht besaß. Er wird sich dann gedacht haben, daß der Jude es hatte. Denn wer immer der Täter war, mußte gehört haben, wie Alberta bei der Taufe von ihrem Traum geplappert hatte. Bei Sweet Prophets Veranstaltungen hingen stets die merkwürdigsten Penner herum, die hofften, daß etwas von dem Geld des Propheten auch für sie abfiele. Und dann muß dieser Clown, wer immer es auch war, Albertas Adresse herausgefunden haben und dorthin gegangen sein, um in das Haus einzubrechen. Aber Sugar war als erster dort gewesen. Nachdem er gegangen war, kam Rufus, und der Jude traf ein, als Rufus noch in der Wohnung war, und nahm schließlich sämtliche Möbel mit. Der Spaßvogel muß alles von der Straße aus beobachtet haben, während er auf eine Gelegenheit für den Einbruch wartete, und als er sah, wie die Möbel abtransportiert wurden, wußte er, daß bereits jemand im Besitz des Geldes war. Nur logisch, sich zuerst Rufus vorzuknöpfen.

Aber nachdem er den Juden getötet und das Geld auch dort nicht gefunden hatte, nahm er an, daß Rufus ihn überlistet hatte. Also lauerte er ihm erneut auf.

Inzwischen war Rufus aber durch den ersten Versuch des Mörders vorsichtig geworden und trug bestimmt das Geld nicht mehr bei sich. Es stand zehn zu eins, daß er es in seiner Wohnung versteckt hatte, begriff Sugar. Höchstwahrscheinlich hatte er es schon gefunden, als der Jude bei Alberta eintraf. Plötzlich verstand Sugar, weshalb Rufus beschlossen hatte, dem Juden sämtliche Möbel zu verkaufen – er hatte das Geld bereits entdeckt und benutzte dieses dumme Manöver als Tarnung. Rufus muß sich köstlich über Sugar amüsiert haben, als sie sich gestern nachmittag getroffen hatten. Ja, er war so oberschlau gewesen, daß es ihn den Kopf gekostet hatte, dachte Sugar schadenfroh. Und wenn Dummy jetzt auch anfing, nach dem Geld zu suchen, konnte das nur bedeuten, daß es noch nicht gefunden worden war. Schließlich war Dummy nicht der Typ, der seine Zeit mit Kinderspielchen verplemperte. Ihm war ohne weiteres zuzutrauen, daß er wußte, wer Rufus umgebracht hatte und warum er getötet wurde – wenn Dummy nicht sogar selbst der Täter war.

»Komm«, sagte er zu dem Mädchen.

»Wohin?« fragte sie.

»Kann dir doch egal sein«, meinte er. »Du weißt doch sowieso nicht, wohin du gehen sollst, oder?«

Sie folgte ihm gehorsam, erleichtert, daß man ihr sagte, was sie tun sollte. Schließlich hatte sie in ihrem ganzen Leben nie etwas aus eigener Initiative getan.

Am Eingang des Hotels hielt er kurz an, um die Straße auf und ab zu schauen. Niemand in Sicht.

»Wo ist Dummy hingegangen?« fragte er.

»Woher soll ich das wissen?« antwortete sie apathisch.

»Komm.«

Sie wollte neben ihm gehen, aber er hielt sie zurück. »Wenn man dich mit mir sieht, könntest du wegen Prostitution verhaftet werden«, meinte er. »Und ich kann es mir auch nicht leisten, daß man mich festnimmt. Besser, du gehst voraus, die Seventh Avenue runter bis zur 112th Street und auf der bis zur Eighth Avenue. Warte dort an der Ecke auf mich.«

Wortlos machte sie sich auf den Weg. Er folgte ihr in einigem Abstand, aber als sie in die dunkle Seitenstraße einbog, ging er weiter die Seventh Avenue hinunter bis zu einem einstmals stattlichen Wohnhaus in der Mitte des Blocks.

Mammy Stormy hatte dort im obersten Stock eine Sechs-Zimmer-Wohnung, in der sie an jedem Wochenende Partys für Bedienstete gab. Sie begannen am Samstagabend und endeten am Montagmorgen. Mammy verkaufte Speisen und Getränke und teilte die Karten beim Blackjack aus. Sie nannte diese Feiern »Mietpartys«, weil sie angeblich dazu dienten, ihr die Miete zu finanzieren. In Wahrheit lebte sie davon.

Während der Wirtschaftskrise in den Dreißigern hatte jeder, der ein Heim besaß, solche Partys veranstaltet, um sich die Miete zu verdienen. Die meisten hatten den Brauch jedoch aufgegeben, als die Industrie den Farbigen Stellungen bot und die Löhne für Hausangestellte stiegen. Aber Mammy Stormy hatte unentwegt weitergefeiert und in den letzten 28 Jahren nicht ein Wochenende ausgelassen.

Ihre Wohnung verließ sie niemals. Sie wog annähernd 400

Pfund, mißtraute Fahrstühlen und konnte keine Treppen steigen. Seit zehn Jahren hatte sie nichts anderes mehr als Nachthemden und Filzpantoffeln getragen.

Sugar fand sie in einem alten Sessel in der Küche sitzen, wo sie sich mit dem Reklamefächer eines Bestattungsunternehmers Luft zufächerte. Der Schweiß lief ihr wie ein Wasserfall über das glatte schwarze Gesicht. Auf dem Kohlenherd brodelte ein Topf mit weißen Bohnen und Innereien. Überall war schmutziges Geschirr aufgestapelt, leere Flaschen lagen auf dem Boden verstreut.

Im Speisezimmer war eine Partie Blackjack im Gange, die aber nicht so recht vom Fleck kam. In den anderen Räumen wandelten angetrunkene, gesättigte und schläfrige Gäste umher und warteten auf den Tagesanbruch und darauf, endlich zur Arbeit zu gehen.

Bei dem Essensgeruch lief Sugar das Wasser im Mund zusammen, aber er hatte noch nicht einmal das Geld für eine Portion.

»Dummy hat mich hergeschickt«, erzählte er Mammy Stormy.

»Was will er denn jetzt?« fragte sie.

»Seine Ohren tun ihm weh. Er möchte, daß Sie ihm etwas Mandelöl geben«, sagte Sugar.

»Mein Gott, warum stellt er nicht was mit seinen Ohren an«, stöhnte sie.

»Was denn?« fragte er.

Das war eine Herausforderung. »Sehen Sie im Bad im Medizinschrank nach, da finden Sie das Öl«, sagte sie. »Und richten Sie ihm aus, er soll mir keine dieser Flittchen ins Haus bringen.«

»Mach ich«, sagte er.

Er fand die Flasche mit dem Mandelöl, doch im Bad bemerkte er auch eines von Mammys rosafarbenen Nylonnachthemden, das dort zum Trocknen hing. Das brachte ihn auf eine Idee. Er nahm das Nachthemd von der Leine, griff sich ein gelb-orange-weiß gestreiftes Handtuch vom Regal und rollte beides zu einem Bündel zusammen, das er unter seiner Jacke versteckte. Er verließ die Wohnung durch den Salon, ohne Mammy Stormy noch einmal zu sehen.

Es dämmerte schon, als er wieder auf die Straße hinaustrat. Das Mädchen wartete auf ihn an der Ecke, die er ihr genannt hatte. Gemeinsam gingen sie zur Manhattan Avenue.

In der Mitte des Blocks blieb er in einer Toreinfahrt stehen, entfernte das Etikett von der Flasche Mandelöl und streifte das Nachthemd über seine Kleidung. Dann knotete er sich das Handtuch wie einen Turban um den Kopf. Das Mädchen starrte ihn mit heruntergeklapptem Kiefer an. Sie war entweder zu müde oder zu dämlich, um zu lachen.

»Was soll das werden?« fragte sie.

»Kümmer dich nicht drum«, befahl er ihr. »Halt einfach die Klappe, egal, was ich tue, und lach bloß nicht.«

Aber dieser grelle Aufzug war selbst für Harlem zuviel. Die Mannschaft eines Müllwagens, die ihre letzte Runde drehte, erstarrte vor Überraschung mit offenem Mund, als er auf sie zukam.

»Gott der Allmächtige, noch ein Prophet!« entfuhr es einem von ihnen.

Das Mädchen fing an zu kichern, aber Sugar raunte sie an: »Maul halten!«

Der Hausmeister des Apartmentgebäudes, in dem Rufus gewohnt hatte, holte gerade die Mülltonnen herein, als sie dort ankamen. Er stellte den leeren Kübel ab und wischte sich mit der Hand über die Augen. Seine Lippen bewegten sich, als er etwas vor sich hin murmelte. Er war ein großer Mann mit dunklem, ledrigem Gesicht, der sich nur langsam bewegte. Ein Kranz kurzer, krauser Haare umgab die kahle Stirnplatte, auf der eine sichelförmige Narbe prangte. Er trug einen ausgebleichten blauen Overall und ein Holzfällerhemd, beides frisch gewaschen und gebügelt. Seine großen, verunstalteten Füße steckten in schmutzigen Turnschuhen. Die blaßbraunen Augen erweckten den Eindruck, als arbeite sein Verstand noch schwerfälliger als sein Körper.

»Ich suche einen Gentleman namens George Clayborne«, sagte Sugar.

Der Hausmeister starrte ihn dümmlich an. »Was wollen Sie denn von dem?« fragte er grob, ohne daß es ihm eigentlich bewußt war.

»Ich habe eine Verabredung mit ihm«, behauptete Sugar.

»Ach, nee«, sagte der Hausmeister und kratzte die Narbe auf seinem Schädel. »Wer sind Sie denn?«

»Ich bin Arzt«, gab Sugar vor. »Und das hier ist meine Tochter und Assistentin.«

Der Hausmeister betrachtete das magere, blutarme Mädchen in dem billigen, zerrissenen Kleid und blickte dann wieder auf Sugars verwegene Kluft. »Arzt«, wiederholte er ungläubig. »So was von 'nem Arzt, der aussieht wie Sie, ist mir noch nie übern Weg gelaufen, und auch nicht 'ne Assistentin wie die da.«

»Ich bin ein afrikanischer Arzt«, erläuterte Sugar würdevoll.

»Oh«, sagte der Hausmeister und sah nun weniger skeptisch drein. »Hab mich schon gefragt, aus welcher Gegend Sie sind, wo man im Nachthemd rumläuft.« Er schien zufrieden mit der Erklärung, wollte es aber doch ganz genau wissen. »Nehm an, Sie sind so'n Zauberdoktor, wie?«

Sugar richtete sich auf und tat beleidigt. »Ich bin kein Zauberdoktor«, wies er den Hausmeister zurecht. »In Afrika gibt es auch andere Ärzte, nicht nur Zauberer. Ich bin Babydoktor.«

»Oh«, sagte der Hausmeister und wurde wieder mißtrauisch. »Mr. Clayborne hat aber keine Babys.«

»Das weiß ich«, erwiderte Sugar. »Deshalb will er doch von mir behandelt werden.«

»Da komm ich nicht mit«, gab der Hausmeister ungeniert zu. »Sie sind Babydoktor, und einer will von Ihnen behandelt werden, der keine Babys hat.«

»Ich behandle Leute, damit sie Babys bekommen können«, klärte ihn Sugar geduldig auf. »Wenn ein Mann seine Potenz verloren hat und keine Babys zeugen kann, gebe ich ihm Massagen mit meinem magischen Öl. Eine Massage reicht, und er ist wieder kräftig dabei.« Er griff durch den Ausschnitt des Nachthemds und zog die Flasche Mandelöl aus seiner Jackentasche.

»Darunter haben Sie ja ganz normales Zeug an«, bemerkte der Hausmeister, und sein schwindendes Mißtrauen bekam neue Nahrung.

»Natürlich trage ich normale Kleidung«, sagte Sugar. »Das Gewand ist nur mein Arztkittel.«

»Oh«, machte der Hausmeister und schien zufrieden.

»Dieses Öl«, fuhr Sugar mit seinen Erläuterungen fort, »enthält Fett von den Schwänzen männlicher Känguruhs und Essenzen aus den Zeugungsorganen von Löwen. Damit kann man springen wie ein Känguruh und brüllen wie ein Löwe. Nach drei Massagen kann jeder Mann Vater werden, egal wie alt er ist.«

Der Hausmeister riß interessiert und erstaunt die Augen auf. Sugar fixierte ihn scharf.

»Sind Sie Vater?« wollte er wissen.

»Ich hab erwachsene Kinder«, stammelte der Hausmeister schuldbewußt. »Bin vierundsechzig. Aber meine Frau, die hat zwei kleine Kinder von ihrem ersten Mann.«

»Sie sind ein alter Mann«, sagte Sugar und tippte ihm mit dem Zeigefinger auf die Brust, um seinen Worten Gewicht zu verleihen. »Sie haben eine junge Frau. Mensch, das sieht nach Ärger aus.«

»Hören Sie auf damit, Doktor«, stöhnte der Hausmeister. »Sie wissen ja gar nicht, was Ärger ist.«

Sugar stieß ihn in die Rippen. »Wenn Sie erst drei Massagen mit diesem magischen Öl hinter sich haben, wird es damit vorbei sein. Ihre Frau sieht keinen anderen Mann mehr an. Sie wird Ihnen aus der Hand fressen.«

Der Hausmeister kicherte anzüglich. »Hihi, das wär *das* Ding.«

Sugar sah ihn mitfühlend an, meinte aber bedauernd: »Ich fürchte, heute morgen habe ich keine Zeit mehr für Sie, so gern ich Ihnen auch helfen würde.«

»Oh«, sagte der Hausmeister, offensichtlich enttäuscht.

»Ich muß Mr. Clayborne behandeln und habe auch noch andere Patienten«, erklärte Sugar.

»Um Mr. Clayborne brauchen Sie sich nicht mehr zu kümmern«, wandte der Hausmeister mit einem neuen Hoffnungsschimmer ein. »Der ist tot.«

»Tot!« rief Sugar überrascht aus. »Wann ist er denn gestorben? Wie ist das passiert? Gestern noch hab ich mit ihm geredet, und da schien er bei bester Gesundheit, außer daß er keine Kinder machen konnte.«

»Ja, aber man hat ihn gestern nacht erstochen«, informierte ihn der Hausmeister. »Genau da drüben in den Büschen«, fügte er hinzu und deutete auf den Park.

Mit einem Schaudern sah Sugar zu dem Gebüsch im Park hinüber. »Ein Jammer«, sagte er. »So ein netter Mann. Er wäre ein guter Vater geworden.« Seufzend ergänzte er: »Wenn's so ist, kann ich ja Sie an seiner Stelle behandeln.«

Der Hausmeister zögerte noch. »Der Haken ist nur, daß ich erst meine Morgenrunde erledigen muß, und das dauert 'ne Weile. Wenn Sie drauf warten, ich zahle Ihnen ...«

Sugar schnitt ihm mit einer ungehaltenen Geste das Wort ab. »Ich stelle meine Dienste nicht in Rechnung«, sagte er streng. »Meine Patienten geben mir nur, was sie erübrigen können. Aber ich kann Ihre Behandlung nicht auf später verschieben. Dieses magische Öl entfaltet seine Kräfte nur in den frühen Morgenstunden, und morgen bin ich schon auf dem Weg nach Philadelphia.« Er wandte sich dem Mädchen zu und sagte: »Komm, Mamba, wir können unsere anderen Patienten nicht warten lassen.«

»Sekunde noch, Doktor«, bettelte der Hausmeister. »Ich leg den Kram ja schon beiseite, wenn Sie mich behandeln.«

Sugar rang mit sich. »Na schön«, gab er schließlich nach. »Wenn wir nicht weiter herumtrödeln.«

»O nein, bestimmt nicht«, versprach der Hausmeister übereifrig. »Kommen Sie beide nur mit.«

Er führte sie an dem Gebäude entlang und durch einen Seiteneingang in einen weiß getünchten Kellerflur. Über ihren Köpfen verliefen asbestgeschützte Rohrleitungen, und zu beiden Seiten boten frischgestrichene grüne Türen Zugang zu verschiedenen Kellerräumen.

Vor einer dieser Türen sagte er: »Können Sie beide hier eine Minute warten, Doktor, während ich die Schlüssel hole? Ich will nicht, daß meine Frau was davon mitkriegt.«

Er bog um eine Ecke, und sie hörten, wie er die Tür zu seiner Wohnung öffnete. Die schläfrige Stimme einer Frau nörgelte: »Kannst du auch was anderes, als so'n Lärm machen und die Kinder wecken?« Dann machte er die Tür leise wieder zu und erschien mit einem Messingring in der Größe eines Stickrahmens, an dem sämtliche Hauptschlüssel hingen.

Er schloß die Tür auf, und sie traten in einen Lagerraum, der mit Koffern, Kartons und einigen alten Möbelstücken der Mieter vollgestopft war.

»Schaffen Sie mal Platz, damit Sie sich hinlegen können«, befahl Sugar.

Der Hausmeister schob zwei Seemannskisten zusammen und wischte den Staub ab.

»Und jetzt runter mit dem Overall und der Unterwäsche«, kommandierte Sugar weiter.

»Sie meinen, mich ausziehen?« fragte der Hausmeister.

»Wie soll ich Sie denn massieren, wenn Sie das Zeug anhaben?« gab Sugar zu bedenken.

Der Hausmeister schämte sich. »Wenn die dabei ist?«

»Die hat schon viele nackte Hintern gesehen«, beruhigte ihn Sugar.

Vor Verlegenheit kichernd, streifte der Hausmeister die Träger seines Overalls ab und ließ ihn bis hinunter zu seinen Knöcheln fallen. Darunter trug er Boxershorts mit roten Rosen auf purpurfarbenem Grund. Er ließ auch sie hinunterfallen, wobei er tunlichst dem Mädchen den Rücken zukehrte. Dann legte er sich bäuchlings auf die Kisten.

Das Mädchen verfolgte das Geschehen mit seelenloser Verwunderung – ohne zu lachen oder mit der Wimper zu zucken.

Sugar goß Öl auf die lederne Haut und begann mit der Massage. Er murmelte irgendwelche Laute vor sich hin, die der Hausmeister für Zaubersprüche aus einer afrikanischen Sprache hielt.

Den Schlüsselbund hatte der Hausmeister etwas abseits auf die verstaubte Platte eines Toilettentischs gelegt.

Nach ein paar Minuten erklärte Sugar: »Meine Assistentin wird jetzt weitermachen, während ich mir die Hände wasche. Wo ist hier ein Waschbecken, das ich benutzen kann?«

»Geben Sie mir den Schlüssel, Doc«, sagte der Hausmeister, ohne sich zu rühren. Er zeigte auf einen und gab Sugar das Bund zurück. »Der ist für den Heizraum, dritte Tür rechts. Da finden Sie alles, was Sie brauchen.«

Sugar nahm die Schlüssel und winkte dem Mädchen zu, weiter den Rücken des Hausmeisters zu massieren. Sie übernahm und schrubbte teilnahmslos auf und ab, wie eine Bäuerin, die ihre Wäsche auf einem Stein scheuert.

Sugar verließ den Raum. Er war dem Hausmeister überaus dankbar, daß er ihm die Schlüssel freiwillig überlassen hatte; ansonsten hätte er sie heimlich entwenden müssen. Er fand die Tür zum Heizungsraum, schloß sie auf und ging hinein. Er blieb, bis er das Nachthemd und das Handtuch abgelegt und sie in den Heizofen gestopft hatte. Dann suchte er sich den Weg zum Erdgeschoß und stieg über die Vordertreppe weiter hinauf in den ersten Stock. Er ließ sich Zeit, die diversen Schlüssel auszuprobieren, bis er denjenigen passend zu dem Apartment gefunden hatte, in dem bis vor kurzem noch Rufus wohnte. Hinter der Wohnungstür lag ein kleiner Flur, der zu den beiden Vorderzimmern und zum Bad führte. Rufus hatte es sich ziemlich gemütlich gemacht, dachte Sugar.

Er ging durch das Wohnzimmer, öffnete das Vorderfenster und sah auf die Straße hinunter. Ein paar Frühaufsteher waren schon auf den Beinen, aber es dauerte nicht lange, bis die Straße für einen Augenblick leer war. Er warf den Schlüsselbund hinunter, und er landete direkt vor der Eingangstür. Dann schloß er das Fenster und zog die Vorhänge vor.

Er fragte sich, wie lange der Hausmeister wohl brauchen würde, um den Trick zu durchschauen. Was das Mädchen anging, so würde sie ihm zweifellos den Rücken scheuern, bis die Haut herunterkam, falls niemand sie davon abhielt.

Er begann zu suchen.

13

Die Schlüssel lagen auf der Straße.

Eine Falle, dachte Dummy unwillkürlich. Wenn einer alle möglichen Wege ersann, um in ein Haus zu gelangen, dann fand er die Schlüssel nicht einfach so vor seinen Füßen. So leicht machte es das Leben einem nicht.

Aber wenn die Polizei sich einbildete, daß er blind in ihre Falle tappen würde, hatte sie sich in Dummy getäuscht. Mit schnellem Blick schaute er die Straße hinauf und hinunter, um seinen Beschatter aufzuspüren. Aber er entdeckte niemanden, der nach Bulle aussah. Zwei Frauen, die nur Hausmädchen sein konnten, schlenderten zur Bushaltestelle hinüber; ein verspäteter Arbeiter eilte zur U-Bahn-Station in der 110th Street.

Dummy nahm nicht an, daß Grave Digger und Coffin Ed so plump vorgehen würden, es mußten also die Leute vom Morddezernat sein, die dieses Spielchen trieben. Schön, dann würde er eben mitspielen.

Er zog weiter seiner Wege wie ein x-beliebiger Mann, der die Straße entlangging. Er sah die Schlüssel gar nicht. Es war purer Zufall, daß er mit dem Fuß gegen den Messingring stieß. Er hob den Schlüsselbund auf und schaute sich nach dem Hausmeister um, ganz so wie ein völlig normaler, ehrbarer Mann, und hielt die Schlüssel offen in seiner Hand. Er blickte ins Foyer und trat dann wieder auf den Bürgersteig hinaus. Er ging am Haus entlang und schaute suchend in den Nebeneingang, kam zurück und stand wieder im Foyer. Neben den Briefkästen gab es einen Klingelknopf mit der Aufschrift *Hausmeister*, aber den sah er nicht. Andernfalls hätte er ja geklingelt, und wenn sich jemand gemeldet hätte, dann hätte er den Schlüsselbund auch abgegeben.

Er sponn die Geschichte weiter, während er umhersuchte, und glaubte schon beinahe selbst daran.

Auf Zehenspitzen schlich er die Treppe hinauf. Jeder Nerv in seinem Körper war gespannt. Seine Hände und die Schultern waren gelockert, so daß er jederzeit mit beiden Fäusten aus allen möglichen Winkeln hätte zuschlagen können. Anders als erwartet, fand er den Hausmeister auch nicht im ersten Stock. Es hatte ihm nämlich jemand erzählt – wohl einer der Mieter, der sich auf den Weg zur Arbeit machte –, daß er den Hausmeister im ersten Stock gesehen hätte, wie er die Wohnung des in der vergangenen Nacht ermordeten Mannes aufräumte.

Doch die Tür zu dieser Wohnung war verschlossen. Ohne zuerst die Klinke zu probieren, drückte er auf die Klingel.

Sugar stand gerade im Wandschrank links neben der Tür, als es schellte. Das Klingeln ertönte direkt über seinem Kopf. Er hatte soeben begonnen, die Taschen von Rufus' Anzügen zu durchsuchen, da ließ ihn das Geräusch so sehr hochfahren, daß er mit dem Kopf gegen das Regalbrett über der Kleiderstange stieß. Glücklicherweise machte das keinen sonderlich großen Lärm, auch wenn es eine mächtige Beule hinterließ. Danach wagte er nicht, sich zu rühren. Er hielt den Atem an, während ihm eiskalte Schauer den Rücken rauf und runter liefen. Er spitzte die Ohren, um die Geräusche von draußen mitzubekommen, und bereitete sein Nervenkostüm auf ein erneutes Klingeln vor. Aber die Schelle ertönte kein zweites Mal, und für eine Weile blieb alles totenstill.

Dummy hatte seinen Block und den Bleistift hervorgekramt. *hausmeister, hab ihre schlüssel gefunden*, schrieb er auf das oberste Blatt und riß es vom Block ab.

Sugar hörte das Rascheln des Papiers. Es strapazierte seine Nerven mehr, als es ein Hämmern gegen die Tür vermocht hätte. Er konnte es nicht einordnen. Dann sah er, wie das Ende eines Papiers unter dem Türschlitz durchgeschoben wurde. Es waren kaum mehr als zwei Zentimeter, und auf diesem kleinen Stück war nichts zu lesen. Er starrte es an, als wäre es eine Zeitbombe. Die Nackenhaare sträubten sich ihm. Was hatte das zu bedeuten?

Dummy hatte das Papier absichtlich nur mit der Kante unter die Tür geschoben, so daß der weitaus größere Teil draußen geblieben war. Dann schlich er wieder zur Treppe und blieb so stehen, daß man ihn von der Tür aus nicht sehen konnte. Nur ein Stück seines Gesichts war zu erkennen, als er vorsichtig um die Ecke schaute, um zu warten, ob jemand von innen das Papier aufheben würde.

Sugar spürte instinktiv, daß es eine Falle war. Ganz sicher konnte er sich aber nicht sein. Vielleicht war es auch eine Warnung. Nein, wohl kaum; eine Warnung konnte es nicht sein – jedenfalls nicht für ihn, auf keinen Fall. Aber es könnte sich um eine Nachricht für Rufus handeln, und zwar von jemandem, der noch nicht wußte, daß Rufus tot war. Es könnte etwas mit dem Geld zu tun haben; es könnte sogar der Schlüssel zu der ganzen Geschichte sein.

Er ließ sich auf Hände und Knie nieder und versuchte, unter der Tür hindurchzuspähen. Aber er konnte nichts erkennen. Er starrte auf den Fetzen Papier. Auf dem Stück, das er nicht sehen konnte, mußte etwas geschrieben sein, dachte er. Aber er wagte nicht, den Zettel zu berühren; die Gefahr, daß es sich um eine Falle handelte, war zu groß. Irgend jemand wollte herausfinden, ob da einer in der Wohnung war. Polizisten konnten es nicht sein, die wären einfach hereinspaziert und hätten nicht erst geklingelt. Die einzige Person, die eine solche Falle stellen würde, war Rufus' Mörder, folgerte er.

Er hörte, wie ein Schlüssel ins Schloß geschoben wurde.

Dummy war inzwischen überzeugt, daß niemand in der Wohnung sein konnte. Falls ihn die Polizei beschattete, mußte der Beamte in einer anderen Wohnung sein. Er wollte es riskieren. Immerhin gab es die Möglichkeit, daß der Hausmeister den Schlüsselbund tatsächlich verloren hatte. Und sollte ihn die Polizei erwischen, konnte er getrost behaupten, die Schlüssel hätten in der Tür gesteckt.

Sugar trat unterdessen den Rückzug an, krabbelte wie ein aufgeschreckter Krebs auf allen vieren von der Tür weg. Er brauchte eine Waffe – eine richtig solide Keule. Der Killer war ein Messerstecher, und Sugars einzige Hoffnung bestand darin, den anderen niederzuschlagen, bevor er mit seinem Messer zum Zug kam.

Er hatte Wohn- und Schlafzimmer schon durchsucht und erinnerte sich dort an keinen Gegenstand von ausreichender Stabilität. Darum hastete er zur Küche. Seine Wahl fiel zuerst auf den Küchenstuhl, aber dann bemerkte er eine schwere, gußeiserne Pfanne mit langem Stiel, die genau das richtige war.

Er riß sie von ihrem Haken, eilte zur Tür zurück und stellte sich dahinter so in Position, daß der Eindringling ihn nicht sehen konnte, wenn er hereinkam.

Der vierte Schlüssel paßte. Dummy hatte die Tür geöffnet und den Schlüssel abgezogen; als er den Raum betrat, mit dem Schlüsselbund in der rechten Hand, schlug sein sechster Sinn Alarm. Mit dem geübten Reflex eines Profis duckte er sich nach hinten, und die schwere Eisenpfanne sauste so dicht an seinem Kopf vorbei, daß er den Luftzug spürte. Er drehte sich aus seiner Deckung hoch wie ein Kolben an der Nokkenwelle und krachte mit einem Schulterschlag gegen die Tür, der Sugar zum Kippen brachte. Dummy war schon im Flur und hatte mit dem Fuß die Tür hinter sich zugestoßen, als Sugar noch nach einem Halt suchte. In Sekundenschnelle war alles vorbei. Dummy versetzte ihm zuerst einen linken Haken in die Rippen und landete dann einen rechten Schwinger gegen den Solarplexus. Sugar ging zu Boden, und die Sterne, die ihm vor Augen tanzten, nahmen ihm den Atem.

Dummy war überrascht, als er Sugar erkannte. Er fragte sich, wieviel der andere wohl wissen mochte. Aus Albertas Schilderungen war zu schließen, daß Sugar nichts von dem Geld ahnte. Warum sonst hatte sie ihn und nicht Sugar gebeten, Rufus' Adresse ausfindig zu machen? Aber jetzt sah es so aus, als ob Sugar ebensoviel wüßte wie er – und viel war das nicht, wie er sich eingestehen mußte. Möglicherweise wußte Sugar aber noch mehr. Seine Augen zogen sich mißtrauisch zusammen.

Sugar schnappte weiter nach Luft, bis er wieder klar sehen konnte. Er erkannte Dummy, der über ihm stand. »Ach, du warst das«, japste er.

Dummy starrte ihn weiter an.

Sugar blieb auf dem Boden sitzen. »Du hast ihn umgebracht«, sagte er keuchend.

Dummy griff nach seinem Bleistiftstummel und dem Notizblock und schrieb: *hab gesehen, daß du's warst, hab aber nichts gesagt.*

Sugar las es und stand auf. Er hatte Angst. »Hör mal, Mann, glaub nicht, du kannst mir was anhängen. Ich kann beweisen, daß ich es nicht war. Und du?«

Dummy zeigte ihm ein zungenloses Grinsen und notierte die Frage: *was willst du hier?*

»Was machst du selbst hier?« konterte Sugar.

Dummy schrieb: *schluß mit unfug ich such geld wie du.*

»Es gehört Alberta«, sagte Sugar. »Ich sorge dafür, daß sie es zurückbekommt.«

Dummy schrieb: *nicht wenn ich's zuerst find.*

»In Ordnung, teilen wir«, begann Sugar zu feilschen.

Dummy schrieb: *nur wenn's hier ist draußen zählt nicht.*

Sugar nickte. Wenn sie es erst einmal gefunden hatten, war immer noch Zeit genug, über die Frage zu verhandeln. Hauptsache, er war auf der Hut und gab sich keine Blöße, denn wenn Dummy Rufus getötet hatte, würde er nicht zögern, auch ihn umzubringen.

Dummy notierte: *wir suchen zusammen.*

Sugar nickte. »Das wird das beste sein«, stimmte er zu.

Die Wohnung zu durchsuchen war nicht schwierig. Die Einrichtung der beiden Zimmer und der Küche stammte vom Kaufhaus Blumstein in der 125th Street. Die modern gestalteten Wohnzimmermöbel aus Eichenfurnier waren als King-Cole-Garnitur bekannt und wurden in der Bronx hergestellt. Im Schlafzimmer stand ein De-Luxe-Brautgemach in hellem Ahorn aus Grand Rapids in Michigan. Das Fernsehgerät trug das Firmenschild eines bekannten Händlers aus Jersey City, der über die lokalen Radiosender damit warb, daß er binnen einer Stunde nach Eingang einer telefonischen Bestellung in jedem der fünf Stadtbezirke von New York zu jeder Tages- und Nachtzeit Fernseher jeder gewünschten Größe liefern, aufstellen und empfangsbereit einrichten könnte.

Bevor sie sich ans Werk machten, war Sugar in die Küche gegangen, um ein Glas Wasser zu holen. Dummy folgte ihm sofort, doch Sugar konnte vorher schnell noch nach dem Pfefferstreuer aus Plastik auf dem Küchentisch greifen und ihn in die Hosentasche stecken. Es gelang ihm, heimlich den Deckel aufzuschrauben, während sie die Möbelstücke und sämtliche Schubladen durchsuchten.

Keiner von beiden ließ den anderen aus dem Auge. Vor allem sahen sie sich immerzu auf die Hände. Hin und wieder starrten sie einander an, jeder hing seinen eigenen geheimen Gedanken nach. Sugars Absicht war es, Dummy den Pfeffer in die Augen zu streuen, wenn der das Geld fand, dann die Beute an sich zu reißen und davonzurennen. Dummys Plan war weniger ausgefeilt; er würde Sugar einfach k. o. schlagen, ihn liegenlassen und mit dem Geld verschwinden.

Aber sie fanden nichts außer den irdischen Hinterlassenschaften von Rufus Wright, über die es sich nicht zu reden lohnte.

Dummy schrieb: *jemand war schneller.*

»Er muß es nicht hier in der Wohnung gehabt haben«, sagte Sugar.

Dummy schrieb: *wo sonst?*

Sugar schüttelte den Kopf. Er wollte Dummy nicht auch noch auf eine neue Fährte bringen.

Ehe sie gingen, traten sie noch einmal ans Fenster, um auf die Straße hinunterzuschauen. Es war das übliche Aufgebot an Bediensteten und Hausangestellten auf ihrem Weg zur Arbeit. Sie konnten niemanden entdecken, der nach einem Detective aussah. Aber während sie so die Straße beobachteten, sahen sie das Mädchen aus dem Seiteneingang herauslaufen. Einen Overall in Händen, stürmte sie in Richtung der

114th Street. Einen Augenblick später erschien der Hausmeister in seinem Holzfällerhemd und der geblümten Unterhose und raste hinter ihr her. Dann verschwanden sie um die nächste Ecke.

Dummy sah Sugar an und schrieb die Frage: *bringst mein mädchen her?*

Sugar nickte, ohne eine weitere Erklärung abzugeben.

Dummy fragte auch nicht danach und schrieb nur: *kostet was*.

»Ich zahl's dir«, versprach Sugar, überzeugt, daß das nur fair wäre. »Im Augenblick bin ich knapp bei Kasse, aber du kriegst das Geld.«

Sie schüttelten sich die Hände, um das Geschäft zu besiegeln.

Sugar verließ das Haus als erster und pfiff lässig vor sich hin, während er auf die 110th Street zusteuerte.

Dummy blieb noch, um die Wohnung schnell ein zweites Mal zu durchstöbern. Unten in der Eingangshalle hielt er einen Moment inne und suchte mit seinen hektischen Blicken rasch die Straße ab. Zufrieden legte er den Schlüsselbund wieder an die Stelle auf dem Bürgersteig, wo er ihn gefunden hatte, und marschierte in entgegengesetzter Richtung davon. Er hatte beide Hände in den Taschen vergraben und schlurfte von dannen mit der Unschuldsmiene einer fünfjährigen englischen Bulldogge, die soeben die Rassekatze des Nachbarn ins Jenseits befördert hatte.

14

»Wie spät ist es?« fragte der Busfahrer den Kontrolleur an der Haltestelle in der 111th Street.

Der Kontrolleur sah auf seine Uhr. »Siebzehn Minuten und dreizehn Sekunden nach sieben«, sagte er.

Der Fahrer stellte seine Uhr und legte den Gang ein.

Sugar hatte bei den Leuten gestanden, die auf den Bus warteten, war aber nicht mit ihnen eingestiegen. Er hatte nur darauf gelauert, ob Dummy das Gebäude oben an der Straße verlassen würde. Er hatte gesehen, wie Dummy herauskam, den Schlüsselbund wieder auf den Gehsteig legte und fortging, aber dann hatte ihn eine Frau angerempelt, und als er erneut die Straße entlangblickte, war Dummy verschwunden. Er war jedoch überzeugt, daß Dummy nun seinen eigenen Geschäften nachging.

Sugar eilte zu dem Haus zurück, doch eine Bewohnerin auf dem Weg zur Arbeit entdeckte den Schlüsselbund, bevor er ihn auflesen konnte.

Als er dort eintraf, drückte sie gerade auf die Klingel des Hausverwalters.

Dummy beobachtete ihn aus einem Hauseingang etwas weiter die Straße rauf, wo er sich versteckt hatte. Er grinste vor sich hin. Sugar war sicher zurückgeeilt, um die Wohnung noch einmal auf den Kopf zu stellen; vielleicht hatte er sogar ein mögliches Versteck gefunden und es sich für seine kleine Privatsuche aufgespart. Aber Dummy war überzeugt, daß sich das Geld nicht in der Wohnung befand.

Er wartete, bis Sugar im Haus verschwunden war. Dann begab er sich wieder auf den Weg, diesmal, ohne zu zögern oder sich umzudrehen.

Sugar tat, als wolle er an der Frau vorbeigehen, blieb dann aber stehen und blickte forschend auf die Schlüssel. »Sie wollen sie dem Hausmeister zurückgeben?« fragte er.

»Ich hab sie auf der Straße gefunden«, verteidigte sie sich.

»Er muß sie verloren haben«, sagte Sugar. »Ich bin gerade auf dem Weg nach unten, ich werde sie ihm bringen.«

Die Frau sah ihn mißtrauisch an, aber sie war spät dran und hatte keine Zeit für Diskussionen. Zähneknirschend händigte sie ihm den Schlüsselbund aus und sagte: »Hoffentlich mache ich keinen Fehler, und Sie sind ein Einbrecher.« Er wollte bereits protestieren, da besänftigte sie selbst ihr Gewissen mit den Worten: »Wenigstens hab ich schon bei ihm geklingelt.«

Ohne zu antworten, eilte Sugar durch die Kellertür und lief die Treppe hinunter. Er hatte den Hausmeister zwar noch nicht zurückkommen sehen, aber die Sache war riskant.

Er traf die Frau des Hausmeisters, die in der offenen Tür ihrer Wohnung stand und den Korridor rauf und runter sah. Sie war so, wie er sie sich vorgestellt hatte: eine füllige, reife Frau mit hellgelber Hautfarbe, Kuhaugen und einem gereizten Gesichtsausdruck. Weiche, fette Arme und Berge von cremefarbenem Fleisch quollen aus den Ausschnitten ihres blauen Nylonnachthemds, das schwarze Haar hing ihr in langen, fettigen Strähnen bis auf die Schultern herab.

Beim Anblick des Mannes wurde sie schüchtern, mehr aus Gewohnheit als vor Begierde, und fragte mit gezierter Stimme: »Haben Sie bei mir geklingelt?«

»Ja, *Ma'am*«, sagte er höflich und ließ seinen Blick anerkennend über ihre gut gepolsterte Figur schweifen. »Ich fand die Schlüssel hier auf dem Gehsteig direkt vor dem Haus.«

Ihre Miene wurde sogleich argwöhnisch. »Wo ist er hin?«

»Als ich ihn zuletzt sah, jagte er gerade einem jungen Mädchen hinterher«, informierte Sugar sie.

Augenblicklich überschattete ein böser Blick ihr Gesicht. »Den kauf ich mir«, drohte sie. »Um die Uhrzeit hier auf Nuttenjagd gehen.«

»Darf ich reinkommen?« fragte Sugar. »Ich möchte Ihnen ein paar Fragen stellen.«

»Nur zu«, antwortete sie, drehte sich aber nur ein winziges Stück beiseite, um ihn vorbeizulassen.

Da sie den größten Teil der Türöffnung ausfüllte, streifte er im Vorbeigehen ihren Körper. Ein angenehmes Gefühl, fand er.

Um sieben Uhr vierundvierzig wurde Alberta von einer Aufseherin aus der Zelle geholt, die sie mit zwei anderen farbigen Frauen teilte, und in ein kleines Sprechzimmer gebracht, in dem Rechtsanwälte Unterredungen mit ihren Mandanten führten und Detectives die Verdächtigen weiteren Verhören unterzogen. Sie trug immer noch ihren Kittel, der aber jetzt stark angegraut und stellenweise vollends schwarz war. Die Badekappe hatte sie abgenommen, und ihr Haar stand störrisch in allen Richtungen vom Kopf ab. Sie sah todmüde aus und hatte eine mürrische Miene aufgesetzt.

Der Winkeladvokat, der auf sie wartete, kannte sich aus. Er hatte sein juristisches Examen auf einer Farbigen-Universität in Washington, D.C., absolviert und besaß eine Zulassung für den Staat New York. Seine Tätigkeit bestand weitgehend darin, Kautionen für Prostituierte und kleine Ganoven auszuhandeln und sie zu einem Schuldbekenntnis zu überreden, wenn ihm die Geldstrafe angemessen schien. Sein jugendliches, grinsendes schwarzes Gesicht flößte den meisten Vertrauen ein, hatte aber auf Alberta die entgegengesetzte Wirkung.

»Slick schickt mich«, sagte er.

»Wer sind Sie?« fragte sie.

»Sein Anwalt«, antwortete er.

»Was will er?« fragte sie.

»Er sagt, wenn Sie ihm erzählen, wo es ist, und mit ihm teilen, wird er Sie rausholen, sobald er's hat«, teilte er ihr mit.

»Würd mich nicht wundern, wenn er's längst hätte«, sagte sie.

»Warum sollte ich mit Ihnen verhandeln, wenn er es schon hat?« fragte er.

»Weil er dann auch zwei Mordanklagen am Hals hätte«, gab sie zu bedenken.

»Da sind wir genau beim Punkt«, sagte er. »Er hat das Geld nicht, und Sie stehen unter Mordverdacht.«

»Wie will er mich denn hier rausholen?« fragte sie.

»Er kennt jemanden, dem er die Morde anhängen kann«, erklärte er.

»Welchen Mord?« entgegnete sie.

»Alle beide«, sagte er.

»Dann weiß er, wer's getan hat«, stellte sie fest.

»Das hab ich nicht gesagt«, bestritt er. »Ich sagte, er kann jemanden an die Polizei ausliefern, dann sind die zufrieden und lassen Sie laufen.«

»Ich will nicht, daß er das tut, wenn die Person unschuldig ist«, sagte sie.

»Na schön, sagen wir also, die Person ist schuldig. Sind Sie dann zufrieden?« fragte er.

»Ist es jemand, den ich kenn?« erwiderte sie.

Er zögerte. »Er weiß nicht, ob Sie ihn kennen oder nicht. Er hat ja gar keine Ahnung, wen Sie kennen. Ihr Mann ist es jedenfalls nicht, wenn Sie das wissen wollen.«

»Also gut, ich gebe ihm die Hälfte, wenn er der Polizei sagt, wer es war, aber erst, wenn ich draußen bin«, versuchte sie zu verhandeln.

»Nein, zuerst müssen Sie ihm erzählen, wo es ist«, beharrte er.

»Lassen Sie mir Zeit, daß ich darüber nachdenken kann«, sagte sie hinhaltend.

Er sah auf seine Uhr. »Hören Sie zu, Lady, Sie haben keine Zeit mehr zum Nachdenken«, sagte er. »Um acht Uhr muß ich hier verschwunden sein, und ich komme nicht wieder zurück. Um zehn Uhr ist Ihre Verhandlung.«

»Dann gehen Sie und erzählen Slick, er soll gut auf sich aufpassen«, meinte sie. »Gott wird ihn erschlagen, wie Er es mit den beiden anderen gemacht hat.«

Er sprang wütend auf. »Sie sind vom religiösen Wahn besessen«, schrie er. »Ich hab keine Lust mehr, mit Ihnen zu reden. Sie sind ja verrückt.«

»Er ist verrückt, wenn er glaubt, daß ich mit ihm teile, nur weil ich hier unschuldig im Gefängnis sitze«, sagte sie.

Er schnappte nach seinem cremefarbenen Strohhut mit dem rot und blau gesprenkelten Bändchen und verschwand.

Die Aufseherin brachte sie wieder in ihre Zelle zurück.

Um acht Uhr drei stand Sugar abermals vor dem Haupteingang des Gebäudes, gerade als der Hausmeister in den Nebeneingang einbog. Sie sahen einander im gleichen Moment. Sugar bemerkte noch, daß der Hausmeister wieder akkurat in seinen Overall gekleidet war. Dann rannte er davon.

Der Hausmeister machte kehrt und jagte hinterher.

Nachdem sie schon einen halben Block hinter sich gebracht hatten, rief der Hausmeister: »He, Doc, he, Doc!« Sie legten noch einen halben Block zurück, und der Hausmeister schrie wieder: »Es hat geklappt, Doc! Es hat funktioniert!«

Sugar wußte damit nichts anzufangen. Wenn der Hausmeister den Trick nicht durchschaut hatte, warum war er dann hinter dem Mädchen hergerannt? Darüber hätte er eine Weile nachdenken müssen, aber dafür hatte er jetzt keine Zeit. Und auf gar keinen Fall würde er nun anhalten und nach einer Erklärung fragen. Er bog, auf den Fußballen trabend, in die 112th Street ein und verschwand im nächstbesten Hauseingang. Dort versteckte er sich auf der Treppe, spähte um das Geländer herum und sah den Hausmeister vorbeirennen. Aber er verließ das Haus erst, als er den Hausmeister zurückkommen sah.

Dann schlich er sich aus dem Gebäude, ging weiter zur Eighth Avenue, von dort bis zur 117th Street und auf dieser in Richtung Manhattan Avenue. In der Mitte des Blocks betrat er ein Haus. Es war hervorragend gepflegt, besaß saubere Gänge und frisch gestrichene Wände.

Er stieg zur zweiten Etage hinauf und drückte auf einen Klingelknopf neben einer grellrot lackierten Tür. Eine stattliche, vollbusige Frau mit brauner Hautfarbe, die eine goldgefaßte Brille trug, öffnete die Tür bis zum Anschlag der Sicherheitskette und fragte durch den Spalt: »Zu wem wollen Sie?«

»Zu Mabel«, sagte er.

Die Frau strich sich über das mit grauen Strähnen durchzogene Haar und sah ihn abschätzend an. »Sie ist nicht da«, gab sie schließlich zur Antwort.

»Wann kommt sie zurück?« wollte er wissen.

»Schwer zu sagen«, meinte sie. »Was soll ich sagen, wer nach ihr gefragt hat?«

»Sie kennt mich nicht«, antwortete er. »Richten Sie ihr nur aus, ich käme von Rufus und würde mich wieder blicken lassen.«

»Von Rufus kommen Sie!« entfuhr es ihr, und sie riß die Augen hinter ihrer glitzernden Brille weit auf. »Und Sie sagen, Sie kommen wieder. Nie, weder das eine noch das andere!« Das stand fest, und sie schlug ihm die Tür vor der Nase zu.

»Das hätte ich nicht sagen sollen«, gestand er sich ein. »Sie weiß sicherlich, daß Rufus tot ist.«

Es war acht Uhr neunundzwanzig.

»So, so«, sagte Sergeant Ratigan vom Morddezernat. »Sie sind also die Frau, mit der alles angefangen hat. Und wie's aussieht, haben Sie die Geschichte auch zu Ende gebracht.«

Alberta blieb stumm und mürrisch.

Er verhörte sie in demselben Raum, in dem der Rechtsanwalt ihr vor knapp einer Stunde sein Angebot unterbreitet hatte.

»Mal ehrlich«, sagte er. »Ganz unter Freunden, warum haben Sie sich eigentlich totgestellt?«

»Ich hab mich nicht totgestellt«, widersprach sie stur.

Er schlug die Beine übereinander und faltete seine Hände über seinen knochigen Knien.

»Was war's dann?« fragte er. »So was wie ein Witz?«

»Hab keine Ahnung, was es war«, sagte sie.

»Ach, nee«, bemerkte er und nahm sich dann die Zeit, den langen Bericht, den Grave Digger und Coffin Ed ihm hereingereicht hatten, noch einmal zu lesen. »Anscheinend ist jeder davon überzeugt, daß Sie unschuldig sind«, sagte er, als er damit fertig war. Als er ihr ein Grinsen zeigte, das er für sympathisch und vertrauenerweckend hielt, sah man seine nikotingefärbten Schneidezähne. »Also dann! Sie brauchen mir nur zu sagen, wer es getan hat, und dann können Sie sofort gehen.«

»Nach Hause gehen?« fragte sie.

»Genau«, bestätigte er.

»Ich weiß aber nicht, wer's war, und bei Gott, das ist die Wahrheit«, sagte sie.

Er seufzte und zog eine billige Zigarre aus der Tasche. Mit einem kleinen Messer durchtrennte er die Cellophanhülle, schnitt das Ende der Zigarre ab und bohrte dort mit der Messerspitze ein winziges Loch hinein. Er zündete die Zigarre mit einem Pappstreichholz an und drehte sie dabei zwischen Daumen und Zeigefinger, bis sie gleichmäßig brannte.

»Sehen Sie mal, Alberta. Sie kommen nicht damit durch, daß Sie sich einfach dumm stellen«, sagte er. »Ich will jetzt mal ganz genau von Ihnen hören: Was geschah zwischen dem Zeitpunkt, als Sie bei der Taufe von dem Wasser tranken, und dem Augenblick, als Sie mit dem blutbefleckten Messer festgenommen wurden.«

»Nachdem ich das vom Propheten gesegnete Wasser getrunken hab, ist das letzte, woran ich mich erinnern kann, daß der Geist in meinen Körper gekrochen ist und ich Visionen hatte ...«

»Was für Visionen?« unterbrach er sie mit wachsendem Interesse.

»Himmlische Visionen«, sagte sie.

Das ernüchterte ihn wieder.

»Die Luft sah aus, als wär sie voller Sterne und Blasen gewesen, und dann schien ich zu versinken, und rings um mich waren die Gesichter von Engeln«, fuhr sie fort.

»Was für Engel?«

»Farbige Engel. Sie sahen wie ganz gewöhnliche Leute aus, aber ich wußte, daß es Engel waren. Ich dachte, ich würde sterben und gleich in den Himmel aufsteigen. Ich war so glücklich!« säuselte sie.

»Der Prophet meinte, Sie wären in eine religiöse Trance verfallen«, informierte er sie. »Glauben Sie das auch?«

»Er ist Prophet, er muß es wissen«, erwiderte sie. Dann war sie plötzlich von der Bedeutung dessen ergriffen, was er gesagt hatte. »Oh, Sie meinen eine *religiöse Trance!«* Müdigkeit und Gereiztheit in ihrem Gesicht waren wie weggewischt, und ihre weichen, dunklen, jugendlichen Züge leuchteten voller Ekstase auf. »Eine religiöse Trance«, wiederholte sie verwundert. »Ich, Alberta Peavine Wright. Ich ganz persönlich hatte eine religiöse Trance. Was wissen Sie darüber?«

»Nur das, was man mir erzählt hat«, sagte er trocken und fragte dann plötzlich: »Wonach hat das Wasser geschmeckt?«

»Wonach geschmeckt?« wiederholte sie. »Wie heiliges Wasser eben so schmeckt.«

»Und wie schmeckt heiliges Wasser? Ich hab's nie probiert.«

»Na, es schmeckt so wie Wasser, das gesegnet wurde«, sinnierte sie. »Was wollen Sie, das ich Ihnen sage?«

»Sie sollen mir nur die Wahrheit sagen.«

»Schön, das ist die Wahrheit.«

»Daß Sie von dem Wasser getrunken haben und in Trance fielen?«

»Jawoll, Sir.« Nicht das geringste Anzeichen von Unsicherheit zeigte sich auf ihrem Gesicht. »Ist das nicht eine große Gnade?« platzte sie dann unvermittelt heraus. »Ich werd nach

Hause schreiben und es Ma erzählen, dann kann sie Reverend Tree davon berichten. Der liegt ihr nämlich immer in den Ohren, daß wir hier oben in Harlem in Sünde leben.«

»Schon gut. Jetzt kommen Sie mal wieder auf den Teppich und lassen den Herrn ein Weilchen ruhen«, sagte er verdrossen. »Sie wurden irrtümlich ins Leichenschauhaus gebracht, und dort waren Sie noch, als Sie wieder zur Besinnung kamen. Sie wissen das alles, oder?«

»Jawoll, Sir.«

»Um vier Uhr sechsundzwanzig wurden Sie aus dem Leichenschauhaus entlassen – so steht es jedenfalls im Protokoll. Was taten Sie dann?«

»Ich ging nach Hause«, antwortete sie.

»Sonst nichts?« fragte er hartnäckig nach.

»Tja, da wußte ich ja noch nicht, daß es eine religiöse Trance gewesen war«, erklärte sie. »Der Mann im Leichenschauhaus hatte gemeint, es war eine Ohnmacht, vielleicht von einem Sonnenstich oder vor Aufregung. Also hab ich einfach den Bus genommen und bin nach Hause gefahren. Als ich da feststellte, daß jemand die Möbel gestohlen hatte, ging ich nach unten und hab Miz Teabone gefragt, ob sie irgend jemanden Verdächtigen im Haus gesehen hat. Sie wohnt im Erdgeschoß und hat ein Fenster zur Straße, deshalb sieht sie fast alles, was in der Gegend passiert ...«

»Daran zweifle ich nicht«, murmelte er.

»Sie erzählte mir, was sie gesehen hatte, und da war mir gleich klar, daß es nur irgendeine miese Tour von Rufus gewesen sein konnte«, fuhr sie fort.

Er bestürmte sie: »Woher wußten Sie, daß es Rufus war?«

»Woher ich wußte, daß er's war?« wiederholte sie. »Zum einen hat sie ihn mir beschrieben, und außerdem konnte nur er es gewesen sein, denn es gibt sonst keinen, der so gemein wäre, mir die Möbel zu klauen. Er hat mich ja immer schon bestohlen«, fügte sie hinzu.

»Sie machten sich also auf die Suche nach Rufus, und zwar mit einem Messer«, behauptete er.

»Nee, Sir, so war's nicht«, sagte sie. »Zuerst hab ich nach Sugar Stonewall gesucht. Ich hatte ihn zuletzt gesehen, kurz bevor es passiert ist und ...«

»Kurz bevor was passiert ist?« unterbrach er.

»Meine religiöse Trance«, antwortete sie unerschütterlich. »Ich wußte nicht, wo er hingegangen und was aus ihm geworden war, und ich brauchte ihn, weil er mir helfen sollte, Rufus zu finden. Deshalb hab ich zuerst ihn gesucht.«

Er sah sich noch einmal das Protokoll an und schloß: »Sie müssen so gegen fünf zu Hause gewesen sein.«

»Nee, Sir, so früh nicht. Es war Sonntag, und die Busse fuhren langsam; es war eher gegen sechs, als ich nach Hause kam. Und dann, als ich gesehen hab, daß die Möbel weg waren, hat's eine Weile gedauert, bis ich wieder klar denken konnte. Ich hatte gerade erst zur Religion gefunden und wollte nicht gleich wieder alles verlieren. Mein Gespräch mit Miz Teabone muß dann ungefähr eine Stunde gedauert haben – sie hat mir ja so viele Fragen gestellt. Es war dann wohl zwischen halb acht und acht, als ich anfing, nach Sugar zu suchen.«

»Und es war gegen halb elf, als Sie bei Cassie auftauchten. Da haben Sie also drei Stunden lang nach Sugar gesucht.«

»Jawoll, Sir. Schneller war das auch nicht zu schaffen. Ich bin überall gewesen, wo er hätte sein können.«

»Und wo war das im einzelnen?«

»Oh, hier und da und dort«, sagte sie. »Wenn Sie sich in Harlem nicht auskennen, hat's keinen Zweck, Ihnen das alles zu erzählen.«

»Das paßt aber überhaupt nicht zu Ihrer früheren Aussage«, gab er zu bedenken.

»Richtig, Sir, aber was ich jetzt sag, ist die Wahrheit«, behauptete sie.

»Also gut. Wann haben Sie Cassies Wohnung verlassen?« fragte er.

»Weiß ich nicht genau. Ich bin kurz nach Dummy gegangen. Mir fiel nämlich ein, daß Rufus an der Nadel hing.«

»Heroin?«

»Jawoll, Sir. Da hab ich Cassie gefragt, wo die Leute das Zeug kaufen. Sie sagte, da gäb's so eine Kneipe in einem Haus in der 110th Street, die hieße *Esther's*, und da bin ich hin und hab mich gegenüber im Park auf eine Bank gesetzt, von wo ich den Eingang beobachten konnte. Ich dachte, wenn er das Geld für meine Möbel bekommen hat, würde er früher oder später da eintrudeln und sich den Stoff kaufen. Danach lief dann alles so, wie ich schon erzählt hab – ich sah den Streifenwagen vorbeikommen und in die Manhattan Avenue einbiegen, und da hatte ich eine Vorahnung.«

»Das brauchen Sie mir nicht alles noch einmal zu erzählen«, sagte er. »Steht schon hier in voller Länge.«

»Wirklich?« fragte sie überrascht.

»Ja, alles, was Sie da sagen, ist schon notiert«, informierte er sie. »Jetzt erzählen Sie mir mal, was haben die Leute da eigentlich gesucht?« fragte er. »Waren Sie kürzlich zu Geld gekommen?«

»Nee, Sir«, bestritt sie stur.

»Schmuck?«

»Nee, Sir.«

»Sie wollen also einfach so dasitzen und behaupten, daß zwei so gerissene Burschen sich all die Mühe gemacht und sogar ihr Leben riskiert haben, nur um sich Ihre abgewetzten Möbel unter den Nagel zu reißen.«

»Von wegen abgewetzt«, bestritt sie.

»Ist doch egal«, schnauzte er sie an. »Soll ich Ihnen vielleicht abkaufen, das wäre alles gewesen, was die gesucht haben?«

»Sieht aber so aus«, antwortete sie ausweichend.

»Für mich sieht es überhaupt nicht so aus«, sagte er.

»Es sei denn, sie hätten einen anderen Grund gehabt, von dem ich nichts wußte«, fügte sie hinzu.

»Hören Sie zu, Alberta, wenn Sie mir dumm kommen, komme ich Ihnen genauso dumm«, drohte er.

»Jawoll, Sir«, sagte sie unverbindlich.

»Also, was war in Ihrem Besitz?«

»Hab ich doch schon erzählt«, antwortete sie. »Nur meine Möbel, sonst nichts.«

»Na schön«, sagte er überdrüssig. »Das behaupten Sie.«

Alberta blieb stumm.

»Wer waren die Freunde von Rufus?« fragte er und versuchte damit eine neue Taktik.

»Die kannte ich nicht«, gab sie zur Antwort.

»Wer war sein Mädel? Das werden Sie doch wissen, schließlich waren Sie mit ihm verheiratet. Sie waren doch bestimmt neugierig darauf, herauszukriegen, wer seine Freundin war.«

»Nee, Sir. Hab mich weder um ihn noch um seine Freundin gekümmert, und schon gar nicht darum, was er sonst so machte – solange er mich in Ruhe ließ«, sagte sie.

»Er hat Ihre Ersparnisse gestohlen und ist mit einer anderen Frau davongelaufen, und Sie wissen nicht, wer sie ist?« fragte er ungläubig.

»Nee, Sir, hab ich nie erfahren«, sagte sie.

»Und Sie haben auch nie versucht, was dagegen zu unternehmen«, fuhr er sarkastisch fort.

»Oh, damals hätte ich ihm den Hals umgedreht, wenn ich ihn gefunden hätte«, gestand sie. »Aber er hat die Stadt verlassen, deshalb konnte ich ihn nicht auftreiben, und ich hab mich damit abgefunden. Das war das erste Mal, daß ich mich an Christus gewandt habe.«

»Das glaube ich gern«, sagte er. »Und dies ist jetzt das letzte Mal, daß ich Sie frage«, fuhr er fort. »Was war so wertvoll, daß zwei clevere Burschen getötet wurden, nachdem sie es gestohlen hatten?«

»Sie sind bestimmt aus einem anderen Grund umgebracht worden«, erwiderte sie dickköpfig.

Er wischte sich mit der Handfläche über das Gesicht. »Seien Sie vernünftig, Alberta«, flehte er sie an. »Wir müssen das Motiv ausfindig machen.«

»Hab Ihnen alles erzählt, was ich weiß«, behauptete sie unbelehrbar.

»Schön, wenn Sie es mir nicht erzählen wollen, werden Sie vor Gericht auspacken müssen«, sagte er und stand auf.

15

Um neun Uhr dreizehn saß Dummy auf einem Hocker hinter einem abgewrackten Holzkarren und beobachtete den Eingang des Hotels in der 116th Street, der gegenüber von Sweet Prophets Tempel des Wunderbaren Gebetes lag.

Sein Freund, der Besitzer des Handkarrens, zerlegte mit größter Sorgfalt Wassermelonen in Viertel und arrangierte die Stücke auf zerstoßenem Eis im Bauch des Wagens, über den zum Schutz gegen die Sonne ein Streifen ausgeblichenen Markisenstoffs gespannt war.

Dummy sah, wie der junge Mann im Hoteleingang unter dem verblaßten Schild stehenblieb und die Straße in beiden Richtungen absuchte. Aber der junge Mann bemerkte Dummy nicht.

Dieser Bursche konnte von Glück sagen, daß er weder einen braunen Pullover noch eine Armeekappe mit langem Schirm trug, denn alle jungen Männer seiner Größe und seines Alters, die einen braunen Pullover und eine solche Armeekappe trugen, wurden an diesem Morgen von der Polizei aufgelesen.

Der junge Mann trug vielmehr eine schwere Tweedjacke mit dicken Schulterpolstern, einen tief in die Stirn gezogenen breitkrempigen Filzhut und hautenge senffarbene Kordhosen, die in den Schäften schwarzweißer Cowboystiefel steckten.

Dummys kleine Prostituierte hätte ihn als denjenigen identifizieren können, der geraume Zeit früher an diesem Morgen die Zeche geprellt hatte, aber sie war nun mal nicht da.

Zwei dunkelhäutige, dralle Hausfrauen in Baumwollkitteln, beladen mit vollgestopften Einkaufstaschen, gingen an dem Hoteleingang vorbei. Der junge Mann lüftete seinen Filzhut vor ihnen und grinste sie mit einer verblüffenden Offenheit an. In ihrer Würde gekränkt, erstarrten die beiden Frauen und gingen wortlos an ihm vorüber. Dann, ein paar Schritte weiter, sahen sie einander an und kicherten.

Dummy erkannte sofort, daß der junge Mann mit Marihuana zugekifft war. Er grinste vor sich hin. Das machte es ihm einfacher.

Der junge Mann trat auf den Gehsteig hinaus und wandte sich in Richtung Seventh Avenue. Dummy stand von seinem Hocker auf und folgte ihm im Abstand von etwa zehn Metern.

Der Besitzer des Karrens fummelte weiter an seinem Melonenarrangement herum, ohne einen Blick an Dummy zu verschwenden.

Der junge Mann ging mit übertrieben beschwingten Schritten und zog wahllos vor jeder Frau, an der er vorbeikam, den Hut. In der gepolsterten Jacke wirkten seine Schultern so massig wie ein Ochsengespann.

Dummy folgte ihm in der schlurfenden, halb geduckten Haltung eines Preisboxers, der seinen Gegner aufs Korn nimmt. Er sah sich ständig nach allen Seiten um, schließlich mußte er mit den Augen sein fehlendes Gehör ersetzen.

Der junge Mann gesellte sich zu den Leuten, die um die Ecke auf den Bus warteten. Er paffte hastig seine Zigarette, machte fahrige, unsinnige Handbewegungen und starrte allen Frauen ins Gesicht.

Dummy trödelte vor einem Juwelierladen an der Ecke herum. Das Schaufenster war mit lauter Uhren bestückt, über jeder davon nannte ein Preisschild die Ratenzahlungsbedingungen. Er sah das Spiegelbild des Busses, als dieser sich näherte.

Es war ein grüner Fifth-Avenue-Bus der Linie 2. Er kam die Fifth Avenue herauf bis zum Nordende des Central Park, bog dann zur Seventh Avenue hinüber und fuhr mitten durch Harlem.

Dummy wartete, bis fast alle Leute eingestiegen waren, sprintete dann um die Ecke und sprang mit einem Satz auf.

Der junge Mann war vorn stehengeblieben. Dummy setzte sich nach hinten und blickte aus dem Fenster.

Der Grill des Hotels *Theresa* war gut besucht, aber der Hoteleingang lag wie tot da. Nicht einmal der Portier war an seinem Platz, und die Sportsfreunde, die später am Tag dort herumstrichen, waren noch nicht wach. Die große Uhr mit den zwei Zifferblättern beim Juwelierladen an der gegenüberliegenden Ecke zeigte sechs nach neun.

Das RKO-Kino weiter oben war geschlossen, die Kirchen waren geschlossen, die Bars waren geschlossen, die Billardsalons waren geschlossen, die Bestattungsunternehmen waren geschlossen. Die Hoteleingänge wirkten tot; nur ein Rinnsal an Käufern besuchte die diversen Lebensmittelgeschäfte. Einen guten Umsatz machten lediglich die schmierigen Frühstückslokale.

Jenseits der 145th Street führte die Seventh Avenue zwischen zwei Großbaustellen hindurch: Dort entstanden die von Rockefeller finanzierten Dunbar Apartments und das Federal Housing Project zur Sanierung der Slums. Auch hier sah alles tot aus.

In der 155th Street bog der Bus nach Westen ab, zur

Brücke über den Harlem River, und fuhr hoch oben über einen der Tempel von Father Divine, auf dessen Dach in riesigen weißen Lettern das Wort *Friede* stand. Dann ging es nach Norden auf den kurvenreichen Edgecombe Drive, von dem man die Wohnhäuser am Flußufer überblickte.

Dummy nahm das Haltezeichen wahr, und als der Bus sein Tempo für den Stopp in der 157th Street drosselte, sah er den jungen Mann zum Ausgang trotten. Er ließ ihn aussteigen und sprang dann, kurz bevor sich die Tür wieder schloß, hinterher, als hätte er fast seine Haltestelle verpaßt. Der junge Mann erkannte ihn; Dummy war jedem bekannt, der zur Harlemer Unterwelt gehörte.

Aber Dummy vergeudete nicht einen Blick an den Burschen. Er wartete, bis der Bus weitergefahren war, und überquerte dann die Straße.

Der Edgecombe Drive war nur an einer Seite bebaut. Auf der anderen Seite erstreckte sich ein felsiger Park, der steil nach unten zum ebenen Gelände abfiel, auf dem der Poloplatz und eine neue Wohnsiedlung lagen.

Ohne zu zögern, betrat Dummy das prunkvolle Foyer des Roger Morris Apartment House, besser bekannt als 555. In seinen Glanzzeiten war es mal eine beliebte Adresse für begüterte Weiße gewesen, aber jetzt war es überwiegend von erfolgreichen schwarzen Geschäftemachern, Jazzmusikern, Bordelldamen und Boxern bewohnt.

Er wußte, wenn der junge Mann bis hierher gefahren war, konnte nur dieses Haus sein Ziel sein. Und er wußte auch, daß der Mann keinen Verdacht schöpfen würde, wenn Dummy sich dort blicken ließ. Er stand bereits in der Eingangshalle und unterhielt sich in Zeichensprache mit dem taubstummen Portier, dessen Idol er war. Der junge Mann betrat das Haus und sah die beiden miteinander gestikulieren. Sein Gesicht verzog sich plötzlich zu seinem schwachsinnigen Grinsen, und er machte ein paar kapriziöse Handbewegungen, als wolle er sich an der Unterhaltung beteiligen. Die beiden Taubstummen nahmen keine Notiz von ihm.

Er ging nach hinten zu den Fahrstühlen und fuhr nach oben.

Dummy und der Portier unterhielten sich über Wettkämpfe. Der Portier stützte sich auf seinen Mop und ließ die Pfützen des Putzwassers auf dem Boden stehen. Eine junge Frau, die als Model oder Showgirl durchgegangen wäre, kam von den Fahrstühlen her und mußte mit ihren grazilen rosa Schuhen durch die schmutzige Seifenbrühe waten. Sie beschwerte sich mit erstaunlich vulgären Worten, und der Portier zeigte ihr mit eindeutigen Gesten, wo sie ihn mal könne. Derweil erklärte Dummy, daß er mit ein paar Wochen Training fit genug sei, um Cuban Kid aus den Latschen zu kippen.

Der junge Mann kam wieder herunter, begleitet von einem Typ mittleren Alters, der ebenso groß war wie er selbst, aber schlanker, und mit einem blaßbraunen, asketisch wirkenden Gesicht. Er trug einen schieferblauen Tropenanzug aus Kammgarn, schwarzweiße Schuhe, ein stumpfes elfenbeinfarbenes Hemd und eine mattsilberne Krawatte mit dazu passendem Ziertuch.

»Wer sind die beiden?« fragte Dummy seinen Freund in Zeichensprache.

»Der Stutzer ist Kassenwart bei der Tia-Juana-Lotterie«, gab der Portier zu verstehen. »Den Schlägertyp hab ich noch nie gesehen.« Dann fügte er hinzu: »Der Stutzer wird von allen Slick genannt, der Stutzer eben.«

Mit Gesten sagte Dummy: »Ich höre von dir«, und verschwand.

Draußen trennte sich Slick von dem Schläger. Slick stieg in einen olivgrünen Chrysler Hardtop mit New Yorker Kennzeichen und fuhr Richtung Süden. Der Schläger schlenderte zur nächsten Ecke und wartete dort auf den Bus.

Dummy ging den kurzen Block hoch zur St. Nicholas

Avenue, nahm den schnelleren Fifth-Avenue-Bus der Linie 3 und war vor dem Schläger unten an der 116th Street, um auf ihn zu warten. Er saß schon wieder auf dem Hocker hinter dem Melonenkarren und sah zu, wie ein Kunde seine Zähne grinsend in einem leuchtendroten, mit schwarzen Kernen gespickten eiskalten Wassermelonenviertel vergrub, als der Schläger schnell die Seventh Avenue herunterkam und in dem Hotel verschwand.

Dann nahmen Dummys umherwandernden Blicke plötzlich die gepflegte Erscheinung von Slick wahr, der vor dem Eingang zu Sweet Prophets Tempel herumlungerte. Dummy stand auf, überquerte die Straße und setzte sich auf den vordersten Hocker an der Theke einer Imbißstube, von wo er den gesamten Bürgersteig überblicken konnte. Er zeigte auf einen Grill, dessen Rost mit Bratwürsten bedeckt war. Das Mädchen hinter der Theke legte ihm eines der Würstchen zwischen zwei Brötchenhälften und schob ihm den Senf rüber. Dann deutete er auf einen glänzenden, vernickelten Saftspender, und das Mädchen füllte ihm ein Glas mit einer blaßgelben Flüssigkeit, die angeblich aus Zitronen gepreßt war. Er saß da, kaute mit zungenlosem Mund seine Bratwurst und schlürfte das kalte, nach Chemikalien schmeckende Getränk, während er Slick aus den Augenwinkeln beobachtete.

Er merkte, daß Slick unter dem Vorwand, sich für die Zeitungsausschnitte in den Vitrinen vor Sweet Prophets Tempel zu interessieren, den Hoteleingang auf der anderen Straßenseite im Auge behielt.

Als Dummy seinem Blick folgte, sah er, daß sich der Schläger wieder vor dem Hotel postiert hatte und eine Zigarette rauchte. An der Art, wie er den Stengel zwischen Daumen und Zeigefinger der rechten Hand hielt und daran zog, erkannte Dummy, daß es ein Marihuana-Joint war. Der Schläger beobachtete den Absatz zur Treppe, die zu Sweet Prophets Privatgemächern führte, während Slick ihn beobachtete.

Beide legten dabei einen Eifer an den Tag, aus dem Dummy nicht so recht schlau wurde.

Plötzlich lüftete der Schläger aus unerfindlichem Grund seinen Hut. Slick trat sogleich aus der im Schatten liegenden Pforte des Tempels hinaus ins grelle Sonnenlicht. Als er am Eingang zu Sweet Prophets Privaträumen vorbeiging, glitt unter seiner Jacke ein heller, ziemlich großer Umschlag hervor und landete auf der Straße. Er spazierte ein paar Schritte weiter, blieb dann stehen, die linke Hand auf den Türgriff eines parkenden Autos gestützt, und wühlte mit der Rechten in seinen Taschen, als würde er nach dem Schlüssel suchen. Niemand war zu dem Zeitpunkt in seiner Nähe, und niemand, Dummy ausgenommen, schien den verlorenen Umschlag bemerkt zu haben. Der Schläger aber hatte seinen Blick fest darauf geheftet.

Genau in diesem Augenblick kam eine üppige farbige Frau aus dem Eingang zu Sweet Prophets Tempel und trat auf den Gehsteig. Sie hielt einen Moment inne, um ihr enganliegendes, buntbedrucktes Baumwollkleid etwas lockerer über ihrer von einem Korsett eingeschnürten Figur zurechtzuzupfen. Sie sah aus wie eine jener Glaubensschwestern, die zu jeder Kleinigkeit Amen sagten. Ihr frommer Gesichtsausdruck führte einen aussichtslosen Kampf gegen ihren anmaßenden Stolz; ihre Seele war errettet, und das wußte sie nur zu gut. Unter ihrem nackten, tiefschwarzen Arm von den Ausmaßen einer Schinkenschwarte trug sie einen flachen schwarzen Aktenkoffer. Ihr feindseliger Blick wanderte mißbilligend über das Geschehen auf der Straße. Dann besann sie sich ihrer Würde und machte sich auf den Weg.

Ihre scharfen Augen fielen auf den Briefumschlag. Schon wollte sie vorbeigehen, da ließ ein Schriftzug sie zögern. Sie spähte unter gerunzelten Augenbrauen hervor, und ihre Lippen bewegten sich, während sie las. Plötzlich verwandelte sie sich. Blanke Gier trat an die Stelle ihrer frömmelnden Miene.

Ihre Würde wich einer gewissen Verstohlenheit. Sie blickte scheu um sich, ob vielleicht jemand sie beobachtete, und bückte sich dann hastig, um ihre Schnürsenkel festzuziehen. Dabei glitt ihr der Aktenkoffer unter dem Arm hervor und fiel direkt auf den Umschlag, der nun vollkommen verdeckt war. Als sie fertig war mit dem Schnüren ihrer Schuhe und sich wieder mit dem Koffer aufgerichtet hatte, war der Umschlag verschwunden.

Wieder lüftete der Schläger vor dem strahlenden Sonnenschein den Hut.

Slick wandte sich rasch von dem parkenden Auto ab und ging auf die Frau zu.

»Entschuldigen Sie, *Madam*, aber ich habe gerade diesen Umschlag verloren«, sagte er höflich. »Er muß mir entglitten sein, als ich mein Taschentuch zurückstecken wollte.«

Die Frau sah ihn so beleidigt an, als hätte er soeben gesagt: »Na, Süße, wie wär's mit 'ner kleinen Nummer?« Sie richtete sich zu ihrer vollen, wabbeligen Größe auf und antwortete scharf: »Welcher Umschlag? Wovon reden Sie eigentlich?«

Sie standen so, daß sie Dummy ihr Profil zuwandten und er ihnen die Wörter von den Lippen ablesen konnte. Er schluckte mit einem Laut, der dem Schlingen eines fressenden Hundes glich.

Ein leichtes Runzeln stand auf Slicks Stirn. »Ich rede von dem Umschlag, den Sie gerade aufgehoben haben, *Madam*.«

»Ich habe keinen Umschlag aufgehoben«, sagte sie barsch und wollte gehen. »Und wenn Sie mich weiter belästigen, rufe ich diesen Polizisten da.«

Unten an der Ecke stand ein uniformierter Polizist und wirbelte seinen weißen Schlagstock durch die Luft.

Slick legte dennoch seine Hand auf ihren Arm und hielt sie zurück. »*Madam*, es besteht kein Anlaß, eine Szene zu machen«, sagte er seelenruhig. »Ich sah zufällig Ihr Spiegelbild im Fenster meines Wagens, als Sie sich bückten, um den

Umschlag aufzuheben. Sie halten ihn unter diesem Aktenkoffer versteckt.«

Die Frau wurde plötzlich kleinlaut. »Oh, *den* Umschlag meinen Sie!« rief sie mit einem Lachen aus. Aber dann, als sie Slick genauer ansah, verengten sich ihre Augen und wurden eisern vor Mißtrauen. »Woher weiß ich denn, daß er Ihnen gehört?«

»Woher sollte ich wissen, daß Sie ihn aufgehoben haben, wenn ich ihn nicht fallen gelassen hätte?« entgegnete er unwirsch.

Die Frau dachte über diesen Einwand nach, war aber nicht überzeugt. »Na schön, wenn er Ihnen gehört, dann beschreiben Sie ihn doch mal«, forderte sie ihn auf.

Slicks Miene wurde unsicher. Er räusperte sich und sagte zögernd: »Es ist ein hellbrauner Umschlag von einer Bank.«

Die Frau fragte schroff: »Von welcher Bank?«

»Der Corn Exchange«, antwortete er und klang so, als käme das aufs Geratewohl.

Die Frau drehte ihm den Rücken zu und zog den Umschlag weit genug unter ihrem Aktenkoffer hervor, um die Firmenaufschrift lesen zu können. Sonst stand dort nichts.

»Ha!« rief sie triumphierend, als sie sich ihm wieder zuwandte. »Das haben Sie nicht so gut gesehen, wie Sie gedacht haben. Er ist von der Manufacturer's Trust Company.«

»Die meinte ich ja«, sagte Slick und setzte ein strahlendes Lächeln auf. »Mein Geld liegt auf verschiedenen Banken, und da war mir kurz entfallen, in welcher davon ich heute morgen gewesen bin.«

»Ist Ihnen entfallen, aber sicher«, höhnte sie. »Weil Ihnen der Umschlag nämlich gar nicht gehört, Sie Betrüger. Sie haben sich gedacht, ich wäre eine ahnungslose Frau und lasse mich von Ihnen hereinlegen, aber da haben Sie sich geschnitten, Mister Irgendwer.«

»So, aber Ihnen gehört der Umschlag auch nicht«, konterte

Slick, philosophisch unterlegen. »Und meine Absicht war es nur, dafür zu sorgen, daß der rechtmäßige Eigentümer den Umschlag zurückbekommt. Keiner hier in Harlem kann es sich leisten, eine solche Menge Geld zu verlieren.«

Ihre Augen wurden schmal. »Woher wollen Sie denn wissen, wieviel Geld darin ist?« forschte sie, und ihre Habgier siegte über ihren Verstand.

»Zählen wir doch nach und überzeugen uns«, war sein vernünftig klingender Vorschlag.

»Wozu?« fragte sie mit wachsendem Unmut.

»Damit wir ehrlich teilen können«, antwortete er unverblümt.

»Ich bin eine gesetzestreue, gottesfürchtige Frau«, entgegnete sie hochmütig. »Mit Ihnen will ich rein gar nichts zu tun haben.«

»Dann rufe ich eben den Polizisten an der Ecke und erzähle ihm, was Sie da gefunden haben«, meinte er gelassen.

»Moment«, bat sie hastig. »Wir sollten wohl doch zuerst nachsehen, wieviel es ist.«

Sie drehte ihm wieder den Rücken zu und zog den Umschlag hervor, aber er forderte sie auf: »Lassen Sie mich das auch sehen.«

Widerwillig ließ sie ihn dabei zuschauen, wie sie den Umschlag öffnete und nach dem Inhalt sah. Ein Packen hellgrüner Banknoten, der von einer Banderole zusammengehalten wurde, leuchtete ihnen entgegen.

Sie wollte den Packen herausziehen, aber er hinderte sie sofort daran. »Passen Sie auf – lassen Sie es niemanden sehen. Wenn jemand was mitkriegt, könnte er mißtrauisch werden. Blättern Sie nur die Ecken um.«

Sie beide blickten sich nach allen Seiten um und rückten dann näher zusammen, um einen Sichtschutz zu bilden. Sie zog eine Ecke des Packens weit genug heraus, daß man die Hundert-Dollar-Markierung erkennen konnte. Sie rang nach

Luft. Ihre Lippen bewegten sich ein wenig, als sie die Noten eine nach der anderen umblätterte. Ihre Hand zitterte. »Mein Gott«, flüsterte sie. »20 000 Dollar.«

»Stecken Sie sie zurück«, warnte er.

Sie schob die Banknoten wieder in den Umschlag.

»10 000 für jeden«, hauchte er. Er zog ein Kuvert von gleicher Farbe und Größe aus seiner Jackentasche und sagte: »Geben Sie mir den Umschlag, und achten Sie auf den Polizisten, während ich meine Hälfte herausnehme.«

Der Anblick des gleichartigen Umschlags und sein raffinierter Rat riefen bei ihr erneut Mißtrauen hervor.

»O nein, so nicht«, fuhr sie ihn mit schneidender Stimme an, hielt den Umschlag fest umklammert und wich von ihm zurück. »Sie halten mich wohl für eine Idiotin. Ich kenne die Tricks, mit denen solche schmierigen Betrüger wie Sie Umschläge austauschen.«

Der Ausdruck tiefsten Ekels trat auf sein Gesicht. »Da, Weib«, sagte er und reichte ihr den Umschlag. »Sie teilen. Mir ist noch nie jemand untergekommen, der so mißtrauisch ist.«

Aber seine Bereitwilligkeit weckte ihre Arglist. In ihrem Gesicht zeichnete sich eine scheinheilige Besorgnis ab. »Wir sollten lieber warten«, schlug sie in ernstem Ton vor. »Vielleicht hat Sweet Prophet den Umschlag verloren. Er ist der einzige weit und breit, der je soviel Geld besessen hat, und ihm möchte ich auf keinen Fall etwas wegnehmen. Ich bringe es lieber erst hinauf und frage ihn.«

»Ich gehe mit Ihnen«, sagte er sofort.

»Nein, besser nicht«, wehrte sie ab. »Er wird bestimmt mißtrauisch, wenn er sieht, daß ich einen Fremden bei mir habe, und dann wird er uns das Geld abnehmen und es der Polizei aushändigen.«

»Hören Sie, Weib«, sagte er grob. »Bilden Sie sich vielleicht ein, ich vertraue Ihnen blindlings meine 10 000 Dollar an?«

Sie überlegte einen Augenblick, und ihre Augen wurden so klein wie Glasperlen. Sie hielt ihm den Aktenkoffer hin und schlug vor: »Hier, nehmen Sie den Koffer mit Geld, wenn Sie mir nicht trauen. Das sind die Wochenendeinnahmen von Sweet Prophet, die ich gerade zur Bank bringen wollte. Ich wette, da ist sowieso mehr Geld drin als in dem Umschlag.«

Zögernd nahm er den Koffer entgegen. »In Ordnung, diesmal traue ich Ihnen«, sagte er. »Aber versuchen Sie nicht, mich hereinzulegen, sonst behalte ich das Geld hier.«

»Oh, Sie können mir trauen«, lispelte sie triumphierend, als sie sich umdrehte. »Ich bin eine ehrliche Frau.«

Er sah ihr nach, wie sie durch die Eingangstür ging und die Treppe hinaufstieg. Dann wandte er sich um und lief schnell zu seinem eigenen Wagen, der etwas weiter unten an der Straße geparkt war; dabei kam er an Dummy vorbei, ohne ihn zu bemerken. Im gleichen Augenblick verließ der Schläger seinen Posten vor dem Hotel auf der anderen Straßenseite, eilte drüben den Bürgersteig entlang und sprintete über die Fahrbahn, um rasch hinten in Slicks Wagen zu springen. Der Wagen wurde angelassen und fuhr davon.

Dummy sprang von seinem Hocker und jagte die Straße hinunter. Hinter den Ausgängen des Kinos, wo er in jener Nacht mit den Detectives zusammengetroffen war, bog er in die Toreinfahrt ein und landete in einer Gasse zwischen den beiden Hauptstraßen. Er kam gerade noch rechtzeitig, um zu sehen, wie die große schwarze Frau mit dem bedruckten Kleid Sweet Prophets Haus verstohlen durch den Hintereingang verließ. Sie wandte sich eilig der Seventh Avenue zu. Er folgte ihr.

In der 110th Street nahm sie einen Fifth-Avenue-Bus der Linie 3, und es gelang ihm gerade noch, hinter ihr einzusteigen. An der Ecke 145th Street und Covent Avenue stieg sie aus und ging rüber zum Broadway. Dummy blieb dicht hinter ihr. Sie betrat eine Filiale der Chase National Bank und stellte sich vor dem Einzahlungsschalter an. Als sie an die Reihe kam, lächelte der Angestellte und begrüßte sie. »Guten Morgen, Schwester Hopeful, wie geht es Sweet Prophet?«

»Prächtig und wohlauf«, sagte sie überglücklich. »Er möchte 3000 Dollar auf sein Konto einzahlen.«

Sie reichte ihm den bereits ausgefüllten Einzahlungsschein und dreißig leuchtendgrüne, nagelneue Hundert-Dollar-Noten.

Der Bankangestellte sah die oberste Note an und riß ungläubig die Augen auf. Er steckte sie rasch nach hinten und starrte dann nacheinander jeden einzelnen Schein des Packens an, wobei seine Augen größer und größer wurden. Dann beugte er sich vor, ganz ähnlich, wie es der Jude getan hatte, und prustete los. Er konnte nicht anders; zwar wußte er, daß der Kassierer ihm anschließend den Marsch blasen würde, aber was sollte er tun?

Schließlich brachte er mühsam die Worte heraus: »Damit kommen Sie 94 Jahre zu spät, und im falschen Land sind Sie außerdem.«

Sie lächelte weiter vor sich hin und wußte nicht, wovon er sprach.

»Das ist Geld der Konföderierten«, erklärte er.

»Geld der Konföderierten?« kam ihr dümmlich klingendes Echo.

»Geld, das die konföderierten Staaten herausgegeben haben – der Süden – während des Bürgerkriegs. Ich fürchte, es ist heute kein legales Zahlungsmittel mehr.«

Benommen griff sie langsam nach den Scheinen, nahm sie in die Hand und starrte sie an. »Sieht auch anders aus, meinen Sie nicht?« kommentierte sie dämlich. »Und Sie sagen, es ist völlig wertlos?«

»Na ja«, antwortete er zögernd. »Als Souvenir hat es schon seinen Wert – für jemanden, der aus dem Süden stammt.«

Urplötzlich traten ihre Augen aus den Höhlen hervor, als wären sie explodiert. Ihr Gesicht wurde aschfahl. Ihr Mund stand weit offen. Laute kamen heraus – eine Menge Laute.

»Ich bin beraubt worden!« kreischte sie. »Man hat mich betrogen. Dieser schwarze Hurensohn hat mich um mein ehrliches, christliches Geld gebracht!«

Zwei Wächter der Bank hatten alle Mühe, sie zu beruhigen und ihr zuzureden, die Polizeiwache aufzusuchen und dort ihre Geschichte zu erzählen.

Dummy machte sich verstohlen davon.

16

Um zehn Uhr wurde Alberta dem städtischen Gericht vorgeführt, das die Überweisung ans Schwurgericht beschloß. Ihre Kaution wurde auf 2500 Dollar festgesetzt. Es war niemand da, der das Geld für sie hinterlegt hätte.

Unten wurde sie aus der städtischen Haftanstalt in das Gefängnis des County überführt. Beide befinden sich im gleichen Gebäude, da Manhattan sowohl ein County als auch ein Stadtbezirk von New York City ist.

Nach der Leibesvisitation wurden ihre Fingerabdrücke und ihre Maße nach der Bertillon-Methode genommen. Dann steckte man sie in eine Zelle zu einer hellgelben, schlampig aussehenden Frau, die dort wegen Ladendiebstahls eine Strafe von einem Jahr und einem Tag verbüßte.

»Obere Pritsche, Schätzchen«, sagte die gelbhäutige Frau.

Alberta stieg auf das obere Bett und streckte sich aus.

»Welche Zigarre haben sie dir denn verpaßt, Schätzchen?« fragte die gelbe Frau.

»Gar keine«, murmelte Alberta.

»Schön, aber warum haben sie dich eingelocht?«

»Wegen nichts.«

»Mit der Tour kommst du hier nicht weit, Schätzchen. Mußt schon das Maul aufsperren, sonst glaubt jeder, du bist die Unschuld vom Lande.«

»Und wenn ich's wär?« meinte Alberta.

Die gelbe Frau lachte boshaft. »Wirst dich dran gewöhnen, Schätzchen. Ich bin schon so lange im Keller, daß mich kein Keller mehr abschreckt.«

»Ich will meinen Priester sprechen«, sagte Alberta.

»Und wer ist das, dein Priester, Schätzchen?«

»Sweet Prophet.«

»Der alte Hurenbock.«

»Sprich nicht so von meinem Prediger«, warnte Alberta.

»Der ist kein Prediger«, sagte die gelbe Frau. »Der ist Zuhälter.«

Alberta sprang von ihrer Pritsche herunter und beugte sich über die gelbe Frau. In ihrem Gesicht stand der Zorn, und sie sah bedrohlich aus. »Das nimmst du zurück«, forderte sie.

Die gelbe Frau musterte sie abschätzend. »In Ordnung, Kleines. Hab mich geirrt«, sagte sie. »Hast du'n bißchen Geld?«

»Fünfzig Dollar«, antwortete Alberta.

»Wirklich, Goldstück?« staunte die gelbe Frau mit zuckersüßer Stimme. »Du hast fünfzig Mäuse. Na, Kleines, dann gib mir doch die Hälfte davon, und dein Prediger hört von mir.«

»Wie willst du das anstellen?« fragte Alberta mißtrauisch.

»Kein Problem. Mußt nur die richtige Hand schmieren. Wie ist die Nummer von dem alten – äh –, vom Propheten?«

»Weiß ich nicht.«

»Auch gut, spielt keine Rolle, solange er im Telefonbuch steht. Gib mir nur das Geld und wart's ab.«

»Ich hab aber nur Zehn-Dollar-Scheine«, sagte Alberta.

»Na ja, dann gib mir dreißig Dollar«, schlug die gelbe Frau vor. »Wird dich schon nicht ruinieren.«

Alberta fischte drei Zehn-Dollar-Noten aus ihrem BH und

reichte sie der anderen. »Wenn er nicht kommt, will ich mein Geld zurück«, sagte sie.

»So ein Geschäft läuft bei mir nicht, Süße«, winkte die gelbe Frau ab, während sie sich die Scheine in die Schuhspitze schob.

»Denk mal nach. Ich kann ihm nur eine Nachricht zustekken, mehr nicht. Wenn er dann nicht kommt, ist es wohl kaum meine Schuld.«

Alberta gab nach. »In Ordnung. Vielleicht hat er ja gar keine Zeit zu kommen, aber erzähl ihm, er soll mich hier rausholen.«

»Werd ich, keine Frage, Süße«, versprach die gelbe Frau. Sie fuhr mit ihrem Blechbecher über die Gitterstäbe der Zelle, warf sich dann auf den Boden und wälzte sich schreiend hin und her.

Bald darauf erschien eine große irische Aufseherin.

»Ich hab wieder Krämpfe«, keuchte die gelbe Frau. »Bestimmt kratz ich ab.«

»Schon gut, immer mit der Ruhe«, sagte die irische Aufseherin. »Wenn Sie bisher noch nicht an Ihren Krämpfen gestorben sind, werden Sie's auch diesmal überleben. Ich rufe Mrs. Ball, die bringt Sie zur Ambulanz.«

Als die Aufseherin gegangen war, zwinkerte die gelbe Frau Alberta zu und sagte: »Das mußt du noch lernen, wenn du 'ne Weile hier drin bleibst. Der einzige Grund, daß man dich direkt zur Ambulanz bringt, sind die Krämpfe. Wenn du erst da bist, kannst du mit jedem Kontakt aufnehmen, den du sprechen willst.«

»Ich will nur mit meinem Priester sprechen«, antwortete Alberta. »Er wird mir schon sagen, was ich tun soll.«

17

Sugar Stonewall hatte bei Albertas Verhandlung im Gerichtssaal gesessen. Das war nicht sonderlich riskant für ihn. Die Hälfte der Zuschauer waren Farbige, die genau wie er aussahen. Dennoch war er nervös gewesen.

Das Fahrgeld für die U-Bahn in die Stadt hatte er sich erbettelt. Nun sprach er eine farbige Frau im Gang an und bat: »Lady, würden Sie mir fünfzehn Cents geben, damit ich nach Hause fahren kann? Ich hab kein Geld.«

Sie fischte eine U-Bahn-Marke aus ihrem Portemonnaie und gab sie ihm, ohne aufzublicken.

Auf dem Weg nach draußen hielt er kurz an, um von einem Wasserhahn zu trinken. Wasser würde ihn zwar nicht sättigen, das war klar, aber es füllte ein wenig den leeren Magen.

Er ging zum Broadway hinüber, nahm einen Expreßzug Linie A, stieg in der 125th Street in eine Nahverkehrsbahn um und fuhr damit zurück zur 116th Street.

Es war gegen elf Uhr, als er vor dem Haus in der 118th Street ankam, in dem sich Albertas Wohnung befand.

Die dicke Farbige, die wieder mal aus ihrem Erdgeschoßfenster herauslehnte, zeigte allmählich Anzeichen von Erschöpfung. Die Sonne schien unbarmherzig auf diese Straßenseite, und ihre Augen blinzelten schläfrig in die grellen Strahlen, aber sie hielt mit eiserner Entschlossenheit aus.

Sugar wollte sich an ihr vorbeischleichen, doch da schlug sie die Augen auf und entdeckte ihn.

»Ich denk, Sie sind längst im Gefängnis«, sagte sie zur Begrüßung.

»Mensch, nun lassen Sie mich doch in Ruhe«, brummelte er.

»Ich tu Ihnen doch gar nichts«, erwiderte sie gekränkt. »Mich geht's ja sowieso nichts an, was ihr so treibt.«

Ohne darauf zu antworten, betrat er den Hausflur. Er ging weiter, sämtliche Stufen hinauf bis zum Dach und hielt am Zugang zur Feuerleiter für einen Moment an, um die Fenster auf der anderen Seite des Innenhofs in Augenschein zu nehmen. Die meisten Fenster standen weit offen, und er sah Hausfrauen bei ihren Montagvormittagarbeiten. Die wöchentliche Wäsche hing an Zugleinen, die von einem Gebäude zum anderen gespannt waren und im Zickzack – eine über der anderen verlaufend – in dem engen Schacht bis zum Erdgeschoß hinabreichten. Der mit Kies bestreute Teer auf dem heißen Flachdach unter seinen Füßen war aufgeweicht.

Endlich ließ seine Anspannung nach. Er befand sich in vertrautem Gelände. Die brodelnde Hitze auf dem Teerdach, die Kochgerüche von Grünkohl und Schweinefleisch und das grelle Farbenspiel der montäglichen Wäsche auf den Leinen gaben ihm seine Ruhe wieder.

Er stieg die Feuerleiter hinunter und versuchte das Fenster zu öffnen. Eine Frau beobachtete ihn von ihrer Küche aus auf der anderen Seite des Hofes, doch sie hatte ihn schon so oft in der Wohnung gesehen, daß sie ihn kannte. Die Sonnenblenden waren heruntergezogen und das Fenster verriegelt, aber er hatte längst für einen solchen Notfall vorgesorgt. In der Scheibe befand sich unmittelbar über dem Riegel ein winziges Loch, und in der Ecke zwischen Fensterrahmen und Fensterbrett klemmte ein rostiger Nagel, den er dort versteckt hatte.

Er öffnete den Riegel, schob das Fenster hoch und kroch unter der Sonnenblende hindurch ins Zimmer. Die Frau auf der anderen Seite verlor das Interesse an dem Schauspiel und kehrte zu ihrer Arbeit zurück, als aus der Wohnung kein Gezeter herüberdrang.

Er legte sein verschwitztes kunstseidenes Jackett und den schmutzigen Strohhut ab und machte sich an die Arbeit. Streng methodisch durchstöberte er jede Ecke und jeden

Winkel in den drei Räumen. Er prüfte jede Bodendiele, die Fußleisten und sämtliche Rattenlöcher. Er riß sogar die Konservendeckel los, die auf die größeren Rattenlöcher genagelt waren, und stocherte mit einer Gabel in der Öffnung herum. Er durchsuchte den Wandschrank und die Regale, nahm Geschirr und Küchengeräte heraus, ebenso die Dosen, Schachteln, Kartons und Stapel alter Papiertüten, um darunter nachzusehen. Er leerte die Behälter für Salz und Mehl, Zucker und Mais, getrocknete Erbsen und Grieß, um sie dann wieder einen nach dem anderen zu füllen. Er untersuchte die Feuerstelle des Kanonenofens im Wohnzimmer und die Backröhre des Gasherds in der Küche und blickte in und unter den elektrischen Kühlschrank.

Dann leerte er die Schuhschachteln mit den Lottoscheinen aus und studierte die Zettel. Sie gaben ihm keinerlei Hinweis.

Zwei Stunden später war er überzeugt, daß sich das Geld nicht in der Wohnung befand. Allmählich zweifelte er, ob je welches dagewesen war.

Das einzige, was ihm noch blieb, war, nach Mabel zu suchen. Es war nicht sehr wahrscheinlich, daß Rufus ihr größere Summen zur Aufbewahrung anvertraut hatte, aber vielleicht wußte sie etwas. Die Schwierigkeit bestand nur darin, an sie heranzukommen.

Vom Küchenfenster aus sah er, wie sich drüben in den Wohnungen auf der anderen Seite des Hofes die Leute an ihren Eßtisch setzten. Wahrscheinlich war es ein günstiger Zeitpunkt, um zu Mabel zu gehen, aber er war so müde und hungrig, daß sein Verstand allmählich aussetzte. Deshalb hielt er es für besser, erst einmal was zu essen. Im Kühlschrank hatte er ein paar Lebensmittel gesehen, ihnen aber weiter keine Beachtung geschenkt.

Nun sah er noch einmal nach. Er entdeckte drei Schweinekoteletts, zwei Eier, ein halbvolles Stieltöpfchen mit kaltem Maisbrei und eine Schüssel mit Resten eines Eintopfgerichts aus Löwenzahnblättern, Okra und Schweinepfötchen. Die Pfötchen hatte schon jemand abgenagt.

Er griff nach der großen Eisenpfanne, gab ein wenig von dem halb ranzigen Schmalz aus der Dose hinein, die hinten auf dem Herd stand, und setzte die Koteletts zum Braten auf. Während sie brutzelten, kratzte er den Maisbrei aus dem Töpfchen und formte daraus zolldicke Scheiben.

Als die Koteletts fertig waren, füllte er ein wenig Schmalz nach, röstete die Küchlein dunkelbraun an, schichtete sie neben den Koteletts auf und briet dann die Eier. Er legte die Spiegeleier auf die Maiskuchen, schüttete den Eintopf daneben in die Pfanne und wärmte ihn auf.

Er ließ alles in der Pfanne auf dem Herd und aß im Stehen, bis nichts mehr übrig war. Inzwischen war er so müde, daß er die Augen nicht mehr offenhalten konnte.

Er ging ins Schlafzimmer, streckte sich auf dem Boden aus, den Kopf auf dem Stapel von Albertas Wäsche, und schlief ein.

Zwanzig Minuten später schnarchte er laut und gleichmäßig. Beim Ausatmen klang es wie eine Herde von wassersaufenden Büffeln; wenn er einatmete, erinnerten die Schnarcher an das Geräusch einer Kreissäge, die durch einen mächtigen Ast fährt. Sein Mund stand offen, und eine Schmeißfliege krabbelte um den Krater herum, als würde sie Mut sammeln, um sich in den Abgrund zu stürzen. Ab und zu schlug Sugar kraftlos mit der rechten Hand nach ihr, aber es gelang ihm nur, für einen Augenblick seine eigene Unterlippe zu verformen.

Er wachte auch nicht auf, als das Fenster langsam von der Feuerleiter her hochgeschoben wurde. Er sah nicht, wie sich der Mann vorsichtig unter der Sonnenblende hindurch in das Zimmer zwängte.

Der Mann hielt ein offenes Messer in der Hand. Es hatte eine kräftige, bestialisch aussehende Klinge, die etwa sieben

Zoll maß. Der Mann näherte sich auf Zehenspitzen und blickte in das Gesicht des anderen hinunter. Er verjagte die Fliege mit seinem Fuß, aber Sugar rührte sich nicht.

Der Mann schlich zur Tür hinüber und schaute in die Küche; dann ging er vorsichtig zur anderen Tür und sah ins Wohnzimmer. Danach kam er zu Sugar zurück, blieb vor ihm stehen und beobachtete den Schlafenden. Er schien sich zu einem Entschluß durchringen zu wollen.

Nach einer Weile kniete er neben Sugar nieder und legte das Messer in Reichweite neben sich auf den Boden. Er ließ sich Zeit, Sugars sämtliche Taschen gründlich zu durchsuchen.

All das vermochte Sugars Schnarchrhythmus nicht zu stören.

Den Mann brachte nicht einmal das zum Lächeln. Offensichtlich hatte er keinerlei Sinn für Humor.

Er griff nach dem Messer und stand auf. Das Messer aufgeklappt und einsatzbereit in der Hand, kletterte er rückwärts aus dem Fenster und die Feuertreppe hinauf. Das Fenster ließ er offenstehen.

18

Kurz nachdem Sugar die Wohnung in der 118th Street betreten hatte, war Dummy schon wieder in der 116th Street.

Die Uhr im Schaufenster des Juweliers zeigte elf Uhr siebenundzwanzig.

Dummy blieb auf dieser Straßenseite, bis er das Hotel erreicht hatte. Nach einem gründlichen Blick in alle Richtungen betrat er das Hotel wie ein Geistlicher, der sich in ein Bordell schleicht. Er stieg die übelriechenden Treppen bis zur dritten Etage hinauf.

Unter dem niedrigen, flachen Teerdach war die Luft heiß und stickig, und die Hitze lockte den Gestank aus dem halbverfaulten Boden, der unter dem Staub von Jahrzehnten lag. An der Öse, die in den Türrahmen geschraubt war, hing ein schweres Vorhängeschloß aus Messing, aber dort, wo die Scharniere des Riegels an der Tür befestigt waren, sah das von früheren Schrauben durchlöcherte Holz ziemlich morsch aus. Dummy hätte die altersschwache Tür leicht mit der Schulter aufbrechen können, doch zu dieser Tageszeit war so etwas zu riskant. Er hatte keinerlei Werkzeug mitgebracht, um den Riegel zu lösen, da er ein normales Türschloß erwartet hatte.

Verärgert packte er das große Messingschloß, das sogleich in seiner Hand aufsprang. Staunend und mit einem grunzenden Lachen öffnete sich sein Mund. Neunundneunzig von hundert Leuten hätten beim Anblick des Schlosses versucht, die Tür aufzubrechen, dachte er, und kaum einer wäre drauf gekommen, daß das Ding nur eine Attrappe war. Keine schlechte Idee, wenn man sich ein funktionierendes Schloß nicht leisten kann, überlegte er.

Er entfernte das Schloß, stieß die Tür auf und trat ein. Der Bewohner des Zimmers hatte sich nicht mal die Mühe gemacht, das vorhandene Türschloß abzuschließen.

Der Raum stank nach kaltem Marihuana-Rauch und widerlichen Körperausdünstungen, die sich in solch stickiger Luft überall festsetzen. Vor dem fest verschlossenen einzigen Fenster war die grüne Jalousie heruntergelassen, aber das Sonnenlicht drang durch die Ritzen und zeichnete ein abstraktes Muster auf das vor Schmutz erstarrte graue Laken, das über dem schmalen Bett ausgebreitet war. Eine Zimmerecke war durch einen zerschlissenen, ausgebleichten Vorhang abgeteilt und diente als Kleiderschrank. In einer anderen Ecke befand sich ein Waschbecken von der Größe einer Vogeltränke. Aus dem einzigen Wasserhahn tropfte kaltes Wasser, das eine unauslöschliche Rostspur auf dem weißen Emaille hinterließ. Das Linoleum des Fußbodens war mit einer Schmutzkruste überzogen.

Dummy schloß die Tür hinter sich und ließ die Jalousie hochschnappen, so daß das Zimmer von den grellen Sonnenstrahlen überflutet wurde. Aber das Licht vermochte der Atmosphäre nichts anzuhaben.

Dummy schaute unter das Bett. Er fand dort die Überreste einer Baumwollmatratze, die der Länge nach aufgeschlitzt, dann ausgenommen und wieder zugestopft worden war. Aufgeregt fing er zu grunzen an und klang dabei wie ein Schwein, das gierig seinen Trog leert.

Er ließ die Matratze, wo sie war, und richtete seine Aufmerksamkeit auf einen verbeulten, zerkratzten Pappkoffer, der an einer Wand flach auf dem Boden lag. Das Schloß funktionierte nicht, und die Schnappverschlüsse waren nicht zugeklappt. Er hob den Deckel und wühlte mit einer Hand in einem Haufen schmutziger Baumwollsocken und Unterhosen, während er sich mit der anderen Hand die Nase zuhielt. Er mühte sich nicht auch noch damit ab, den Koffer wieder zu schließen. Er durchquerte das Zimmer, zog in der Ecke den zerschlissenen Vorhang auf und untersuchte die wenigen schmutzigen Kleidungsstücke, die dort an Drahtbügeln von einem abgesägten Besenstiel herunterhingen. Für die Kleider brauchte er länger als für alles andere. Trotzdem war er schon nach knapp fünf Minuten fertig.

Erleichtert machte er, daß er aus dem Zimmer kam. Seine Muskeln entspannten sich aber erst, nachdem er das Hotel verlassen und einen Straßenblock hinter sich gebracht hatte.

Um die Ecke an der Lenox Avenue saß ein gepflegt aussehender junger Mann mit Lockenkopf in einem zweifarbig lackierten Buick Hardtop, der am Bordstein parkte. Alle zehn Sekunden kamen farbige Männer und Frauen zu ihm herüber und reichten ihm Leinenbeutel voller Geld und mit Gummibändern zusammengehaltene Papierstapel in der Größe von Kartenspielen, deren einzelne Zettel jeweils mit Nummern vollgeschrieben waren.

Der Job des jungen Mannes bestand darin, die Wetten für ein Lottounternehmen einzusammeln. Zwei finster dreinblikkende Farbige von hünenhafter Gestalt saßen in einer direkt hinter ihm geparkten Mercury-Limousine. Sie waren die vom Unternehmen angeheuerten Leibwächter.

Dummy blieb stehen, um etwas auf seinen Notizblock zu kritzeln. Er riß das beschriebene Blatt ab und ging auf den Mann zu, der die Wettscheine annahm. Bevor er bei ihm war, öffnete einer der großen Farbigen die Tür des Mercury und sprang heraus. Kaum hatte Dummy dem Mann seinen Zettel überreicht, da packte ihn der Bodyguard fest im Nacken.

»Das ist doch nur Dummy«, sagte der junge Mann.

»Ich weiß, daß es Dummy ist«, gab der Leibwächter zurück. »Aber seit wann gehört er zu unseren Leuten?«

»Er will nur wissen, wo heute die Ziehung stattfindet«, beruhigte ihn der andere.

Seit die Polizei illegale Glücksspiele schärfer überwachte, wechselten die Lottounternehmen täglich den Ort der Ziehung.

»Kein Wort zu ihm«, warnte der Leibwächter. »Er ist ein Spitzel.«

Einer der Helfer zwängte sich mit seinem Geldsack und den Lottoscheinen heran, und der Kassierer sagte: »Woodbine.«

Der Bodyguard versetzte Dummy einen Stoß, und der Typ, der die Wettscheine annahm, beachtete ihn nicht mehr. Dummy ließ sich nichts weiter anmerken.

Fünfzehn Minuten später stieg er vor einem Hotel oben auf den Harlem Heights an der St. Nicholas Avenue bei der 154th Street aus einem Taxi. Auf einem Schild über dem Eingang stand *Hotel Woodbine*. Dummy bezahlte den Fahrer und ging in das Gebäude.

Zwei Männer mit schwerem Gepäck kamen herein und

wurden in eine vorbestellte Suite gebeten. Ihnen folgten zwei Frauen mit hochmodernen, an Tonbandgeräte erinnernden Koffern, die ebenfalls in diese Suite geschickt wurden. Alle kamen mit Taxis, immer zu zweit, gut gekleidete Männer und Frauen, bis das gesamte Team von sechzehn Personen versammelt war.

Vier Leibwächter verteilten sich auf Sessel im Foyer, einer von ihnen nahm neben Dummy Platz. Er beugte sich zu ihm rüber und flüsterte hinter vorgehaltener Hand: »Schaufel dir nicht dein eigenes Grab, Spitzel.«

Dummy stand auf und setzte sich in einen anderen Sessel. Er kannte die ganze Prozedur und wollte sich da ohnehin nicht einmischen. Oben in der zweiräumigen Suite, das wußte er, baute das Team vier Rechenmaschinen und einen elektrischen Adressenschreiber auf. Es gab acht Wettscheinannehmer, die von zweihundert Helfern Lottozettel und Geld einsammelten. Sämtliche Scheine wurden nun an die Damen übergeben, die die Rechenmaschinen bedienten. Alle Summen wurden addiert und mit den eingezahlten Beträgen verglichen.

Unterdessen stellten zwei Männer den Apparat auf, mit dem die Gewinnzahlen gezogen wurden. Das war ein filzbespanntes Fäßchen mit einer Klappe, das auf eine Winde montiert war und mit einer Kurbel bedient wurde. Kleine schwarze Gummikugeln mit weißen Leuchtziffern von 0 bis 9 – drei von jeder Ziffer, insgesamt also dreißig – wurden in das Fäßchen gefüllt und die Klappe sicher verschlossen. Die Kurbel wurde zehnmal gedreht, dann die Klappe geöffnet, und ein Mann mit verbundenen Augen steckte seine Hand in das Fäßchen und zog eine der Kugeln heraus. Der Vorgang wurde noch zweimal wiederholt, und die drei Ziffern in der Reihenfolge, wie sie gezogen wurden, ergaben die Gewinnzahl für den Tag.

Der Mann mit den verbundenen Augen, der die Kugeln

zog, gehörte nicht zu den festen Mitarbeitern. Vielmehr wurde täglich ein anderer gewählt, entweder einer der zweihundert Helfer oder ein Lottospieler.

Nachdem die Gewinnzahl ermittelt war, wurden rasch die Wettscheine überprüft und die richtigen Tips zur Auszahlung aussortiert.

Danach wurde der Name des Lottounternehmens und die Gewinnzahl auf den Adressenschreiber übertragen:

Tia Juana
321

Mit dieser Aufschrift bedruckte man so viele Zettel – die sogenannten Trefferscheine –, wie es die Zeit erlaubte.

Auf die Wettscheine mit den richtigen Tips wurden die Gewinne ausgezahlt und in acht Teile aufgeteilt. Dann wurden sämtliche Geräte wieder eingepackt, und die Mitarbeiter, der Mann, der die Nummern gezogen hatte, sowie die acht Wettscheinannehmer verließen eilig das Hotel. Nur der Spielleiter und seine zwei Adjutanten blieben zurück und warteten auf die acht Auszahler, die nun an die Stelle der Wettscheinannehmer traten. Die Auszahler kamen, nahmen die Gewinnsummen entgegen und machten sich wieder davon. Erst dann gingen auch der Spielleiter und seine beiden Helfer mit dem Tageserlös.

Dummy beobachtete, wie die Leute kamen und gingen. Er wußte, daß außer den vier Bodyguards im Foyer noch zwei weitere draußen in der Mercury-Limousine saßen und wahrscheinlich noch einige auf geheimem Posten stationiert waren. Er vermied jede überhastete Bewegung, achtete aber zugleich darauf, daß er unauffällig seinen Platz verlassen konnte, als Slick herunterkam und auf den Ausgang zusteuerte.

Er steckte Slick ein Blatt Papier von seinem Notizblock zu, auf das er geschrieben hatte: *der penner treibt falsches spiel.*

Slick warf einen Blick darauf, sah Dummy kurz an und sagte mit schneller, treffsicherer Entschlossenheit: »Komm mit.« Die blaßgelben Augen jagten Dummy einen Schauer über den Rücken. Er gehorchte unweigerlich.

Sie gingen auf die Straße hinunter, und Slick deutete mit einer Kopfbewegung hinüber zur 154th Street. Er ging in geringem Abstand von Dummy, zwar rechts neben ihm, aber leicht versetzt. Die beiden Leibwächter in dem Mercury ließen sie keinen Moment aus den Augen. Es fiel nicht ein Wort.

Schweigend gingen sie bis zur Ecke, und Dummy achtete auf Slicks Weisungen. Slick neigte den Kopf in Richtung seines Wagens, der zwei Häuser weiter die Straße rauf geparkt war.

Sie kamen zu dem Chrysler, und Slick sagte mit leiser, beherrschter Stimme: »Bleib einen Moment ruhig stehen.«

Dummy, der auf den Wagen zuging, hatte ihm den Rükken zugewandt. Deshalb hatte er Slicks Mundbewegungen nicht wahrnehmen können, und er war fest überzeugt, daß Slick ihn in den Wagen lotsen wollte. Er legte die Hand auf den Türgriff und wollte schon öffnen, als er plötzlich an der Schulter gepackt und heftig herumgerissen wurde.

Weiter oben auf der Straße heulte ein Motor auf, ein Fahrzeug jagte die abschüssige Straße herunter und stellte sich mit quietschenden Bremsen quer vor den Chrysler. Ein großer Farbiger mit Narbengesicht, der ein rotes Sporthemd und einen Panamahut trug, sprang mit einer abgesägten .38er im Anschlag auf die Straße, noch bevor der Wagen zum Stehen gekommen war.

Dummy spürte, wie sich seine Eingeweide zusammenzogen.

»Das mache ich schon«, sagte Slick gelassen zu dem Revolverhelden. »Ist 'ne Privatsache.«

»Du bist neu hier, Sohnemann, darum sag ich's dir«, tönte

der andere mit einem kehligen, südlichen Akzent. »Privatsachen existieren nicht, wenn du Geld von der Firma bei dir hast.«

Slick beachtete ihn gar nicht weiter. »Bist wohl taub, wie?« fragte er Dummy.

Dummy nickte.

»Kannst aber von den Lippen ablesen?«

Wieder nickte Dummy.

»Leg die Fingerspitzen auf die Schulter, und streck die Ellbogen zur Seite«, befahl Slick.

Dummy befolgte die Anweisung.

Slick filzte ihn mit raschen, gekonnten Bewegungen.

»Er ist sauber«, sagte er zu dem Mann mit dem Revolver.

»Laß dich nicht von ihm reinlegen«, warnte der, als er sich wieder in den Wagen setzte. »Er könnte ein Singvogel sein.«

Slick schenkte ihm nur ein schwaches, kühles Lächeln.

Auf der anderen Straßenseite gingen zwei farbige Männer vorbei. Sie taten so, als hätten sie von allem nichts bemerkt.

Der vordere Wagen stieß rückwärts auf die Straße und fuhr dann wieder bis zur Ecke.

Slick ging um seinen Chrysler herum, setzte sich ans Steuer und bog auf der St. Nicholas Avenue nach Süden. Tief unten, am Fuß des Abhangs neben dem schwarzen Asphalt der Avenue, sah man auf die Dächer von Harlems Valley, die sich weit nach Osten erstreckten.

Slick wandte sich Dummy zu, als sie an dem Kellereingang zu *Bucky's Cabaret* vorbeirauschten, und fragte: »Wie kommst du darauf?«

Dummy schrieb etwas in die Luft und deutete auf seine Tasche. Er wollte nicht riskieren, durch unüberlegte Bewegungen einen falschen Verdacht auszulösen.

Slick lächelte dünn und nickte.

Dummy kramte seinen Bleistiftstummel und den schmutzigen Notizblock hervor. Er schrieb: *er hat die matratze in seinem zimmer alles aufgeschnitten war geld drin*. Dann hielt er Slick das Blatt hin.

»Woher weißt du das?« fragte Slick.

hab's gesehen, schrieb Dummy.

»Nein, das mit dem Geld«, sagte Slick.

ist doch klar das geld war schon weg als der jude kam, schrieb Dummy.

Slick hielt vor einer roten Ampel in der 145th Street. Ein richtig scharfer schwarzer Feger in beigefarbener Bluse und aquamarinblauer Hose warf ihm einladende Blicke zu, aber er war mit seinen Gedanken ganz beim Geschäft.

»Warum soll das klar sein?« fragte er Dummy, als er wieder anfuhr.

Dummy schrieb schnell: *keiner hat's gefunden er hat die matratze nicht vom juden muß sie gefunden haben ehe der jude kam rufus hat's nicht das ist sicher.*

»Deshalb ist aber noch längst nicht sicher, daß er es hat«, sagte Slick. »Das Weib kann es auch woanders versteckt haben. Vielleicht hat sie es sogar selbst noch – woher willst du das wissen?«

Dummy begann vor Aufregung zu grunzen, *nein sie hat's nicht sucht danach*.

»Woher weißt du das?« fragte Slick. »Sie ist doch im Gefängnis. Oder kannst du Gedanken lesen?«

Dummy machte Geräusche wie ein verstopfter Abfluß. Er fing an zu schreiben, hatte aber auf dem Blatt keinen Platz mehr und riß es ab.

Slick griff danach, nahm es ihm aus der Hand und steckte es in seine Jackentasche.

Dummy schrieb auf ein neues Blatt: *hab sie vor verhaften gesehen kam zu meiner cassie sucht nach rufus sagt sie ich weiß besser sie sucht nach geld*.

Slicks Gesicht verriet kein Anzeichen von gesteigertem Interesse, aber seine Hände schlossen sich fester um das Lenkrad. »Hat sie deiner Frau denn erzählt, daß sie das Geld in der Matratze versteckt hatte?« fragte er.

gesagt nichts aber wir wußten es mußte was außer möbeln sein so wie sie aussah, schrieb Dummy.

»Das heißt absolut noch nicht, daß er es hat«, bemerkte Slick.

einer hat's und er ist einzige der das sein kann, schrieb Dummy.

»Warum hat er sich nicht aus dem Staub gemacht, wenn er es hat?« wandte Slick ein. »Wozu hängt er dann noch hier rum?«

wozu hat er geld vom bürgerkrieg, konterte Dummy.

Slick lachte. »Das erklär du mal«, sagte er.

will ihnen vormachen er hat das geld nicht, schrieb Dummy.

Slicks Gesicht wurde auf einmal hart und abweisend. »Leichter gesagt als getan«, sagte er abschließend, langte hinüber, riß das Blatt von Dummys Block und steckte es zu den anderen Zetteln in seine Tasche. »Jetzt bleib da sitzen und sei still«, befahl er. »Ich hab meine Arbeit zu erledigen.«

Sie näherten sich der 125th Street, und Slick begann sich wachsam umzusehen. Er war der Auszahler für den Bezirk zwischen 125th und 116th Street; im Westen endete das Revier an der Manhattan Avenue, im Osten an der Lenox Avenue.

»Und wenn du irgendwelche Schnüffler siehst, dann zeig sie mir«, fügte er hinzu. »Falls du wirklich ein Spitzel bist, wie behauptet wird, dann müßtest du sie doch alle kennen.«

Dummy tat so, als würde er in eine andere Richtung blicken und hätte die Bemerkung nicht mitgekriegt.

Slick trug einen Geldgürtel mit mehreren Fächern, in denen die Auszahlungsbeträge, die Gewinnzettel und die Trefferscheine steckten. Er hielt vor den stationären Annahmestellen – Friseursalons, Billardsälen, Tabakläden und Schuhputzständen – und traf sich mit den anderen Vermittlern in

Hauseingängen und parkenden Autos oder in deren Wohnungen. Von den kleinen Gewinnen behielt er fünf Prozent für sich ein, bei den großen Beträgen, die er dem Gewinner persönlich aushändigen mußte, waren es zehn. Die Vermittler, die sich um die Auszahlung der geringeren Summen zu kümmern hatten, behielten ihrerseits zehn Prozent. Reguläre Gehälter bezogen nur die Mitarbeiter der Ziehung, die Leute, die die Wettscheine einsammelten, und die Bodyguards; für alle anderen gab es lediglich Anteile an den Gewinnen.

Nach der Uhr im Schaufenster des Juweliers in der 116th Street war es siebzehn nach zwei, als Slick seine Runde beendet hatte. Er hielt etwa einen halben Block schräg gegenüber von Sweet Prophets Tempel des Wunderbaren Gebetes, um dort zu parken. Wegen der Frau, die sie am Vormittag ausgenommen hatten, machte er sich keine Sorgen. Sie würde nach einem Mann in einem schwarzen Buick suchen, dem Auto, neben dem er gestanden hatte, bevor er sie ansprach. Wenn er tatsächlich jedem Einfaltspinsel aus dem Weg gehen müßte, den er im Leben schon übers Ohr gehauen hatte, dann dürfte er sich nie mehr auf der Straße blicken lassen.

Dummy sah den Schläger, als er aus der Seventh Avenue in die Querstraße einbog. Er trug immer noch dieselbe Kluft: Filzhut, Tweedjacke, senffarbene Kordhosen und Cowboystiefel.

Auch Slick bemerkte ihn im Rückspiegel.

Der Schläger überquerte die Fahrbahn, wobei er sich mitten durch den dichten Verkehr schlängelte, ging um den Chrysler herum und wollte sich auf den Vordersitz neben Slick setzen. Da entdeckte er Dummy und schien vor Schreck zu erstarren.

»Steig hinten ein«, wies ihn Slick an.

Er setzte sich auf die Rückbank.

»Dummy, das ist Susie«, sagte Slick. »Susie, das ist Dummy.«

Keiner von beiden rührte sich oder gab irgendeinen Ton von sich, mit dem er auf die Bekanntmachung einging.

»Wir fahren mal kurz zu mir nach Hause und klären etwas, das uns alle angeht«, sagte Slick und schob den Zündschlüssel ins Schloß, um den Motor anzulassen.

Susie zog den Stummel einer Marihuana-Zigarette hinter seinem Ohr hervor und zündete ihn an.

Dummy saß da, die Hände auf die Knie gelegt, und bewegte unablässig seinen Kopf von einer Seite zur anderen.

Slick gab langsam Gas und reihte sich in den fließenden Verkehr ein.

19

Eine Frau öffnete ihnen die Tür zur Wohnung im Roger Morris und bat sie herein. Dummys Hoffnung, seinen Freund, den taubstummen Portier, in der Eingangshalle anzutreffen, hatte sich leider zerschlagen. Er hätte ihm eine Nachricht signalisiert, selbst wenn es nicht mehr gewesen wäre als ein einfaches »Paß auf!«

Bei dem Gedanken, sich unbewaffnet mit Slick und Susie in eine fremde Wohnung zu begeben, überfiel ihn eiskalte Panik. Die Frau trug auch nichts dazu bei, diese Beklemmung zu mildern.

Überhaupt machte sie auf Dummy einen sehr sonderbaren Eindruck. Weniger aufgedonnert hätte sie auf ihn genauso gewirkt wie jede andere sepiafarbene, gepflegte Frau, von denen es Millionen gab. Aber ihr Haar war knallgelb gefärbt und in einem strengen Knoten so fest in ihrem Nacken zusammengebunden, daß sich die Hautpartie um ihre Schläfen spannte und ihre Augenschlitze so schmal geworden waren wie bei einer Asiatin. Sie trug ein hochgeschlossenes, enganliegendes chinesisches Gewand aus purpurfarbener Seide. Sie war mager, sah aber nicht anämisch aus. Ihre schmalen Nasenflügel wirkten blaß, und die Pupillen ihrer braunen Augen waren so stark geweitet, daß sie fast schwarz aussahen. Sie hielt den Kopf unnatürlich hoch, und sie sprach kein Wort. Schweigend ging sie ihnen voran durch den ungelüfteten, fast pechschwarzen Flur, vorbei an ein paar geschlossenen Türen, hin zum vorderen Wohnraum.

Es war ein großes Zimmer mit drei Fenstern, von denen man den Edgecombe Drive und den felsigen Park über der Niederung am Harlem River überblicken konnte. In der Ferne sah man die Straßen von West Bronx, die terrassenartig wie eine aus Ziegeln gebaute Landschaft aufstiegen.

In dem helleren Licht erkannte Dummy auf den ersten Blick, daß sie süchtig war und Kokain schnupfte, und zwar schon so lange, daß sie nicht mehr wußte, wie ein Leben ohne Kokain war, und ein solches nicht einen Tag lang mehr hätte aushalten können. Das beunruhigte ihn nicht weiter, wohl aber ihr Schweigen. Das und etwas anderes an ihr, was er aber nicht näher bestimmen konnte. Außerdem vermied sie es, einem der Männer direkt in die Augen zu sehen.

»Setzt euch«, befahl Slick den beiden anderen und streckte sich auf einer Couch aus, neben der ein Cocktailtisch mit Glasplatte stand. Zu der Frau sagte er: »Hol mir meine Pfeife, und bring gleich die Knarre mit.«

Fast schwebend verließ die Frau das Zimmer durch eine andere Tür.

Susie und Dummy nahmen gegenüber von Slick in zwei Sesseln Platz und hielten dabei so weit wie nur irgend möglich Abstand voneinander. Dummy hockte sich auf die Kante der Sitzfläche, die Füße leicht zurückgezogen und die Beinmuskeln angespannt, so als sei er jede Sekunde zu einem Sprung in alle erdenklichen Richtungen bereit. Susie dagegen lehnte sich in seinem Sessel zurück, die Beine weit von sich gestreckt, die Cowboystiefel übereinandergeschlagen und die Krempe seines Hutes tief in die Stirn gezogen, als wolle er den Eindruck vermitteln, schon einmal hiergewesen und nicht die Spur beeindruckt zu sein.

Aber dies war ein imposantes Zimmer. Zwar paßten die Möbel nicht zueinander und schon gar nicht in diesen Raum, doch jedes Stück war kostbar und ziemlich ungewöhnlich. Alles, einschließlich der Vorhänge und sonstigen feinen Stoffe – freilich mit Ausnahme der Musik- und Fernsehanlage –, war irgendwann einmal irgendwo gestohlen worden, und Slick hatte es als heiße Ware gekauft.

Dummys Blick wanderte von einem Stück zum anderen. Die Möbel schienen ihm etwas erzählen zu wollen, nur wußte er nicht, was.

Keiner sprach. Die Stille bedrückte Dummy und stellte seine Nerven auf eine harte Zerreißprobe.

Susie steckte sich einen neuen Marihuana-Joint an, zog sein Messer aus der Tasche und begann die Klinge an seiner Stiefelsohle zu wetzen. Slick schien das alles nicht im geringsten zu interessieren.

Die Frau kam zurück und bewegte sich dabei so lautlos über den Teppichboden, daß keiner sie bemerkte, bis sie an dem Cocktailtisch neben Slicks Couch stand. Sie stellte ein rundes, elfenbeinfarbenes Plastiktablett auf die Glasplatte. Auf dem Tablett befanden sich ein vernickelter Spiritusbrenner und eine Wasserpfeife. Der Metallkopf der Pfeife hing über dem Brenner, und das Mundstück stak wie der Kopf einer schlafenden Schlange auf dem Ende eines gewundenen, durchsichtigen Plastikschlauchs. Zwischen all diesen Utensilien ruhte eine flache, gefährlich aussehende, stahlblaue .38er Automatik mit elf Schuß.

Sowohl Susie als auch Dummy hefteten ihren Blick auf die Pistole und ließen sie nicht mehr aus den Augen.

Die Frau zog ein Opiumbröckchen aus der Tasche, knetete es geschickt mit ihren schlanken, zierlichen Händen und formte daraus ein Kügelchen. Sie legte es in die flache Höhlung des Metallkopfes und entzündete die Spiritusflamme. Beim ersten Blubbern des Kügelchens nahm sie das Mundstück, wobei sie den Schlauch langsam aufrollte, und schob es Slick zwischen die Lippen.

Vier Züge, dann war alles vorbei.

Die Frau räumte ab und brachte das Tablett hinaus, ließ aber die Pistole auf der gläsernen Tischplatte liegen. Sie schwebte schweigend aus dem Zimmer, ohne einen der drei Männer direkt angesehen zu haben.

Slick legte sich mit halbgeschlossenen Augen zurück und schien der Welt völlig entrückt. Die Stille hielt an, und er erweckte nicht den Eindruck, sie je wieder brechen zu wollen.

Dummy schluckte nervös und gab dabei einen Laut von sich, der an den Rülpser eines Babys erinnerte. Susie schreckte zusammen und riß sein Messer hoch. Slick sah Dummy nur schläfrig an. »Mach doch nicht so einen Lärm«, sagte er träge.

Sie saßen da und warteten. Die Stille ging Susie auf die Nerven. Die Fenster waren zum Schutz gegen die Hitze geschlossen, und das Zimmer lag im Schatten. Dabei regte sich kein Luftzug, so daß sich um Susies Kopf Schwaden von Marihuana-Qualm türmten.

Dummy konnte die Stille spüren, auch wenn seine Ohren sie nicht wahrnahmen. Seine Augen rollten in den Höhlen, und sein Kopf drehte langsame Runden, als würde er von einer Exzenterscheibe angetrieben. Er sah auf das Messer in Susies Hand, dann wanderte sein Blick hoch zu Susies Gesicht, wendete sich und fuhr die Wand entlang, glitt über einzelne Möbelstücke und verharrte eine Zeitlang auf Slicks Gesicht, streifte über dessen ausgestreckten Körper und begab sich dann langsam wieder auf die gleiche Umlaufbahn.

Slick nahm sich zwanzig Minuten Zeit, um den Stoff in seine Hirnwindungen eindringen zu lassen. Plötzlich erwachte er zum Leben. »Dann mal zu«, sagte er energisch und setzte sich auf.

Er griff nach der Automatik, klappte das Magazin aus, überzeugte sich, daß es vollgeladen war, prüfte die Patronen in der Kammer und führte das Magazin wieder ein. Die Sicherung war umgelegt. Er entsicherte die Waffe und legte sie in Reichweite auf den Tisch zurück.

»Was hältst du davon?« fragte er im Plauderton, während er Susie das erste der drei Blätter von Dummys Block hinhielt.

Susie starrte von seinem Sessel aus drauf. Sein Babygesicht zeigte keinerlei Regung. Nicht ein Funken von Verständnis blitzte in seinen geweiteten Augen auf.

Das Schauspiel kam für Dummy völlig überraschend. Auf diese Entwicklung war er nicht vorbereitet. Er hatte zu hoch gepokert. Jeden Augenblick würde sein Bluff aufgedeckt werden, und er saß zwei bewaffneten Männern gegenüber, während er selbst nur seine Fäuste hatte. In New York gelten die Fäuste eines Preisboxers als tödliche Waffen, aber gegen eine Pistole und ein Messer können sie wenig ausrichten.

Sein Körper erstarrte, und seine Eingeweide knoteten sich zu einem harten Klumpen zusammen. Er wirkte wie versteinert, wäre nicht sein Blick unruhig zwischen dem Zettel und Susies Gesicht hin- und hergewandert. Jetzt hätte er all seinen Grips bitter nötig gehabt, aber auch sein Hirn fühlte sich wie eingefroren an.

»Hier, du Holzkopf, nimm schon und lies«, sagte Slick zu Susie. »Und laß dein Hirn auftauen, du wirst es brauchen.«

Susie stand schwerfällig auf, ging rüber zu Slick und nahm das Papier mit der linken Hand. Er sah ein wenig verblüfft aus. Der erloschene Marihuana-Stummel klebte wie ein Fetzen schmierigen Papiers an seiner Unterlippe, und in seiner rechten Hand hielt er das offene Messer wie eine Reitpeitsche. Aus Dummys Froschperspektive im Sessel wirkte er noch größer, als er tatsächlich war. Seine Schultern sahen meterbreit aus, und seine Beine glichen Brückenpfeilern.

Susies Lippen bewegten sich, während er mit seinem lahmen, bekifften Hirn die Worte buchstabierte: *der penner treibt falsches spiel.*

Er runzelte die Stirn und sah auf Slick hinunter. Der kalte, abweisende Ausdruck in Slicks Gesicht verwunderte ihn. Offensichtlich begriff er nicht, was das zu bedeuten hatte. Er las die Zeile noch einmal.

»Bin ich damit gemeint?« fragte er ungläubig.

Slick antwortete nicht.

Susies Blick fuhr zu Dummy herum. Mit dem Zeigefinger der Hand, in der er den Zettel hielt, zielte er auf ihn wie mit einer Pistole: »Er hat das geschrieben«, sagte er heiser.

Plötzlich wurde er zur Furie. Sein kindliches Gesicht wurde von rasender Wut verzerrt. Er sprang auf Dummy zu und schlug mit dem Messer wie mit einer Peitsche nach dessen Gesicht. Es ging so schnell, daß niemand darauf vorbereitet war. Die große, furchtbare Klinge war dabei kaum noch mit den Augen wahrzunehmen.

Dummys zungenlosem Mund entfuhr ein grauenhaftes Geräusch wie der Aufschrei eines in Panik versetzten Wildpferdes. Aber sein Körper reagierte mechanisch, gelenkt von dem im Boxring erworbenen Instinkt. Er packte die Lehnen des Sessels, stieß sich mit den Füßen nach hinten ab, wobei er sein volles Gewicht mit den Schulterblättern gegen die Rückenlehne stemmte, und rammte beide Füße geschlossen gegen den Angreifer. Die Turnschuhe taten nicht die gleiche Wirkung wie festes Schuhwerk, aber die Stoßkraft reichte aus. Er traf Susie hoch oben an den Oberschenkeln und schleuderte ihn krachend gegen die Fernsehtruhe, so daß die sichelartig durch die Luft fahrende Klinge Dummys Augen nur um Haaresbreite verfehlte.

Die gleiche Wucht brachte Dummy auf die Beine, während Susie wie ein Gummiball von der schweren Truhe abprallte. Susie startete einen neuen Angriff und führte dabei überaus dilettantische Seitenhiebe mit dem Messer. Dummy tauchte darunter weg und verpaßte dem anderen mit der Rechten einen Schlag gegen den Solarplexus. Speicheltröpfchen sprühten mit einem winselnden Schrei aus Susies aufgerissenem Mund, und seine Augen traten ihm aus den Höhlen.

»Aufhören«, befahl Slick mit gedämpfter Stimme und griff nach der Pistole.

Dummy sah ihn nicht, und Susie hörte ihn nicht. Susie reagierte mit einer Wut, zu der keine Atemluft nötig war, und zielte mit der Rückhand nach Dummys geduckter Gestalt. Es war ein verzweifelter, unkontrollierter, nur halb ausgeführter Stoß, aber er hätte Dummy in den Nacken getroffen, wenn der nicht blindlings einen Hechtsprung gemacht hätte. Er segelte mitten auf den Cocktailtisch, zerschmetterte die Glasplatte und landete mit dem flachen Bauch auf den Splittern.

»Aufhören, hab ich gesagt«, wiederholte Slick, ohne sich von seinem Sitz zu erheben. Er benahm sich so, als hätte er schon eine Unmenge solcher Kämpfe gesehen und wäre vollkommen Herr der Lage.

Aber Susie hörte ihn noch immer nicht. Das Blut pochte in seinen Ohren, und sein Blick war getrübt. Würgend beugte er sich vornüber, die Nackenmuskeln verkrampft und geschwollen von seinem Ringen nach Luft.

Für einen Augenblick lang schien die Szene stillzustehen.

Genau in dem Moment öffnete die Frau die Tür und trat einen Schritt weit ins Zimmer. Ihre Blicke schossen wie Pfeile umher und schienen nach der Quelle dieses Spektakels zu suchen, aber sie sah auch jetzt niemanden direkt an.

Eine plötzliche Stille senkte sich über den Raum wie das Luftloch eines Wirbelsturms, und sie fragte mit besorgter Stimme: »Liebling, alles in Ordnung?«

Auf dem Bauch liegend, las Dummy die Worte von ihren Lippen und spürte, wie sich ihm das Haar sträubte.

Mit einem Zischen, das nach ausströmendem Dampf klang, kam Susie endlich zu Atem und richtete sich auf. Er sah

Dummy und wollte wieder auf ihn losgehen. Dummy sprang auf und rannte in geduckter Haltung an der Frau vorbei durch die offene Tür. Sie sah ihn nicht an, aber als er an ihr vorbeilief, schrie sie laut auf.

»Ich mach dich kalt«, sagte Slick mit eisiger, entschiedener Stimme.

Susie hielt inne, als wäre er mit voller Wucht gegen eine unsichtbare Wand gerannt.

»Steck das Messer weg und setz dich«, befahl Slick. Dann sagte er zu der Frau: »Ist schon okay, Baby.«

Susie klappte das Messer zusammen, steckte es in die Uhrtasche seiner Kordhose, ging zu seinem Sessel zurück und setzte sich. Aber er sah nicht Slick an; er blickte auf die Frau und runzelte die Stirn.

»Der andere«, sagte die Frau zögernd.

»Der ist in Ordnung«, beruhigte sie Slick und fügte wie zur Erklärung hinzu: »Er ist taubstumm.«

»Oh«, sagte die Frau.

Von draußen hörte man Dummy am Schloß der Wohnungstür hantieren.

Die Frau ging wieder durch die Tür hinaus, durch die sie hereingekommen war, und schloß sie hinter sich. Sie legte sich aufs Bett, griff rüber zum Nachttisch und stellte das kleine vergoldete Radio lauter, dem sie zuvor gelauscht hatte.

Dummy war durch das Zimmer in den Flur gelaufen, konnte aber die Wohnungstür nicht aufbekommen.

Schließlich stand Slick von seinem Platz auf, verließ das Zimmer durch die andere Tür und ging durch den Flur, die Pistole locker in der Hand.

Er berührte Dummy an der Schulter und sagte: »Ohne Schlüssel kommst du hier nicht raus.«

Im Korridor war es zu dunkel für Dummy, um den Satz von Slicks Lippen ablesen zu können, aber er wußte, was von ihm verlangt wurde. Er drehte sich um, ging gehorsam vor

Slick her in das Wohnzimmer zurück und setzte sich in seinen Sessel.

Slick nahm wieder Platz auf der Couch, den zerbrochenen Tisch beachtete er gar nicht. »Lassen wir das in Zukunft doch sein«, sagte er. »Es regt Baby nur unnötig auf.« Er legte die Automatik neben sich auf den Boden, zog dann die beiden anderen Zettel von Dummys Block hervor und streckte sie Susie entgegen. »Jetzt lies das mal, und laß uns darüber reden«, forderte er ihn auf.

Susie stand auf, nahm die Zettel, setzte sich und las. Seine Lippen bewegten sich, während er buchstabierte.

»Na, was ist damit?« wollte Slick wissen.

»Womit?« murrte Susie säuerlich.

»Mit dem Geld, wo ist es?«

»Vor der Attrappe da red ich nicht«, sagte Susie. »Der ist ein Spitzel.«

»Na und?«

Susie schien sich geradezu aufzublähen; sein Nacken schwoll an, als würde er ersticken, und seine Wangen plusterten sich auf. »Hör mal, Mensch, was soll das werden?« entgegnete er herausfordernd. »Du und er, ihr wollt mich absägen, oder was?«

»Ich nicht«, antwortete Slick gleichgültig. »Ich will nur das Geld.«

»Wenn aber doch«, fuhr Susie fort, »dann nimm lieber die Spritze da und drück ab, statt nur damit rumzufuchteln.«

Slick deutete mit dem Kopf rüber zu Dummy. »Frag ihn mal, was er vorhat.«

Beide drehten sich um und starrten Dummy an. Er saß vorn auf der Sesselkante, umschloß mit den Händen seine Knie und blickte vom einen zum anderen.

»Na, was hast du vor?« fragte Susie mit drohendem Tonfall.

Dummy zuckte die Achseln und hob Daumen und Zeigefinger der rechten Hand zu einem V.

»Was soll das?« fragte Susie.

Slick starrte wieder auf Susie. »Besonders schlau bist du nicht, Holzkopf«, sagte er. »Er will ein Stück von unserem Kuchen abhaben.«

»Ich verpaß dem mehr Stücke, als ihm lieb sind«, drohte Susie.

»Du regst dich viel zu sehr auf«, beschwichtigte Slick. »Ich weiß, was ich tue.«

»Du vielleicht, ich nicht«, sagte Susie.

»Laß ihn in Ruhe«, meinte Slick. »Vielleicht brauchen wir ihn noch.«

»Einen Spitzel?« fragte Susie ungläubig.

»Warum nicht? Wenn er wirklich einer ist, kann's für uns nur von Vorteil sein, wenn wir ihn rechtzeitig erwischt haben, so viel, wie er jetzt schon weiß«, gab Slick zu bedenken.

»Ich rat dir nur, übernimm dich nicht«, sagte Susie. »Mit mir ist nicht zu spaßen.«

»Das wissen wir bereits«, antwortete Slick kalt. »Wo ist jetzt das Geld?«

»Hör zu, ich hab dir schon erzählt, wie alles war«, fuhr Susie auf.

Slick deutete wieder mit dem Kopf zu Dummy rüber. »Er glaubt das aber nicht.«

Susie drehte sich um und sah Dummy erneut an. »Wird dir noch leid tun, dich je in meinen Kram eingemischt zu haben«, versprach er.

»Das langweilt mich allmählich«, sagte Slick mit seiner monotonen, drohenden Stimme. »Ich hab dich gefragt, wo das Geld ist.«

»Ich hab's nicht«, war Susies klare Antwort.

»Okay, ich hoffe, du bist ehrlich«, sagte Slick.

»Bin ich«, behauptete Susie.

»Also gut, du hast es nicht. Fangen wir also genau da an. Was hast du in ihrem Loch gefunden.«

»Nichts, ihr Heini hatte alles noch mal auf den Kopf gestellt, ehe ich hinkam, und wenn da was versteckt war, hätte er es gefunden, jede Wette«, sagte Susie.

»Woher willst du wissen, daß er es nicht gefunden hat?«

»Hat er nicht«, erwiderte Susie. »Als ich kam, lag er da auf dem Boden und schlief, ich hab mich umgesehen und festgestellt, daß er schon alles auf den Kopf gestellt hatte; da hab ich ihn durchsucht. Der Kerl ist nicht mal aufgewacht dabei. Du kannst dich drauf verlassen, wenn der was zum Stehlen in der Tasche gehabt hätte, wäre er sofort hellwach geworden.«

»Noch mal zurück zur Matratze«, sagte Slick.

»Hab dir doch schon gesagt, in der Matratze war nichts«, maulte Susie ärgerlich.

»Das hast du«, bestätigte Slick. »Du hast aber auch gesagt, du hättest gesehen, wie sie es reingestopft hat.«

Susie korrigierte ihn. »Ich hab nur gesagt, ich hab gesehen, wie sie die Matratze zugenäht hat. Und ich hab angenommen, es gibt nur einen Grund dafür, mitten in der Nacht eine Matratze zu flicken.«

»Zu schade, daß du sie nicht gleich mitgenommen hast«, sagte Slick lauernd.

Keiner von beiden bemerkte, daß Dummy sich mit aufgerissenen Augen vorbeugte.

»Konnte ich nicht, ihr Typ lungerte doch irgendwo rum«, entgegnete Susie.

»Und als du die Matratze in die Finger bekamst, war es nicht mehr drin«, fuhr Slick fort.

»War es nicht mehr, und die Matratze war an der Seite wieder aufgetrennt worden«, sagte Susie. »Einer von denen war schneller«, fügte er hinzu, »aber ich weiß nicht, wer.«

Grunzende Laute aus Dummys Mund lenkten die Aufmerksamkeit auf ihn. Er hatte seinen Block aus der Tasche gezogen und schrieb. Dann stand er auf und zeigte Slick die Notiz.

Slick sah Susie an. »Er behauptet, keiner von denen hat es.«

Susies Gesicht quoll auf vor plötzlicher Wut. »Wenn der weiter versucht, mich zu verladen, stech ich ihn ab«, drohte er wieder.

Dummy rückte von dem zerbrochenen Tisch weg, damit der ihm nicht im Weg stand, falls er sich erneut verteidigen mußte.

Slick streckte einen Fuß aus und stieß Dummy am Bein an. »Wer sagt dir denn, daß keiner es hat?« fragte er.

Dummy schrieb auf seinen Block: *weiß ich genau.*

»Er sagt nur, er weiß es«, gab Slick an Susie weiter.

»Er weiß mehr, als gesund für ihn ist«, kommentierte Susie.

vielleicht hat sie es noch bei sich, schrieb Dummy auf seinen Block und zeigte ihn Slick.

»Im Gefängnis? Ausgeschlossen«, widersprach Slick. »Außerdem warst du es, der gesagt hat, sie weiß nicht, wo es ist.«

Dummy zuckte die Achseln.

»Vielleicht hat sie es selbst wieder aus der Matratze genommen und woanders versteckt«, meinte Susie.

Dummy schüttelte den Kopf.

»Langsam hab ich das Gefühl, wir sind nicht besonders clever«, sagte Slick.

»Du hast doch angeblich den Verstand gepachtet«, erinnerte ihn Susie.

»Stimmt«, bestätigte Slick. »Und jetzt fang ich mal an, ihn zu gebrauchen.«

20

Wochentags zwischen acht und neun Uhr abends empfing Sweet Prophet diejenigen seiner Anhänger privat, die besondere Probleme hatten oder beichten wollten, aber auch Neubekehrte, die einen Termin für die Taufe zu vereinbaren wünschten. Er saß hinter dem handgeschnitzten Mahagonischreibtisch in seinem pompösen Empfangssaal im Tempel des Wunderbaren Gebetes, während die Bittsteller ihm gegenüber auf den Stühlen Platz nahmen.

Gekleidet in einen Talar aus kanariengelber Seide und bekrönt von einem paillettenbesetzten Kopfputz, wie man ihn bei Statuen von Krishna sieht, glich er der aufgehenden Sonne. Die Brillantringe an sämtlichen Fingern funkelten bei jeder seiner Gesten, und die langen, gekrümmten Fingernägel mit ihren Regenbogenfarben wanden sich wie lebendige Wesen.

Elder Jones in seiner frischen weißen Uniform hatte sich rechts neben ihm aufgebaut. Sweet Prophets Privatsekretärin, eine stille, kultivierte Frau mittleren Alters, die mit ihrem frischgewaschenen schwarzen Leinenkleid ziemlich unauffällig wirkte, stand zu seiner Linken.

Die zweite Sekretärin, jene Frau, die damit beauftragt gewesen war, die Wochenendeinnahmen zur Bank zu bringen, befand sich noch in der Stadt beim Erkennungsdienst des Central Police Department und prüfte stapelweise Fotos farbiger Betrüger, um denjenigen ausfindig zu machen, der sie am Vormittag hereingelegt hatte. Sie hatte inzwischen schon so viele Verbrechervisagen gesehen, daß ihr das Hirn rauchte, aber sie harrte weiter aus, um dem Propheten vorerst nicht unter die Augen treten und ihm gestehen zu müssen, daß sein Geld durch ihre Schuld abhanden gekommen war.

Durch die offenstehenden Fenster an der Vorderseite sah man, wie draußen der Tag zur Neige ging. Die Straßenlaternen brannten, ebenso die Lichter in den Schaufenstern der Geschäfte und in den Zimmern der Bordelle; und die Neonlampen und Autoscheinwerfer beleuchteten die Gesichter von Menschen aller Hautfarben, die sich auf den siedendheißen Gehsteigen drängten.

Sweet Prophets Stunde der Trostspendung war fast vorbei. Er war froh darüber; nie zuvor hatten ihn die Probleme seiner

Mitmenschen so sehr angewidert. Erschöpfung zeichnete sein Gesicht, und seine vorquellenden Augen wirkten beunruhigt und gehetzt. Es war ein langer Tag für ihn gewesen. Nach dem Besuch der Detectives vor Sonnenaufgang hatte er nicht mehr einschlafen können.

»Wer ist noch da?« fragte er.

»Schwester Alberta Wright«, antwortete Elder Jones.

Sweet Prophet sah überrascht aus. Er zögerte. Schließlich seufzte er und sagte: »Schick die Schwester herein.«

Alberta blieb direkt am Eingang stehen und starrte Sweet Prophet an. In dem mittlerweile völlig verschmutzten Kittel, den sie schon bei der Taufe getragen hatte, sah sie heruntergekommen und schäbig aus, aber ihre Augen waren offen und leuchteten voller Hoffnung. Sweet Prophet, der da in seinem funkelnden Gewand saß, erschien ihr wie das große, strahlende Licht, das plötzlich diese dunkle Stunde ihres Lebens erhellte.

Sie kramte ihre letzten zehn Dollar aus dem Büstenhalter, trat vor und legte sie auf den Tisch. Müde suchte er nach einer Brotkrume für sie in der Tasche seines Gewands und steckte das Geld ein. Sie schob den Krümel in den Mund und kniete nieder.

»Steh auf, mein Kind«, sagte er.

Sie erhob sich von ihren Knien und setzte sich vorn auf die Stuhlkante.

»Was bedrückt dich, mein Kind?« fragte er.

»Ich störe Sie nur ungern, nachdem sie so gütig waren, mich aus dem Gefängnis zu holen«, antwortete sie. »Aber ich stecke in großen Schwierigkeiten.«

»Erzähl mir davon, mein Kind«, sagte er.

»Es fing alles mit meinem Traum an«, beichtete sie. »Als ich von den drei Kuchen träumte, aus denen mit einem Knall lauter Hundert-Dollar-Scheine flogen, da wußte ich, der Herr hat mir eine Botschaft geschickt. Also ging ich los und hab bei den drei größten Unternehmen in Harlem je zwanzig Dollar aufs Zahlenlotto gesetzt. Das war das ganze Geld, was ich überhaupt hatte, sechzig Dollar, aber ich wußte, Er hat mir die Botschaft gesandt, und ich vertraute Ihm. Und es kam so, wie ich geglaubt hatte. Meine Zahlen wurden gezogen, und die Treffer ergaben 36 000 Dollar.«

»36 000 Dollar«, wiederholte Sweet Prophet. »Eine hübsche Summe, mein Kind.«

»Ja, Sweet Prophet, das war es«, stimmte sie zu.

»Da zahlen die Häuser also wieder sechshundert zu eins«, sinnierte er.

»Ja, Sweet Prophet, es lohnt sich, wenn man 'ne Botschaft hat«, sagte sie.

»Und dir blieben nach Abzug der Provisionen 29 400 Dollar?«

»Ja, Sweet Prophet. Ich mußte den Vermittlern die zehn Prozent abgeben, die sie pro Treffer kassieren, und dann bekamen die Auszahler von den Lotterien noch je tausend Dollar dafür, daß sie mir das Geld sicher nach Hause brachten. Aber woher wissen Sie das?«

»Mein Kind, ein Prophet muß sämtliche Schliche der Sünde kennen, wenn er sie bezwingen will«, antwortete er.

»Aber ich hab es gar nicht für Sünde gehalten, wo der Herr mir doch selbst die Botschaft gesandt hat«, widersprach sie.

»Nein, mein Kind, die Sünde bestand darin, daß du das Geld, das der Herr dir für die Erlösung von deinen Sünden sandte, für dich behalten und versteckt hast, statt es zu Sweet Prophet zu bringen, der einen Anteil für den Herrn abgezweigt und dir den Rest in aller Sicherheit zurückgegeben hätte.«

»Woher wissen Sie, daß ich es versteckt hab?« staunte Alberta.

»Mein Kind, ein Prophet weiß eben alles«, sagte er.

»Wo ist es dann jetzt?« fragte sie.

»Dazu kommen wir später«, wies er sie tadelnd zurecht. »Noch hast du deine Beichte nicht beendet.«

»Ich wollte es ja nicht in dem Versteck lassen«, fuhr sie fort. »Wirklich, ich hatte vor, es Ihnen zu bringen, damit Sie den Anteil des Herrn davon nehmen. Aber da hatte ich ja noch keine Religion, und ich dachte, ich sollte mich zuerst zur Religion bekennen und mich taufen lassen, dann könnte ich in aller Reinheit zu Ihnen kommen und das Geld zu Ihren Füßen legen, damit Sie mir in Ihrer Güte das wiedergeben, was Sie mir zugedacht haben. Und außerdem, Sweet Prophet, war mein Mann nicht daheim, als mir der Gewinn ausbezahlt wurde, und ich nahm an, es gäbe keine größere Sünde, als ihn in Versuchung zu führen. Da versteckte ich das Geld in meiner Matratze, weil ich davon ausging, daß Sie mit dem Geld einer Sünderin überhaupt nichts zu tun haben wollten. Und deshalb bin ich am Sonntag ganz früh zu Ihnen gekommen und hab Ihnen die 500 Dollar gegeben ...«

»Du hast sie durch mich dem Herrn gegeben«, berichtigte Sweet Prophet, um für den Fall einer Steuerprüfung den Ablauf klarzustellen.

»Ja, Sweet Prophet, durch Sie die 500 Dollar dem Herrn gegeben«, plapperte Alberta nach, »um dafür zu zahlen, daß ich getauft werde.«

»Und danach hast du mit der Pflichterfüllung gegenüber dem Herrn so lange herumgetrödelt, bis dir das Geld gestohlen wurde«, sagte er.

»Ich hab nicht rumgetrödelt«, protestierte sie. »Es wurde gestohlen, während ich in Trance war.«

»Der Herr wird dir vergeben«, tröstete er sie. »Der Herr wird gewiß nicht von dir verlangen, dein Geld zu bewachen, solange du in Trance bist.«

»Ja, Sweet Prophet, ich glaube auch, daß der Herr mir vergeben wird«, sagte sie. »Aber bis jetzt hat Er es noch nicht getan. Bis jetzt hat der Herr mich nur gestraft. Das ist es ja, was ich nicht verstehe. Warum will der Herr mich strafen, indem er jemanden mein Geld stehlen läßt, während ich im Himmel zu Seinen Füßen sitze?«

»Du hast mir noch nicht alles erzählt, Schwester Wright«, sagte Sweet Prophet. »Ich kann die Wege des Herrn nicht deuten, solange ich nicht weiß, was du vorhattest.«

Alberta berichtete ausführlich alles, was ihr seit der Entlassung aus dem Leichenschauhaus widerfahren war.

»Und jetzt behaupten sie, ich hätte dem Juden mit einem Hammer den Schädel eingeschlagen und meinem Mann mit einem Messer die Kehle durchgeschnitten«, beendete sie ihre Erzählung.

»Wenn sie dir das anlasten, hast du wirklich ein großes Problem, Schwester Wright«, bestätigte Sweet Prophet. »Aber du hast es nicht getan, oder?«

»Nein, Sweet Prophet, ich doch nicht«, jammerte sie. »Sie müssen mir glauben, Sweet Prophet. Ich hab nie im Leben jemandem mit einem Hammer so hart auf den Kopf geschlagen, daß er daran starb, und ich hab meinem Mann auch nicht die Kehle durchgeschnitten, obwohl er es verdient hätte.«

»Warum meinte die Polizei dann, daß du es getan hast, Schwester Wright?« fragte er.

»Wegen dem Messer«, antwortete sie. »Sie haben mich dabei erwischt, wie ich versucht hab, das Messer wegzuschaffen, das ich gefunden hab. Sie sagen, mit dem Ding wär Rufus erstochen worden, und als ich es da liegen sah, hatte ich das auch angenommen. Ich wußte gar nicht, was passiert war. Mir gingen alle möglichen Gedanken durch den Kopf. Ich hatte Sugar nicht mehr gesehen, und da kam mir plötzlich in den Sinn, er hätte vielleicht herausgefunden, daß Rufus meine Möbel gestohlen hat, und ich sah die beiden vor mir, wie sie miteinander kämpften. Ich dachte, vielleicht hat Sugar Rufus in Notwehr getötet, es wäre nämlich typisch für Sugar, dann einfach das Messer wegzuwerfen und davonzurennen.«

»Wenn das so gewesen ist, dann brauchst du es nur der Polizei zu erzählen, und man wird Sugar verhaften und die Anklage gegen dich fallenlassen«, sagte Sweet Prophet.

»Aber er war es nicht«, erklärte sie. »Ich setz mein Leben darauf, daß er es nicht getan hat. Er ist so weichherzig, daß er nicht mal einem Huhn den Kopf abschlagen kann, deshalb weiß ich einfach, daß er nicht so oft auf Rufus eingestochen hätte.«

»Nun, ein Gutes hat die Sache wenigstens«, tröstete Sweet Prophet sie. »Der Herr hat dir all den Ärger und die Kosten einer Scheidung erspart. Er hat es dir ermöglicht, nicht weiter in Sünde zu leben.«

»Tja, das hat Er allerdings getan«, stimmte Alberta freudlos zu.

»Weiß die Polizei von dem Geld, das du versteckt hast?« fragte Sweet Prophet, dessen Gedanken sich in eine andere Richtung drehten.

»Ich hab's ihnen nicht verraten«, sagte sie. »Ich wollte zuerst Sie fragen, ob ich es tun soll.«

»Nein, Schwester Wright. Wenn du unschuldig bist, erzähl ihnen nichts von dem Geld«, riet er. »Sobald sie etwas davon wissen, werden sie dich bestimmt für schuldig halten.«

»Aber was soll ich nur tun, Sweet Prophet?«

»Bist du vollkommen sicher, daß du das Geld in der Matratze gelassen hast?« fragte er.

»So sicher, wie ich weiß, daß ich hier sitz und Sie da,« sagte sie.

»Hat dich jemand gesehen, als du es versteckt hast?«

»Der müßte schon durch Wände gucken können«, behauptete sie. »Die Tür war geschlossen, und die Jalousien waren heruntergezogen, und Sugar hatte ich in der Nacht ausgesperrt.«

»Woher weißt du, daß er nicht zurückgekommen ist und es gestohlen hat, als du in Trance warst?« fragte er.

»Er hätte nicht alles gestohlen«, erklärte sie. »Ich kenn meinen Sugar. Dafür hat er zu viel Angst vor mir. Deshalb liebe ich ihn ja. Wenn ich schon arbeiten muß, um für ihn zu sorgen, dann kann er wenigstens Angst vor mir haben. Außerdem, warum haben Rufus und der Jude meine Möbel gestohlen, wenn nicht wegen dem Geld? So dumm bin ich nicht, mir einzubilden, daß die Möbel für jemand anderen als mich irgendeinen Wert hätten.«

»Aber woher sollten dein ehemaliger Gatte und der Judaist etwas von dem Geld wissen, wenn du keinem etwas davon erzählt hast, Schwester Wright?«

»Das weiß ich nicht, Sweet Prophet. Sie sind der einzige, dem ich es gesagt habe, und das ist die Wahrheit«, versicherte sie.

»Irgend jemand muß es aber gewußt haben«, beharrte er.

»Keine Ahnung, wer das gewesen sein kann.«

»Der Mann, der es dir gebracht hat, wußte es«, gab er zu bedenken.

»Aber das waren drei verschiedene Auszahler, einer von jeder Lotterie«, wandte sie ein.

»Dann muß eben einer von ihnen gewußt haben, daß du auch bei den beiden anderen Unternehmen einen Treffer hattest«, behauptete er.

»Von mir hat er's nicht erfahren«, sagte sie. »Ich hab's keinem erzählt.«

»Sie haben dir das Geld in deine Wohnung gebracht?«

»Ja, Sweet Prophet, sie haben es mir direkt nach der Ziehung geschickt.«

»Aber doch nicht zur gleichen Zeit?«

»Nein, Sweet Prophet. Als erstes kam das Geld vom Dollar House. Sie haben ihre Ziehung am Samstag in Harlem gemacht und hatten nur einen kurzen Weg. Ein Mann namens

Buddy hat es mir gebracht. Als nächstes kam das Monte Carlo House. Die Ziehung war in der Bronx, das war schon weiter weg. Der Auszahler hieß Bunch Boy. Und zuletzt schickte Tia Juana den Gewinn, sie hatten ihre Ziehung noch weiter weg in Brooklyn. Der Auszahler war neu bei ihnen, er hieß Slick Jenkins.«

»Und dieser Slick war der letzte, der zu dir kam?« fragte Sweet Prophet.

»Ja, Sweet Prophet, aber er wußte nichts davon, daß ich auch in den beiden anderen Firmen gewonnen hatte«, sagte Alberta.

»Es ist aber gut möglich, daß er es irgendwie erfahren hat, zurückkam und dein Geld gestohlen hat, mein Kind«, erklärte Sweet Prophet.

»Ich begreife aber nicht, wie er das herausbekommen haben soll«, widersprach Alberta. »Das andere Geld hat er nicht gesehen, weil ich es sofort versteckt hab, und erzählt hab ich ihm auch nichts.«

»Du mußt dich irgendwie verraten haben«, blieb Sweet Prophet stur. »Wenn dieser Slick Jenkins daran gewöhnt ist, große Treffer auszubezahlen, dann ist er auch daran gewöhnt, daß die Gewinner ihr Geld verstecken, und wird schon wissen, wo er suchen muß. Wahrscheinlich hast du die Matratze nicht wieder zugedeckt, nachdem du das andere Geld darin versteckt hattest.«

»Das ist es ja, Sweet Prophet, ich hab das Geld zuerst gar nicht in meiner Matratze versteckt. Ich hab eine Schmalzdose ausgespült, das Geld hineingetan und die Dose im Kühlschrank versteckt. In die Matratze hab ich es erst gestopft, nachdem Sugar heimgekommen war und ich ihn aus der Wohnung gejagt hatte. Ich hatte mir überlegt, es wäre wohl sicherer, wenn ich auf dem Geld schlafe; aber als ich es da versteckt hab, war niemand weit und breit, und es befand sich immer noch an seinem Platz, als ich gestern morgen aufstand, denn da hab ich die 500 Dollar für die Taufe rausgenommen, und es war noch da.«

»Natürlich, Kind«, sagte Sweet Prophet. »Slick hatte ja auch erst eine Chance, es zu stehlen, nachdem du zur Taufe gegangen warst.«

»Aber was ist dann damit, daß Rufus und der Jude meine Möbel gestohlen haben?« entgegnete sie eigensinnig. »Warum haben sie das getan, wenn Slick schon mein Geld gestohlen hatte?«

»Bleib doch mal bei der Sache«, sagte Sweet Prophet ärgerlich.

»Das tu ich doch«, murmelte sie. »Und es paßt nicht zusammen. Außerdem hätte er bestimmt zuviel Angst, das Geld zu stehlen. Die Lotterien können sich keinen Auszahler leisten, der die Gewinne klaut; sie würden ihn umbringen.«

»Du sagst aber, er war Neuling.«

»Nur neu in Harlem. Er hat den gleichen Job schon für eine Firma in Chicago gemacht, bevor er hierherkam, er kennt die Spielregeln«, stellte sie fest.

Sweet Prophet verlor die Geduld. »Kriegst du es denn nicht in deinen Dickschädel, daß er dein Geld gestohlen hat, Weib?« fuhr er zornig auf. »Es kann einfach nicht anders gewesen sein.«

»Wenn Sie sagen, er hat es gestohlen, dann hat er es wohl gestohlen«, sagte Alberta resignierend.

»Geh zu ihm, und fordere ihn auf, dir dein Geld zurückzugeben«, befahl Sweet Prophet ihr. »Sag ihm, ich habe es dir aufgetragen. Richte ihm aus, daß ich den Zorn des Himmels auf sein Haupt herabbeschwören werde, wenn er dir dein Geld nicht zurückgibt. Weißt du, wo er wohnt?«

»Ja, Sweet Prophet, im 555.«

»Dann geh hin, und hol dir dein Geld zurück«, sagte Sweet Prophet abschließend.

»Ja, Sweet Prophet«, antwortete sie fügsam.

21

»Darauf hätten wir früher kommen sollen«, meinte Grave Digger.

»Es war der Jude, der uns von der Spur abgelenkt hat«, überlegte Coffin Ed. »Weil er die Möbel auseinandergenommen hat.«

»Er bringt uns immer noch durcheinander«, gab Grave Digger zu. »Aber eins nach dem anderen.«

»Dann wollen wir sie mal suchen und wieder hinter Gitter bringen«, schlug Coffin Ed vor.

»Und zwar schnell, bevor es jemanden erwischt«, sagte Grave Digger.

Fünfzehn Minuten nachdem Alberta Sweet Prophet verlassen hatte, fuhr die klapprige schwarze Limousine der Detectives vor dem Eingang vor.

Sweet Prophet saß noch an seinem Schreibtisch. Er sah immer noch wie die aufgehende Sonne aus, aber die Spuren der Ermattung auf seinem Gesicht waren einem Ausdruck rasender Wut gewichen. Er trank eiskalte Limonade, die er sich aus einer beschlagenen Silberkaraffe in ein geschliffenes Champagnerglas eingeschenkt hatte, aber nach dem Blick zu urteilen, mit dem er sie hinunterschüttete, schien sie ihm noch immer nicht kalt genug zu sein.

Äußerst gereizt empfing er die Detectives. »Sie haben sich aber reichlich Zeit gelassen.«

»Woher wußten Sie denn, daß wir kommen?« forschte Coffin Ed.

Sweet Prophet wischte sich mit dem gelben Seidentaschentuch über das Gesicht. »Ich habe nach Ihnen telefonieren lassen«, antwortete er.

»Ihr Anruf hat uns zwar nicht erreicht, aber hier sind wir«, sagte Grave Digger. »Wo brennt's denn?«

»Meine Sekretärin ist heute morgen direkt vor meiner Tür

von einem Gangster um 3000 Dollar betrogen worden, und der Kerl ist noch nicht gefaßt.«

Die Hüte in den Nacken geschoben, standen die beiden Detectives vor dem Schreibtisch. Sie starrten auf Sweet Prophet hinunter.

Nachdem Alberta gegangen war, hatte sich eine andere Frau – die naive Sekretärin – zu der Gruppe um Sweet Prophet gesellt. »Dabei habe ich ihm nur helfen wollen«, jammerte sie.

Grave Digger ignorierte sie und wandte sich gleich an Sweet Prophet. »Sie haben Anzeige erstattet, nicht wahr? Heute morgen, meine ich.«

»Das war ich«, erklärte die Sekretärin.

»Sie hat es gemeldet«, bestätigte Sweet Prophet hastig. »Sie ging zur Polizei, gleich nachdem es passiert war, aber was mich betrifft, ich habe eben erst davon erfahren.«

»Dann haben Sie alles getan, was Sie tun konnten«, sagte Grave Digger ohne jedes Mitgefühl. »Wir sind hier wegen einer anderen Sache. Warum haben Sie für Alberta Wright die Kaution hinterlegt?«

»Dieses Weib! Sie ist die Pest meines Lebens!« rief Sweet Prophet aufgebracht aus. »Ich habe keine Kaution für sie gestellt. Nie hätte ich das getan. Ich weiß nicht, wie sie aus dem Gefängnis gekommen ist. Sie denkt, ich hätte für sie die Kaution hinterlegt, und ich konnte ihr die Illusion nicht nehmen. Aber wer immer es auch gewesen ist, hat mir damit keinen Gefallen erwiesen.«

Die Detectives horchten auf. Coffin Eds säurezerfressenes Gesicht wurde noch grimmiger, und an Grave Diggers Schläfe begann eine Ader zu pochen. Bisher war es notwendig gewesen, Alberta zu finden, jetzt war es äußerst dringend.

»Damit sieht die Sache ganz anders aus«, sagte Grave Digger. »Sie wissen, daß sie beraubt worden ist?«

»Ja, ich kenne die ganze Geschichte«, gab Sweet Prophet

zu. »Sie ist vom Gefängnis direkt zu mir gekommen und hat mir alles erzählt.«

»Auch daß sie beim Lotto 36000 Dollar gewonnen hat?«

»Ja, und Sie können mir glauben, daß sie an diesen Morden ebenso unschuldig ist wie ich«, antwortete Sweet Prophet.

»Für Sie wäre jeder unschuldig, der ein solches Sümmchen besitzt«, bemerkte Coffin Ed.

»Dazu kommen wir später«, sagte Grave Digger schroff. »Wo steckt sie jetzt?«

»Mein Gott, woher soll ich das wissen?« knurrte Sweet Prophet. »Ich kann mir vorstellen, daß sie versucht, ihr Geld zurückzubekommen, wenn sie nicht völlig beschränkt ist. Nach allem, was sie mir von der Auszahlung erzählt hat, war es so offensichtlich wie die Nase in Ihrem Gesicht, daß einer der Auszahler, Slick Jenkins hieß er, ihr Geld gestohlen hat. Ich habe sie zu ihm in die Wohnung geschickt, damit sie es sich zurückholt.«

»Sie geschickt«, wiederholte Coffin Ed. Die Detectives starrten Sweet Prophet fassungslos an. »Soll das heißen, Sie haben sie aufgefordert, auf eigene Faust ihr Geld von einem Halunken zurückzufordern, den Sie nicht mal kennen, und das, obwohl Sie wissen, daß wegen dieses Geldes schon zwei Morde begangen wurden?« fragte Grave Digger, und seine Halsschlagader schwoll an wie ein Segeltau.

»Niemand wird dieser Frau etwas antun«, antwortete Sweet Prophet ungerührt. »Gott schützt die Kinder und Narren.«

»Für 36 Riesen würde manch einer auch Jesus wieder ans Kreuz nageln«, fuhr ihn Coffin Ed an.

»Sie regen sich für nichts und wieder nichts auf«, widersprach Sweet Prophet.

»Schluß damit!« bellte Grave Digger. »Hat sie gesagt, wo Jenkins wohnt?«

»Im Roger Morris«, warf Elder Jones ein.

»Komm«, sagte Grave Digger und ging auf die Tür zu,

doch bevor er den Raum verließ, drehte er sich noch einmal um und rief Sweet Prophet zu: »Auf Ihre Christlichkeit kann ich verzichten, Kumpel.«

Bis zu dem Haus am Edgecombe Drive waren es 44 Blocks, und auf den Straßen herrschte dichter Verkehr. Sie fuhren mit eingeschalteter Sirene die Seventh Avenue hinauf, fegten die anderen Wagen wie Kegel von der Fahrbahn und bogen auf der Höhe der 155th Street in den Drive ein.

Der Aufzug war besetzt, deshalb nahmen sie die Treppe, zwei Stufen auf einmal.

Die Frau in dem chinesischen Gewand reagierte auf ihr Klingeln. Sie hatten sich rechts und links der Tür postiert. Coffin Ed hatte seinen Revolver im Halfter gelockert und die Hand auf den Griff gelegt.

»Ja?« sagte die Frau, die die Tür bis zum Anschlag der schweren Sicherheitskette geöffnet hatte. Sie sah durch den Spalt hinaus, schaute aber keinen von ihnen direkt an.

Grave Digger ließ seine Polizeimarke aufblinken, aber sie sah nicht hin.

»Ja?« fragte sie erneut, jetzt schon etwas ungeduldiger.

»Wir möchten mit Jenkins reden«, sagte Grave Digger.

»Wer sind Sie?« wollte sie wissen.

Beide musterten sie scharf.

»Wollen Sie uns für dumm verkaufen?« forschte Coffin Ed.

»Laß sie«, meinte Grave Digger, und dann zu der Frau gewendet: »Wir sind Detectives. Möchten Sie unsere Ausweise sehen?«

»Nicht nötig«, antwortete sie. »Slick ist nicht da.«

»Dürfen wir hereinkommen und uns umsehen?« fragte Grave Digger.

»Nein«, erwiderte sie. »Wie ich schon sagte, er ist nicht hier.«

»Sie machen sich selbst das Leben schwer«, warnte Coffin Ed.

»Slick ist um Viertel vor acht gegangen«, sagte sie. »Er ist noch nicht zurück.«

Sie schloß die Tür, und sie hörten, wie Schlüssel umgedreht und Riegel vorgeschoben wurden.

Coffin Ed sah auf das Schloß, als wollte er es am liebsten mit einem Schuß öffnen.

»Ganz begriffen hab ich sie nicht«, sagte Grave Digger.

Sie gingen runter ins Foyer und entdeckten den Portier, einen großen, schlanken Mann mit gezwirbeltem Schnurrbart und hagerem, rostbraunem Gesicht, das unter einer Schirmmütze hervorschaute. Seine goldverzierte purpurne Livree war so oft gebügelt worden, daß sie wie Wachspapier glänzte.

»Wir sind von der ...«, begann Grave Digger und ließ dabei seine Marke funkeln.

»Das müssen Sie mir gar nicht erst verraten, Boß«, fiel ihm der Portier ins Wort.

»Wann hat Slick Jenkins das Gebäude verlassen?«

»Vor acht, Boß.«

Grave Digger und Coffin Ed sahen einander an.

»Allein?« fragte Grave Digger.

»Nein, Boß, er hatte so einen Schläger bei sich, der in den letzten Tagen immer um ihn herumgeschlichen ist.«

»Schläger!« wiederholte Grave Digger. »Wie sah denn der aus?«

Der Portier lieferte eine haargenaue Beschreibung von Susie und gab dann noch, um sich besonders beliebt zu machen, eine Beschreibung von Slick und dessen Wagen samt Zulassungsnummer.

Der Mann betrieb ein kleines Nebengeschäft mit Marihuana-Zigaretten und rechnete sich aus, daß die geringste Gefälligkeit, die er der Polizei erwies, im Notfall vielleicht einmal Früchte tragen könnte.

Grave Digger beschrieb ihm Alberta und fragte, ob sie auch dort gewesen sei.

»Hab keine gesehen, die so aussah, Boß, und wenn, hätte ich sie bestimmt nicht vergessen.«

»Na schön, Junge, wenn Jenkins wieder aufkreuzt, rufen Sie im Revier in der 126th Street an, und lassen Sie es uns ausrichten«, befahl Grave Digger.

»Gemacht, Boß. Ich heiße Sam. Vergessen Sie den alten Sam nicht, Boß.«

»Und was haben Sie auf dem Kerbholz?« fragte Coffin Ed.

»Ich hab gar kein Kerbholz, Boß. Ich bin nur ein friedliebender Bursche.«

»Schon möglich«, sagte Coffin Ed. »Aber Frieden um welchen Preis?« Sie gingen zu ihrem Wagen zurück.

»Entweder kommen wir zu spät oder zu früh«, meinte Grave Digger. Über das Funktelefon rief er im Revier an, gab Lieutenant Anderson eine Beschreibung von Slicks Wagen und dem Kennzeichen durch und bat ihn, nach Jenkins fahnden zu lassen.

Lieutenant Anderson unterrichtete ihn, daß Sweet Prophet angerufen und gesagt habe, Alberta Wrights Freund, Sugar Stonewall, sei bei ihm im Tempel.

»Mal hü, dann wieder hott«, knurrte Grave Digger.

Mit heulender Sirene legten sie die 44 Blocks zur 116th Street zurück.

Sweet Prophet saß noch da, als hätte er sich die ganze Zeit über nicht gerührt. Er begrüßte sie mit dem Satz: »Er ist schon fort, ich konnte ihn nicht länger hinhalten.«

»Wir brauchen dringend ein neues Auto«, bemerkte Grave Digger und fragte dann: »Was wollte er, was hat er gesagt?«

»Er wollte, daß ich für seine Frau die Kaution hinterlege, weil ich sie getauft habe. Ich sagte ihm, daß mir schon jemand zuvorgekommen ist.«

»Und ob, irgend jemand brennt darauf, sie aus dem Gefängnis zu holen«, kommentierte Grave Digger. Allmählich wurde seine Stimme heiser. »Hat er gesagt, wo er hingehen wollte?«

»Ich habe ihn zu Slick Jenkins geschickt«, antwortete Sweet Prophet. »Ich habe ihm erzählt, daß ich auch seine Frau dorthin geschickt hätte und er sie wahrscheinlich dort finden würde. Danach konnte ich ihn nicht mehr zurückhalten.«

»Sie sitzen da und wollen für diese kleinen Leute den lieben Gott spielen«, sagte Grave Digger, seine Stimme klang so, als wäre sein Mund mit Watte gefüllt. »Dabei erreichen Sie damit nur, daß beim Bestatter Clay die Kasse klingelt.«

»Ich bin ein sehr beschäftigter Mann«, verteidigte sich Sweet Prophet.

»Ja, aber das mit der Beschäftigung kann mehr werden, wenn Sie eines Tages doch noch Steine klopfen müssen«, gab Grave Digger zu bedenken und fragte dann: »Wie sieht dieser Stonewall aus ... wenn Sie nicht zu beschäftigt waren, ihn sich anzusehen?«

Sweet Prophet schwieg beleidigt vor sich hin, aber die beiden Damen und Elder Jones gaben eine ausführliche Beschreibung.

»Rein in die Kartoffeln, raus aus den Kartoffeln«, brummelte Grave Digger, als er hinter das Steuer des Wagens kletterte.

Sie fuhren den Weg zurück, den sie gerade gekommen waren, doch zumindest hatte der Verkehr auf der Seventh Avenue beträchtlich nachgelassen, und jeder, der ein schlechtes Gewissen hatte, war von der Straße verschwunden.

Auf ihre Frage hin erhielten sie von Sam die Auskunft: »Durch die Tür hier ist keiner rein, der so aussieht, Boß, sonst hätt ich ihn gesehen, bin ja nicht blind.«

»In Ordnung, bleiben Sie draußen vor der Tür stehen, wo wir Sie im Auge behalten können«, befahl Coffin Ed.

»Ich werd euch schon nicht in die Pfanne hauen«, erklärte Sam gekränkt.

»Ich will mir aber deswegen nicht auch noch Sorgen machen müssen«, sagte Coffin Ed. »Ich hab so schon Sorgen genug.«

Der Türsteher trat hinaus, postierte sich mitten auf dem Gehsteig und rührte sich auch dann nicht von der Stelle, wenn Mieter das Haus verließen oder betraten.

Grave Digger stieg in den Wagen und parkte ihn zwischen den großen, chromblitzenden Schlitten der Ganoven. Er wirkte dort reichlich fehl am Platz. Auch Grave Digger, der hinter dem Lenkrad kauerte und die Passanten beobachtete, wirkte fehl am Platz. Coffin Ed bezog derweil gegenüber dem Eingang Posten und stützte sich mit einer Hand auf das Verdeck eines anderen Straßenkreuzers. Er sah nicht so aus, als würde der Wagen ihm gehören, aber die Leute, die vorbeigingen, taten so, als bemerkten sie das gar nicht.

Grave Digger nahm erneut Verbindung mit Lieutenant Anderson auf, es waren jedoch seither keine Neuigkeiten eingegangen.

Sie konnten nichts anderes tun als warten. Überhaupt verbringen Detectives die Hälfte ihrer Arbeitszeit mit Warten und Beobachten. Also warteten und beobachteten sie.

Zwanzig Minuten später sahen sie Sugar Stonewall aus einem Fifth-Avenue-Bus aussteigen und die Straße überqueren. Coffin Ed fing ihn ab und hielt ihn am Arm fest. »Ich bin von der Polizei«, sagte er.

»Das erste Mal, daß ich froh bin, einen von euch zu sehen«, gestand Sugar.

Coffin Ed nahm ihn mit zum Wagen und durchsuchte ihn. Sugar war so sanft wie ein Lamm. Sie verfrachteten ihn auf den Rücksitz, und Coffin Ed blieb neben ihm sitzen, als sie zum Revier zurückfuhren.

Sugar machte nur einmal den Mund auf, um zu fragen: »Haben Sie 'ne Zigarette, Chef?«

»Später«, brummte Coffin Ed.

Sie brachten ihn zum Singvogelkäfig und ließen ihn auf dem hölzernen Schemel unter der gleißenden Lampe Platz nehmen.

»Packen Sie aus, aber flott und ohne Umschweife«, befahl Grave Digger.

»Jawoll, Sir, Boß, wo soll ich anfangen?« fragte Sugar.

»Sie scheinen ein kluger Junge zu sein«, meinte Grave Digger. »Erzählen Sie alles Schritt für Schritt, damit wir uns ein klares Bild machen können. Jedes Detail ist jetzt wichtig.«

Sie brauchten Sugar nicht weiter zu bearbeiten. Schweiß strömte ihm über das Gesicht, und aus seinen Poren drang der Geruch von Angst, dem etwas Animalisches anhaftete. Er sprach schnell und übereifrig.

»Das hat so angefangen, Boß. Ich und Alberta teilen seit etwa acht Monaten die Bude. Meistens warte ich schon auf sie, wenn sie gegen acht von der Arbeit kommt. In der Woche greift sie dann immer gleich zur Flasche – sie trinkt zwar gerne einen über den Durst, aber sie ist keine richtige Säuferin. Sie kippt sich gerade so viel hinter die Binde, daß sie gegen zehn die ordentliche Bettschwere hat und ich ihr in die Federn helfen muß. Aber verdammt, da bin ich dann gerade erst richtig wach, deshalb geh ich runter in die Kneipe an der Ecke und spiel 'ne Runde, und ob ich dann um drei oder vier nach Hause komm, ist egal, weil sie sowieso wie'n Murmeltier schläft und nichts mitkriegt ...«

»Nur haben Sie dann ja auch schon den ganzen Tag verschlafen«, warf Coffin Ed verächtlich ein.

»Sehen Sie, Boß, ich war doch krank«, erklärte Sugar.

»Acht Monate lang?«

»Laß ihn zur Sache kommen«, sagte Grave Digger.

»Also, letzten Samstag hab ich mich bei 'ner Partie Poker festgebissen und war erst um zehn zu Hause. Ich war drauf gefaßt, daß sie mir Feuer unterm Hintern macht, weil wir sonst samstags um die Zeit immer zusammen sind, auf jeden

Fall hätt ich nicht gedacht, daß sie mich am Kragen packt und rausschmeißt. Da bin ich zum ersten Mal hellhörig geworden, aber anfangs hab ich nur gemeint, sie hat 'nen anderen Kerl, und da hab ich Angst gekriegt ...«

»Kann ich mir denken«, unterbrach ihn Coffin Ed noch einmal.

»Jawoll, Sir, und wie«, gab Sugar zu. »Deshalb bin ich runter zur Bar und hab drüber nachgedacht, und je mehr ich gegrübelt hab, desto schlimmer wurd's. Nach 'ner Weile bin ich hoch aufs Dach und wollte dann die Feuerleiter runter, um ihr ein bißchen ins Schlafzimmerfenster zu sehen. Ich hatte mir da in die Sonnenblende ein kleines Guckloch gemacht, für den Fall, daß ich es mal brauche, und das schien so ein Fall zu sein. Aber als ich vom Dach runtersteigen will, seh ich auf der Feuerleiter schon 'nen Kerl stehen, der vor ihrem Fenster spioniert. Ich wollte ihn anschreien, aber da ...«

»Sekunde mal«, sagte Grave Digger. »Sie sahen einen Mann, der durch Albertas Schlafzimmerfenster schaute?«

»Versucht hat er's zumindest. Aber er sah mich ungefähr im gleichen Augenblick wie ich ihn, und da ist er nach unten getürmt ...«

»Moment. Sie haben diesen Mann gesehen?«

»Jawoll, Sir, aber nicht ganz deutlich. Die Feuerleiter ist hinterm Haus, und er war schon unten, bevor ich in seine Nähe kam. Ich wär hinter ihm her, aber ...«

»Moment, Moment!« fuhr Grave Digger dazwischen. »Wie sah er aus?«

»Wie ich schon gesagt hab, Boß, ich hab ihn nicht deutlich gesehen, aber ...«

»War er groß oder klein?«

»Groß. Wilder Typ. Wirkte ziemlich jung, so wie er die Stufen runterflitzte.«

»Wie war er gekleidet?«

»Hab ich nicht genau gesehen, Boß. Er trug einen großen

Hut und eine Jacke wie jeder andere. Es war ein Farbiger, das steht fest.«

Grave Digger und Coffin Ed sahen einander schweigend an. »Glaubst du, er lügt?« meinte Coffin Ed.

»Laß ihn weiterreden. Wenn er lügt, werden wir das schon noch rauskriegen«, antwortete Grave Digger.

»Und wenn Sie lügen, wird's ziemlich ungemütlich«, versprach Coffin Ed.

»Ich lüg nicht, Boß, das schwör ich bei Gott«, beteuerte Sugar und rieb sich mit den Fingerknöcheln den Schweiß aus den Augen. »Und geirrt hab ich mich auch nicht, denn ich hab ihn dann noch mal gesehen.«

»Sie haben ihn noch einmal gesehen?« wiederholte Grave Digger.

»Jawoll, Sir, als ich zum zweiten Mal runtergekommen bin, hab ich ihn an derselben Stelle gesehen, und er rannte wieder nach unten wie vorher.«

»Und da haben Sie ihn auch nicht genauer gesehen?«

»Ich hab was vergessen. Ich hab gesehen, daß er Stiefel trug – Cowboystiefel.«

»Stiefel!« rief Grave Digger aus.

»Genau, Sir, schwarzweiße Cowboystiefel. Ich hab mich gefragt, ob er zu 'ner Bande gehört, aber ich weiß nichts von einer, die Cowboystiefel trägt.«

Grave Digger und Coffin Ed tauschten noch einmal einen Blick.

»Klingt ganz so, als wäre er es gewesen«, sagte Coffin Ed.

»Kann sein«, räumte Grave Digger ein. »Allmählich paßt alles zusammen.« Er wendete sich wieder Sugar zu. »Welche Erklärung hatten Sie dafür?«

Sugar glotzte ratlos aus der Wäsche. »Für ihn, meinen Sie? Da hab ich mir gar nichts bei gedacht. Halt so ein Gammler – bei uns ist doch die ganze Gegend voll von denen. Sie hatte ja nichts, was der stehlen konnte ...« Er hielt inne, Augen und Mund plötzlich sperrangelweit geöffnet. »Allmächtiger Jesus, ich wette, der war hinter dem Geld her!« entfuhr es ihm.

»Das fällt Ihnen erst jetzt ein?« fragte Grave Digger ungläubig.

»Na ja, Boß, ich geb schon zu, da hatte ich wohl 'n Brett vorm Kopf«, bekannte Sugar. »Aber als ich ihn zum ersten Mal gesehen hab, war mir das mit dem Geld ja noch nicht klar. Schließlich hab ich nur nach 'nem anderen Kerl in ihrem Bett gesucht. Deshalb dachte ich, das ist eben so einer von den Gammlern, und hab mich nicht weiter um ihn gekümmert.«

»Schon gut, schon gut – wenn Sie lügen, kriegen wir's raus«, sagte Grave Digger. »Wann sind Sie denn darauf gekommen, daß sie Geld hatte?«

»Also, als ich keinen anderen in ihrem Bett gesehen hab, da dachte ich mir, sie muß irgendwie an Geld gekommen sein, sonst gab es keinen Grund, mich vor die Tür zu setzen – damit ich nicht rauskrieg, daß sie Geld hat. Und als sie dann zu beten anfing ...«

»Beten!« rief Coffin Ed aus.

»Jawoll, Sir, Boß, sie kniete neben dem Bett, die Arme hingen runter, und gebetet hat sie. Da wußte ich gleich, sie hat 'nen dicken Treffer im Lotto. Das paßte zusammen. Vorher hatte sie ja nichts, wofür sich ein Gebet gelohnt hätte.«

»Na schön, das könnte sein«, stimmte Grave Digger zu. »Was haben Sie dann getan?«

»Bin dageblieben, hab sie die ganze Nacht über beobachtet, daß sie nicht abhaut, aber nachdem sie das Licht ausgeschaltet hatte, ist sie nicht noch mal aufgestanden. Als es hell wurde, mußte ich mich verziehen, weil die Leute von gegenüber allmählich komisch rübergeguckt haben. Ich bin dann auf die andere Straßenseite und hab die Tür im Auge behalten, und als sie rauskam, bin ich ihr nach. Ich sah, wie sie in Sweet

Prophets Haus ging, und dachte, sie läßt das Geld bei ihm, da hab ich's schon abgeschrieben, bin in die Bar gegangen und hab mir ein paar genehmigt. Nach 'ner Weile dachte ich mir aber, ich sollte vielleicht nach Hause zurück – ich war müde und hatte mächtigen Hunger. Und da seh ich sie, wie sie sich für die Taufe und das Picknick zurechtmacht. Ich hab mich damit abgefunden und bin mit ihr, sonst konnte ich ja sowieso nichts tun. Aber dann klingelte es bei mir, daß sie Sweet Prophet das Geld doch nicht gegeben hatte, weil sie von ihrem Traum erzählt hat …«

»Ihrem Traum?« wiederholte Coffin Ed.

»Jawoll, Sir, sie sprang mitten in der Tauffeier auf und hat erzählt, sie hätte im Traum drei Kuchen gebacken, und als sie die aus dem Ofen nahm, sind sie explodiert, überall waren Hundert-Dollar-Scheine. Da wußte ich schon, sie hatte in allen drei Häusern auf die Zahlenreihe getippt und gewonnen; und ich wußte, sie hatte Sweet Prophet das Geld nicht gegeben, so wie er sich die Lippen leckte und ihm die Augen aus dem Kopf fielen. Ich hab gesehen, es war das erste Mal, daß er davon hörte, und da wußte ich, sie hatte das Geld immer noch irgendwo versteckt. Und als sie sich dann taufen ließ, hab ich ihr 'n paar Schlaftropfen in die Wasserflasche getan.«

»Da hatten Sie die Tropfen also schon vorsorglich in der Tasche«, bemerkte Grave Digger.

»Ich hab das Zeug immer bei mir«, gestand Sugar. »Andere Leute haben Messer und Pistolen, aber ich bin kein großer Kämpfer. Trotzdem muß ich mich irgendwie verteidigen können. Drum hab ich immer ein bißchen was zur Betäubung bei mir. Aber ich hab nicht gedacht, daß sie mit der Flasche zu Sweet Prophet geht, sie segnen läßt und vor seiner Nase gleich alles runterschluckt. Ich hatte eher gemeint, sie trinkt das beim Picknick und die anderen Schwestern würden sie zur Seite nehmen und irgendwo ausruhen lassen, dann hätte ich die Gelegenheit gehabt, die Wohnung auf den Kopf zu stellen. Ich hatte ja keine Ahnung, daß das so ein Theater geben würde. Als die Leute zu schreien und zu rennen anfingen, weil sie dachten, Alberta wäre tot, hab ich die Beine in die Hand genommen, damit mich ja keiner mit ihr in Verbindung bringt und mich festhält. Ich hatte einen Schlüssel zu ihrer Wohnung, davon wußte sie nichts, da bin ich abgehauen und hab die Bude durchsucht.«

»Dann waren Sie also schon vor Rufus und dem Juden in der Wohnung?« fragte Grave Digger.

»Die hab ich doch selbst erst geholt«, bekannte Sugar. »Als ich in der Matratze nichts gefunden hatte, fiel mir ein, daß Rufus und der Jude die Masche mit den Möbeln abzogen, und da hab ich mit Rufus ausgemacht, daß er dem Juden den Fernseher verkauft. Ich hatte das so geplant, daß ich Alberta abhol und nach Hause bring, und wenn sie sieht, daß der Fernseher weg ist, wäre sie wegen dem Geld in Panik geraten und hätte sich gleich überzeugen wollen, ob es noch da ist, und dann hätte ich das Versteck gekannt. Aber als ich zurückgegangen bin, um Alberta zu holen, hab ich gehört, daß man sie im Leichenwagen abtransportiert hatte, und keiner wußte, wo sie war. Also bin ich zurück zur Wohnung, weil sie vielleicht da war, aber es hat keiner die Tür geöffnet. Weil ich Rufus meinen Schlüssel gegeben hatte, mußte ich wieder über die Feuerleiter runter und hab von draußen in die Wohnung geguckt. Da hab ich dann festgestellt, daß sie alle ihre Möbel mitgenommen hatten.«

»Und da sind Sie hinter Rufus her«, warf Grave Digger ein.

»Jawoll, Sir, aber nicht mit ’nem Messer«, verteidigte sich Sugar. »Rufus hat behauptet, er hätte das Geld nicht gefunden und deshalb alle Möbel verkauft, aber er hat versprochen, noch mal nachzusehen.«

»Dann war es Rufus, der zum Lager des Juden gegangen ist und dort nach dem Geld gesucht hat«, schloß Grave Digger.

»Weiß ich nicht, Boß. Ich erzähl Ihnen nur, was er gesagt hat.«

»Und Sie sind mit ihm gegangen«, warf Coffin Ed ein.

»Nee, Sir, Boß, ich wußte ja nicht mal, wo das Zeug überhaupt war.«

»Die Kollegen in der Bronx nehmen aber an, daß zwei Männer dort waren, als der Jude umgebracht wurde«, beharrte Coffin Ed.

»Ich war das bestimmt nicht«, wehrte Sugar ab.

»Laß ihn weitererzählen«, sagte Grave Digger. »Wir haben es eilig.« Er fragte Sugar: »Was haben Sie denn die ganze Zeit über gemacht.«

»Nur draußen vor Rufus' Wohnung rumgehangen, um zu sehen, was er tut«, gestand Sugar. »Er kam erst raus, als es dunkel wurde – muß so gegen halb zehn gewesen sein –, dann ist er in seinen Wagen gestiegen und fuhr weg. Ich wollte nicht, daß mich jemand allzulange da auf der Straße rumlungern sieht, deshalb bin ich rüber zur Eighth Avenue und hab mich in 'ne Kneipe verdrückt. Da war ich auch, als ich die Streifenwagen vorbeisausen hörte, und mir war klar, daß was passiert war. Als ich wieder auf der Manhattan Avenue ankam, hab ich gesehen, wie all die Leute zusammengelaufen sind und die Polizei Rufus' Wagen durchsucht hat; und dann all das Blut auf dem Sitz und dem Bürgersteig, da wußte ich, daß Rufus niedergestochen worden war, noch bevor die Polizei ihn gefunden hatte. Ich wollte nicht, daß man mich da sieht, deshalb hab ich mich gleich wieder in die Eighth Avenue verdrückt. Und als nächstes hab ich dann mitgekriegt, wie die Polizei Alberta festgenommen hat, da dachte ich mir, daß sie dann auch gleich hinter mir her wären, deshalb bin ich sofort getürmt. Ich hatte keine Ahnung, daß der Jude umgelegt worden war, bis ich wieder bei Alberta vor der Tür stand und die Frau unten, die immer aus dem Fenster glotzt, mir davon erzählt hat. Ich hatte Angst, dort zu bleiben; dann war plötzlich Dummy da, hat mich eingeholt und mir erzählt, daß die Bullen mich suchen – als ob ich das nicht schon gewußt hätte.«

»Dummy!« kam das Echo von Grave Digger. »Was hatte Dummy da zu suchen?«

»Weiß ich nicht, Boß. Ich hab angenommen, er sucht auch nach dem Geld.«

Nachdem er ihnen auch den Teil der Geschichte erzählt hatte, wie er und Dummy sich gemeinsam auf die Suche begeben hatten, gerieten die Detectives in Rage und jagten ihm damit eine panische Angst ein.

»Ich wollte ihr das Geld doch nur wiederbeschaffen«, winselte er.

»Sie und Dummy haben gemeinsame Sache gemacht«, beschuldigte ihn Coffin Ed.

»Nee, Sir, Boß, er hat sich dann um seinen Kram gekümmert und ich mich um meinen«, bestritt Sugar. »Ich bin wieder zurück zu Albertas Wohnung, hab mich durchs Fenster reingeschlichen und alles noch einmal abgesucht. Dann bin ich da einfach eingeschlafen, Boß. Ich war total hinüber. Aber es muß jemand anders drin gewesen sein, während ich schlief, er hat nämlich das Fenster aufgelassen – ich weiß aber nicht, ob es Dummy war oder nicht; ich bin gar nicht wach geworden.«

»Das klingt alles ziemlich logisch«, sagte Grave Digger. »Nur läßt es uns leider nicht viel Zeit.«

»Das einzige, wovor ich Angst hab, ist, daß man ihr was antut«, bemerkte Sugar.

Coffin Ed holte ihn mit einem kräftigen Stoß vom Hocker und fing an, auf sein Gesicht einzuschlagen, aber Grave Digger ging dazwischen. »Ruhig Blut, Ed, er wird schon dafür zahlen«, sagte er.

Sie verzichteten darauf, ihn ins Kreuzverhör zu nehmen, dafür war jetzt keine Zeit mehr. Bisher war es nur äußerst dringend gewesen, Alberta zu finden, jetzt aber ging es um Leben oder Tod.

Sie beantragten für Sugar Untersuchungshaft und ließen ihn auf der Wache zurück.

»Zuerst Dummy?« schlug Coffin Ed vor.

»Später«, meinte Grave Digger. »Wir müssen die Frau finden, bevor sie ermordet wird. Das Geld ist erst mal unwichtig.«

22

Grave Digger schaltete die Scheinwerfer aus, bevor er um die Ecke bog, und stellte den Motor ab, ehe der Wagen das Gebäude erreicht hatte. Das Fahrzeug rollte vor dem Eingang des Hauses in der 118th Street aus.

»Hoffentlich haben wir den richtigen Riecher«, sagte er.

Schnell und doch äußerst leise stiegen sie aus dem Wagen und gingen wie Vorboten des Todes auf die Tür zu.

»Pssst!« meldete sich die große, fette schwarze Fensterwärterin. Man hätte meinen können, sie habe ihren Posten keinen Augenblick lang verlassen. In der Finsternis glich sie einem geschmolzenen Wachsklumpen.

»Wenn Sie Alberta suchen, die ist noch nicht wieder da«, sagte sie.

Grave Digger sank das Herz in die Hose, und Coffin Ed grunzte, als hätte man ihm in den Magen geboxt. Aber keiner der beiden ließ sich aufhalten.

Die Haustür war geschlossen. Grave Digger griff nach der Klinke und drückte sie herunter. Die Tür ließ sich nicht öffnen.

Die Frau lehnte sich weit über die Fensterbank hinaus, um zu sehen, was er da machte.

»Die Tür ist abgeschlossen«, sagte er.

»Abgeschlossen?« krächzte die Frau verwundert. »Die Tür war noch nie abgeschlossen, seit ich hier wohne, und das sind jetzt sechs Jahre.«

»Aber jetzt ist sie abgeschlossen. Wer besitzt einen Schlüssel?«

Coffin Ed hatte schon seinen Revolver gezogen. Der lange, nickelüberzogene Lauf schimmerte im schwachen Licht.

»Mach Platz«, sagte er. »Ich schieß sie auf.«

»Sachte«, warnte Grave Digger. »Wir dürfen keinen Lärm machen.«

»Ich hab einen Schlüssel«, sagte die Frau und stöhnte, als sie sich von ihrem Platz am Fenster erhob. »Aber ich hab ihn noch nie benutzt und weiß auch nicht genau, wo er ist.«

Coffin Ed stemmte sich gegen die Tür. »Die läßt sich bestimmt leicht aufbrechen«, meinte er.

»Immer mit der Ruhe«, besänftigte ihn Grave Digger. »Wir wollen ja niemanden ins Grab bringen.«

»Ich hab ihn«, zischelte die Frau im Flüsterton von ihrem Fenster herüber.

»Geben Sie her«, befahl Grave Digger und beugte sich vor, um nach dem Schlüssel zu greifen.

»Von außen funktioniert er nicht«, entgegnete die Frau.

»Dann gehen Sie endlich und schließen auf, Sie Gans«, herrschte Grave Digger sie an. »Was ist denn nur los mit Ihnen?«

Sie hörten, wie sie vorsichtig ihre Wohnungstür öffnete und auf Pantoffeln durch den Hausflur schlurfte. Mit leisem Knirschen wurde der Schlüssel ins Schloß geschoben, dann quietschte der rostige Bolzen, als er zurückgezogen wurde.

Sie betraten den Flur. Im gedämpften Licht sah die Frau aus, als würde sie jeden Augenblick vor Erschöpfung zusammenklappen. Ihre Gesichtshaut hing schlaff und aschgrau herunter, und um die Augen, die wie glimmende Kohlen glühten, hatten sich spinnennetzartig Runzeln gebildet.

»Ich hab aufgepaßt, wie Sie es mir gesagt haben«, krächzte sie.

Keiner von beiden antwortete. Mit gezogenem Revolver, immer drei Stufen auf einmal nehmend, hasteten sie die Treppe hinauf, Grave Digger voraus, Coffin Ed ihm dicht auf den Fersen. Ihre Waffen schrieben dabei funkelnde Bögen in die Luft wie die gezückten Schwerter der Krieger von einst.

Oben angekommen, verlangsamten sie ihre Schritte und bewegten sich mit größter Vorsicht. So leise wie möglich beugten sie sich vor, die Köpfe nah beieinander, und lauschten an Albertas Wohnungstür. Sie nahmen keinen einzigen Laut wahr.

Coffin Ed zückte seine Taschenlampe und hielt sie in seiner freien Hand. Grave Digger griff nach dem Türknopf, zog ihn behutsam an, drehte ihn lautlos und drückte. Die Tür öffnete sich nicht. Er holte seine eigene Taschenlampe hervor.

Die beiden sahen einander an. Grave Digger nickte. Sie traten einen Schritt zurück, reckten die Schultern und warfen sich gleichzeitig gegen die Tür.

Das Schloß gab nach, und die Tür flog gegen die Wand. Schulter an Schulter stürzten sie durch die Öffnung und sprangen dann weit auseinander. Der Schein ihrer Taschenlampen zerriß die Dunkelheit; ihre Pistolen zeichneten geschwungene Bögen.

Das Wohnzimmer war leer, die Tür zum Schlafzimmer zu. In der Nachbarwohnung lachte ein Mann auf, und durch die dünnen Wände war deutlich eine Frauenstimme zu vernehmen: »Ich sag ihm, seine Augen können noch so funkeln und seine Zähne noch so knirschen …« Aus dem Stockwerk darunter drangen die Baßtöne einer Jazz-Platte durch den Fußboden, als würde da unten jemand mit der Faust gegen die Decke hämmern.

Auf Zehenspitzen durchquerten sie den Raum und stießen die Schlafzimmertür auf. Die heruntergezogene Sonnenblende raschelte plötzlich wegen des Luftzugs vom offenen Fenster, und sofort zielten die Mündungen ihrer Pistolen etwa in Herzhöhe in die Richtung dieses Geräuschs.

Auch dieses Zimmer war leer. Sie stießen einen leisen Seufzer aus und sahen sich wieder an.

»Was machen wir jetzt?« fragte Coffin Ed.

Grave Digger nickte rüber zur Küchentür. Sie durchquerten das Schlafzimmer, und Grave Digger öffnete, ohne besonders vorsichtig zu sein, die Tür. Der Strahl ihrer Lampen blieb plötzlich auf einer am Boden liegenden Gestalt hängen.

»Zu spät«, hauchte Grave Digger mit seiner belegten Stimme. »Zu spät«, wiederholte er bitter.

»Vielleicht nicht«, sagte Coffin Ed.

Sie lag zusammengekauert auf dem Linoleumfußboden. Sie trug immer noch den Kittel, in dem sie getauft worden war, aber er starrte jetzt vor Schmutz. Die Hände hatte man ihr mit einer Wäscheleine aus Baumwolle auf dem Rücken zusammengebunden, dann die Leine zwischen ihren Füßen um die Knöchel geschlungen, und die Füße waren so bis zu ihren Händen hochgezogen worden. Sie war mit einem gelben Badelaken geknebelt, das der Täter hinter ihrem Kopf verknotet hatte. An der Unterseite wies das Tuch einen großen roten Fleck auf, dort hatte der Stoff aus ihrem Mundwinkel Blut aufgesaugt. Blut, das langsam aus ihrem fettigen, verfilzten Haar tröpfelte, kam auch aus einer Wunde ihres Kopfes. Ihre Augen waren geschlossen, ihr Gesicht wirkte friedlich. Sie sah aus, als würde sie schlafen.

Coffin Ed schaltete die Deckenbeleuchtung ein, und beide Detectives schoben ihre Waffe ins Halfter zurück. Grave Digger kniete sich neben den Körper und fühlte nach dem Puls. Coffin Ed löste den Knebel. Sie stöhnte plötzlich auf, als sie von dem Knebel befreit wurde, verschluckte sich aber an ihrer Zunge. Coffin Ed schob ihr zwei Finger in den Rachen und zog die Zunge nach vorn. Dabei floß ihr Blut, das sich dahinter gesammelt hatte, aus dem Mund. Grave Digger nahm aus der Schublade des Küchenschranks einen Suppenlöffel und bog den Stiel zu einem Haken um. Coffin Ed ließ vorsichtig die Zunge los, während Grave Digger ihr den Löffel in den Mund schob und den Löffelstiel über ihrer Oberlippe einhängte, um die Zunge in der richtigen Position zu halten.

Neben beiden Mundwinkeln entdeckten sie kleine Brandwunden. Auf dem Boden lagen Zigarettenstummel und abgebrannte Streichhölzer.

»Ich geh und rufe die Ambulanz«, flüsterte Coffin Ed.

»Jetzt brauchen wir nicht mehr leise zu sein«, sagte Grave Digger.

Er hörte Coffin Ed die Treppe hinunterpoltern, während er die Wäscheleine durchschnitt, mit der man sie gefesselt hatte, und behutsam ihre Beine ausstreckte. Auf ihrem Handrücken bemerkte er weitere kleine, runde Brandwunden. Sein Hals war so stark geschwollen, daß die Muskeln seinen Kragen zu sprengen drohten, und er schien Atembeschwerden zu haben. Er hob ihren Kopf ein wenig an und schob eine flache Pfanne darunter, um ihn waagerecht zu halten. Er drehte sie jedoch nicht um und vermied es auch, ihre Kopfwunde zu berühren. Mit den Fingerspitzen untersuchte er die Zigarettenstummel. Einer davon stammte von einem Marihuana-Joint. Er machte sich nicht die Mühe, sie aufzulesen. Schließlich stand er auf und schaute sich um, aber es gab weiter nichts Auffälliges.

Coffin Ed kam zurück. »Sie schicken sofort einen Krankenwagen vom Harlem Hospital«, sagte er und fügte nach einer Weile hinzu: »Anderson meinte, er würde beim Morddezernat anrufen und fragen, was wir tun sollen.«

»Die Kerle haben nichts aus ihr herausgebracht, deshalb haben sie zugeschlagen«, sagte Grave Digger mit seiner belegten, wattigen Stimme.

»Wahrscheinlich hat einer für sie Schmiere gestanden, der uns dann kommen sah«, vermutete Coffin Ed.

»Mir gefällt die ganze Geschichte nicht«, meinte Grave Digger.

Während sie auf den Krankenwagen warteten, durchstöberten sie noch einmal kurz die Wohnung. Sie fanden Spuren von Sugars Suche, aber keinerlei Anzeichen dafür, daß das Geld irgendwo versteckt gewesen war. Sie rollten die Sonnenblende hoch, stiegen durchs Schlafzimmerfenster nach draußen und kletterten über die Feuerleiter aufs Dach. Sie entdeckten nichts, was in irgendeiner Weise hätte Aufschluß geben können. Auf jede erdenkliche Weise hätte man bequem von den angrenzenden flachen Dächern hinunter auf die 118th oder 119th Street gelangen können.

»Da suchen wir die Nadel im Heuhaufen«, kommentierte Grave Digger.

»Und kommen vielleicht nie zum Ziel«, pflichtete Coffin Ed bei.

Sie gingen wieder hinunter in die Küche und betrachteten die Frau auf dem Boden.

»Entweder Slick und sein Muskelprotz oder Dummy allein oder alle drei gemeinsam«, sagte Coffin Ed. »Oder jemand, von dem wir noch gar nichts wissen.«

Grave Digger antwortete nicht.

Das Gellen einer Sirene durchschnitt die nächtliche Stille.

»Wenn sie noch irgendwo lauerten, sind sie spätestens jetzt abgehauen«, bemerkte Coffin Ed.

Danach warteten sie schweigend.

Sie hörten den Krankenwagen unten auf der Straße vorfahren. Schritte ertönten auf der Treppe. Zwei weißgekleidete farbige Assistenzärzte kamen eilig durch die Wohnungstür, einer von ihnen mit einem Koffer voller Instrumente. Ihnen folgte ein uniformierter weißer Fahrer, der eine zusammengerollte Segeltuchbahre trug.

Die Assistenzärzte warfen einen kurzen Blick auf die Detectives, knieten dann neben der Frau nieder und untersuchten sie schnell und oberflächlich, ohne ihren Instrumentenkoffer zu öffnen.

Einer drückte vorsichtig auf ihren Kopf, gleich neben der Wunde. Alberta stöhnte.

»Ist es ernst?« fragte Coffin Ed.

»Läßt sich bei einer Gehirnerschütterung so nicht sagen«, erklärte der eine Assistenzarzt, ohne aufzublicken. »Das sieht man erst auf dem Röntgenbild. Bahre«, sagte er zu dem Fahrer.

Der Fahrer rollte die Bahre auseinander und legte sie neben der Verletzten auf den Boden. Die Assistenzärzte schoben die Trage mit der Kante unter ihren Körper, und während der eine Albertas Kopf hielt, drehten die beiden anderen sie vorsichtig mit dem Rücken auf die Liegefläche.

»Haben Sie noch Wünsche?« fragte der eine Assistenzarzt Coffin Ed.

»Bringen Sie sie möglichst bald zum Reden«, bat Grave Digger mit seiner belegten, wattigen Stimme.

»Sprechen ist bei einer Gehirnerschütterung nicht gut«, erhielt er zur Antwort.

»Ist mir egal«, sagte Grave Digger brutal.

Die drei Männer von der Ambulanz sahen ihn schweigend an. Dann meinte der erste Assistenzarzt gelassen: »Ihr Bullen seid allesamt herzlose Scheißkerle.«

Grave Digger atmete hörbar aus. »Das ist die Frage, wer hier herzlos ist und wer nicht«, erwiderte er. »Eine Frau wurde verletzt, und ein Killer läuft frei herum. Sie kann uns vielleicht sagen, wer er ist, bevor es noch einen trifft.«

Keiner reagierte darauf.

Der Fahrer und einer der Assistenzärzte hoben die Bahre auf, der andere Arzt ging voraus, den Instrumentenkoffer unter dem Arm. Die Detectives folgten ihnen.

Mit der Ankunft des Krankenwagens war das Haus zum Leben erwacht. Die Mieter drängten sich im Hausflur und spähten aus ihren Türen.

»Geht zurück in eure Löcher und dankt Gott, daß es euch nicht erwischt hat«, knurrte Coffin Ed eine Gruppe von Neugierigen an.

Die Fensterwärterin drückte sich vor ihrer Tür herum. Ihre roten Augen funkelten in ihrem grauen Gesicht, auf dem sich jetzt ein Anflug von Ratlosigkeit abzeichnete. »Ich versteh nicht, wie sie reingekommen ist, ohne daß ich sie gesehen hab«, staunte sie und hielt Grave Digger am Ärmel fest. »Ich bin doch kaum vom Fenster weggegangen.«

Er schüttelte sie ab und ging weiter, ohne ihr zu antworten.

Der Krankenwagen war bereits abgefahren, als sie in ihr Auto stiegen.

»Ich werde den Verdacht nicht los, daß die Geschichte für uns jetzt erst richtig anfängt«, sagte Grave Digger, während er nach dem Funktelefon griff und die Nummer des Reviers wählte.

»Wir fahren rauf zum Edgecombe Drive 555, Slick Jenkins' Wohnung«, meldete er Lieutenant Anderson. »Wenn sich irgendwas ergibt, wissen Sie, wo Sie uns erreichen.«

»Nein, bleiben Sie, wo Sie sind, und warten Sie auf den Sergeant vom Morddezernat«, wies Anderson ihn an. »Er will die Sache zu Ende bringen.«

»Dazu haben wir keine Zeit«, erwiderte Grave Digger.

»Warten Sie trotzdem«, befahl Anderson.

Grave Digger hängte ein und ließ den Motor an. »Herzlos«, murmelte er vor sich hin, als hätte der Vorwurf ihn getroffen.

23

»Ist Slick schon zurück?« erkundigte sich Grave Digger bei dem Portier Sam.

»Jawoll, Sir, Boß, kam so vor 'ner Viertelstunde, und ich hab gleich im Revier angerufen, wie Sie's mir gesagt haben«, antwortete Sam.

»Allein?«

»Nee, Sir, er hatte wieder diesen Kerl bei sich.«

»Gut, und versuchen Sie nicht, mit einem Hintern auf zwei Hochzeiten zu tanzen«, warnte ihn Grave Digger. Dann drängten er und Coffin Ed sich schon an dem Mann vorbei.

Sie teilten den Fahrstuhl mit zwei Amüsierdamen. Es herrschte eisiges Schweigen. Coffin Eds grimmiges, verätztes Gesicht hätte selbst den Teufel aus der Hölle verjagt.

Die Frau mit der sepiafarbenen Haut und den gelbgetönten Haaren, die noch immer das enganliegende chinesische Gewand aus violetter Seide trug, kam abermals auf ihr Klingeln hin zur Tür und öffnete sie wieder nur bis zum Anschlag der Kette. »Ja?«

»Polizei – wir sind es noch einmal«, sagte Grave Digger.

»Slick ist noch nicht zurück«, entgegnete sie und wollte schon die Tür schließen.

»Wir haben einen Durchsuchungsbefehl«, behauptete Grave Digger, und das ließ sie zögern.

»Und wir würden es gern vermeiden, die Tür aufschießen zu müssen«, fügte Coffin Ed hinzu.

»Kann ich den mal sehen?« fragte sie kleinlaut.

Grave Digger zog einen ganz gewöhnlichen Briefumschlag aus der Innentasche seiner Jacke, der den Absender einer Versicherungsgesellschaft trug. Er entnahm dem Umschlag einen maschinengeschriebenen Brief, in dem man ihm die Bedingungen einer neuen Lebensversicherung ans Herz legte. Er faltete das Schreiben auseinander und hielt es ihr hin.

Beide Detectives hatten ihren Blick auf die braunen Schlitzaugen geheftet. Diese Augen schauten in Richtung des Briefes, aber als die Frau ihre Hand danach ausstreckte, griff sie daneben. Grave Digger schob ihr das Papier in die Hand. Sie nahm es, reichte es aber sofort wieder zurück.

»Ich sehe«, sagte sie mit gedämpfter Stimme. »Dann muß ich sie wohl hereinlassen.«

Um die Sicherheitskette zu lösen, mußte sie zuerst die Tür schließen. Beide Detectives zogen ihre Waffe. Die Kette gab ein leises Rasseln von sich, auf das sogleich das Geräusch einer anderen Tür folgte, die weiter entfernt geöffnet wurde. Eine verhaltene Stimme fragte scharf: »Wer ist denn da?« Sie hörten die Frau antworten: »Zwei Polizisten, sie haben einen Durchsuchungsbefehl.« Und darauf wieder die gedämpfte Stimme, die jetzt nur noch flüsterte: »Halte sie einen Augenblick auf.« Dann folgte fast unhörbar das Geräusch einer Tür, die zugemacht und abgeschlossen wurde.

An der Wohnungstür wurden Schlüssel gedreht und der Bolzen zurückgezogen. Die Tür öffnete sich nach innen.

»Kommen Sie bitte herein.«

Die Revolver in der rechten und ihre Taschenlampen in der linken Hand, betraten sie den stockfinsteren Flur.

Sie schloß und verriegelte hinter ihnen die Tür und wandte sich in Richtung Vorderseite des Gebäudes. »Folgen Sie mir bitte.«

Im Vorbeigehen versuchten sie die Türen zu öffnen; drei führten in dunkle Räume, die vierte war abgeschlossen. Dahinter war ein aufgeregtes Flüstern und so etwas wie ein gequältes Krächzen zu hören. Coffin Ed drückte sich gleich neben der Tür flach an die Wand, während Grave Digger der Frau bis zum Ende des Flurs und in das vordere Wohnzimmer folgte. Eine Stehlampe und eine Tischlampe gaben Licht, und durch die drei Fenster sah man auf die Lichter der Bronx, die sich in Terrassen gestaffelt vor einem ausbreiteten.

Hinter der anderen Tür hörte Grave Digger ein heftiges Keuchen und dumpfes Scharren von Füßen. Dann wurde ein Schlüssel in einem Schloß gedreht.

Eine heisere, aufgebrachte Stimme schrie wie wahnsinnig: *»Er haut ab!«*

Grave Digger wollte bereits auf die verschlossene Tür zugehen, doch die Frau verstellte ihm den Weg. Er streckte die Hand aus, um sie beiseite zu schieben, hielt aber inne, als sich die Tür öffnete und Dummy herauskam. Blut floß aus seinem Mund, und er maunzte wie eine Katze.

»Er hat meiner Katze was getan!« schrie die Frau hysterisch.

Grave Digger spürte, wie sich ihm die Nackenhaare sträubten. Das schwere Donnern zweier Schüsse aus einer Automatikpistole war zu hören, jeweils gefolgt von dem scharfen, ohrenbetäubenden Dröhnen aus Coffin Eds .38er, mit der er das Schloß der Flurtür aufschoß.

Ein großer, breitschultriger Mann mit Cowboystiefeln und Filzhut stolperte durch die offene Tür hinter Dummy her. Dummy machte vier Schritte durchs Zimmer und fiel dann vornüber auf den Teppich. Der andere Mann brach wie ein Klotz unmittelbar hinter ihm zusammen. Sein Hut flog ihm vom Kopf, und er schlug mit dem Gesicht auf die Sohlen von Dummys Turnschuhen.

Dann war aus dem Nebenzimmer Coffin Eds tiefe, knarrende Stimme zu vernehmen, die befahl: »Fallen lassen!« Es klang so bedrohlich wie das Rasseln einer Klapperschlange.

Grave Digger sprang mit einem Satz über den Körper des großen Mannes hinweg, stieß dabei die Frau um, so daß sie in die Knie ging, und jagte mit gezückter Pistole ins Nebenzimmer.

Es war ein Schlafzimmer, ausgestattet mit Doppelbetten, über denen grüne Chenilledecken lagen. Slick stand reglos am hinteren Bett und starrte vor sich hin. Er trug eine Smokingjacke aus rosa Flanell mit blauen Samtaufschlägen. Im gedämpften Licht der Nachttischlampe wirkte sein hageres, asketisches Gesicht völlig ausdruckslos. Die stahlblaue .38er Automatik lag vor ihm auf der Bettdecke.

Coffin Ed stand direkt unter dem Rahmen der Tür zum Gang, die er aufgeschlossen hatte. Seine .38er baumelte an seiner Seite. Aus der Öffnung des langen, vernickelten Laufs stieg ein dünner, zitternder Rauchfaden auf, der den scharfen Korditgestank im Zimmer noch verstärkte.

Grave Digger senkte seine Waffe und atmete tief aus. »Alles klar, bring ihn hier rein«, sagte er und wandte sich wieder dem Wohnzimmer zu.

Die Frau kauerte auf Händen und Knien am Boden und wiegte sich hin und her.

Dummy lag mit ausgebreiteten Armen auf dem Bauch, das Gesicht zur Seite gedreht. Der Griff des Messers, das Susie ein paar Stunden vorher an den Sohlen seiner Stiefel gewetzt hatte, ragte zwischen den Schulterblättern aus seinem Rücken heraus. Sein Atem ging mit einem leisen, flachen Röcheln, und er schüttelte kaum wahrnehmbar den Kopf. Unter den Narbenbeulen auf der Stirn blickten seine braunen Augen mit dem flehenden Ausdruck eines kranken Hundes zu Grave Digger auf.

»Keine Angst, ich zieh das Messer nicht raus«, versicherte ihm Grave Digger und betrachtete dann den anderen Mann.

Im Rücken von Susies dicker Tweedjacke befanden sich zwei Einschußlöcher. Der starke Blutstrom aus dem einen begann gerade zu verebben. In seinem Gesicht stand der völlig regungslose, entspannte, für immer entseelte Ausdruck eines soeben Dahingeschiedenen.

»Mitten durch die Pumpe«, murmelte Grave Digger. Er trat beiseite, als Slick von Coffin Ed ins Zimmer gestoßen wurde.

Ohne einen Blick auf den Toten zu werfen, stieg Slick über ihn hinweg. Auch an der Frau ging er vorbei, ohne sie anzusehen, und blieb dann stehen, die Hände in Schulterhöhe gehoben. Er rührte sich nicht, während Coffin Ed ihn durchsuchte.

»Er hat meine Katze umgebracht«, sagte die Frau unvermittelt und begann hysterisch zu schreien.

»Du lieber Himmel!« stöhnte Grave Digger. Er schob seine Waffe ins Halfter, griff der Frau unter die Arme und hob sie sanft auf die Füße. »Ihrer Katze fehlt nichts«, tröstete er sie. »Aber dieser Dummy wurde niedergestochen, und Ihr Mann hat seinem Partner ein paar Kugeln in den Rücken verpaßt.«

Das schien sie zu beruhigen. Er half ihr zur Couch und legte sie dort hin. Dann drehte er sich um und sah Slick an. »Jetzt weiß ich, warum man Sie Slick, der Stutzer, nennt«, sagte er.

Slick antwortete nicht.

Grave Digger entdeckte ein Telefon auf einem Tisch neben der Tür. Er forderte beim Harlem Hospital einen Krankenwagen an und setzte sich dann mit Lieutenant Anderson im Revier in Verbindung.

»Lassen Sie alles liegen«, befahl Anderson. »Sergeant Frick vom Morddezernat ist schon auf dem Weg zu Ihnen.«

»Geht in Ordnung«, bestätigte Grave Digger.

»Ich weiß nichts über diese Leute«, erklärte Slick. »Sie wollten mich schon einmal überreden, daß ich ihnen dabei helfe, irgendeine Frau auszurauben, aber ich hab sie abgewimmelt. Heute abend kamen sie wieder vorbei und haben es nochmals versucht. Als Sie hier eintrafen, beschuldigte jeder den anderen, ein Spitzel zu sein. Ich mußte den großen Kerl, diesen Susie, niederschießen, sonst hätte er den kleinen Taubstummen da erstochen.«

Die Detectives starrten ihn an. Keiner von beiden würdigte ihn einer Antwort.

Nach einer Pause fügte Slick sarkastisch hinzu: »Ich hab nämlich ein weiches Herz.«

Grave Digger versetzte ihm mit der flachen Hand einen

solchen Schlag ins Gesicht, daß er drei Schritte zurücktaumelte und direkt mit der Magengrube in Coffin Eds kurzer Rechten landete. Mit Ohrfeigen und Fausthieben – wohldosiert, damit er es spürte, ohne sich gleich zu verletzen – prügelten sie ihn, bis es an der Tür klingelte

Allmählich leerte sich das Zimmer, nachdem es eine Zeitlang richtig bevölkert gewesen war.

Die Ambulanz war gekommen und hatte Dummy abgeholt.

Ein Amtsarzt war dagewesen und hatte die Leiche untersucht. Auf den Anhänger, der später am rechten großen Zeh des Toten hing, hatte er geschrieben:

Name: *Susie Green*
Alter: *ca. 26*
Nationalität: *farbig*
Adresse: *unbekannt*
Todesursache: *zwei Schußwunden in der Rückseite des Thorax, eine der Kugeln ins Herz eingedrungen*

Der Körper des Toten hatte seine einsame Reise ins Leichenschauhaus angetreten.

Sergeant Frick war in Begleitung von zwei Detectives erschienen. Sie blieben am Tatort.

Ein Tisch war in die Mitte des Zimmers geschoben worden, und dahinter saß Sergeant Frick. Einer der Detectives hatte mit Block und Stift neben ihm Platz genommen, um die vorläufigen Aussagen zu notieren.

»Ich nehm mir zuerst die Frau vor und laß sie dann von hier wegschaffen«, sagte Frick.

»Ich sollte Ihnen eher gleich sagen, daß sie blind ist«, informierte ihn Grave Digger.

Die Frau zog die Knie an und beugte sich auf der Couch vor. »Ich bin zwar blind, aber nicht taub«, sagte sie.

Die fünf Polizisten starrten sie mit gemischten Gefühlen an.

Slick, der ausgestreckt in einem Sessel dicht neben der Wand saß, erinnerte sie drohend: »Halt ja deine Klappe, du Dreckstück.« Sein Gesicht war geschwollen, als wäre er in ein Hornissennest geraten, und seine blutunterlaufenen Augen waren fast geschlossen.

Coffin Ed beugte sich vor und verpaßte ihm noch einen Schlag aufs Maul. Slick rührte sich nicht.

»Schluß damit!« befahl Sergeant Frick scharf.

Grave Digger lehnte an der Wand und blickte in die Ferne.

»Ich möchte eine Aussage machen«, meldete sich die Frau mit müder, lebloser Stimme. »Slick hat den Juden umgebracht.«

Grave Digger stieß sich von der Wand ab, und sein Körper verriet äußerste Anspannung. Die vier anderen Polizisten erstarrten.

Slick richtete sich in seinem Sessel auf. »Miststück, wenn du mir was anhängen willst, mach ich dich kalt, und wenn ich dazu mein ganzes Leben vergeuden sollte«, drohte er mit tödlicher Stimme.

»Bringt ihn raus«, ordnete Frick an.

Grave Digger packte Slick im Nacken und hievte ihn hoch. Coffin Ed griff ihn am Arm.

»Überlassen Sie das Haines – ich brauche Sie beide hier«, sagte Frick.

Der zweite weiße Detective vom Morddezernat fesselte Slicks Hände mit Handschellen auf dem Rücken und führte ihn durch den Flur zur Küche.

»Weiter«, wies Frick die Frau an.

»Slick wußte, daß eine Frau namens Alberta Wright 36 000 Dollar im Lotto gewonnen hatte«, sagte sie.

Der Protokollführer kritzelte alles schnell auf seinen Block.

»Er schlug Susie vor, die Frau zu berauben und das Geld mit ihm zu teilen«, fuhr sie fort. »Er nannte Susie die Adresse und erklärte ihm die Sachlage. Susie ging hin, hatte aber keine Gelegenheit, das Geld zu rauben, weil ihr Freund die ganze Nacht draußen vor ihrem Fenster herumstrich. Aber bevor Susie verschwinden mußte, hatte er mitgekriegt, wie die Frau das Geld in der Matratze versteckte. Als er es dann am Sonntag noch einmal probierte und durch das Fenster schaute, sah er Rufus in der Wohnung. Er ging runter auf die Straße, um zu warten, bis Rufus gegangen war, aber da kam der Jude mit seinem Umzugswagen und fing an, ihre Möbel einzuladen. Es gelang ihm zwar, die Matratze aus dem Möbelwagen zu klauen, aber das Geld war nicht mehr drin.

Er kam dann am Sonntag nachmittag her und berichtete Slick, was passiert war. Slick meinte, daß entweder Rufus oder der Jude das Geld gefunden haben müßte; welcher von beiden, war ihm nicht klar. Er und Susie verließen das Haus und waren dann ungefähr eine Stunde weg.

Als sie zurückkamen, hörte ich ihr Gespräch. Sie hatten herausgefunden, wo Rufus wohnte, waren sich aber nicht sicher, ob er das Geld gefunden hatte, und sie wußten auch nicht, wohin der Jude die Möbel gebracht hatte. Slick beschloß, Rufus zu beobachten. Er trug Susie auf, hier am Telefon auf einen Anruf von ihm zu warten, er werde sich melden, falls er ihn brauchen würde. Der Anruf kam am späten Abend, etwa zwischen halb elf und elf. Als es läutete, ging ich in die Küche und hörte dort am Nebenapparat das Gespräch mit.

Slick erzählte Susie, daß der Jude die Möbel durchsucht und das Geld gefunden habe. Er sagte, er sei Rufus bis zum Lager des Juden in der Bronx gefolgt und habe selbst gesehen, wie der Jude das Geld entdeckt hatte. Er habe dem Juden eine Falle gestellt und ihn umgebracht; wie, davon hat er nichts gesagt, wohl aber, daß der Jude zuvor Rufus das Geld gegeben habe und Rufus damit entkommen sei.

Susie fragte ihn, wie Rufus das denn gelungen sei, und

Slick antwortete, Rufus habe ihn mit einem Messer an der Schulter verletzt. Er schickte Susie zu Rufus' Haus an der Manhattan Avenue, wo er ihm das Geld abnehmen sollte, bevor Rufus es in seine Wohnung bringen und dort verstekken könnte.

Als Slick dann nach Hause kam, gab er mir die Kleidung, die er getragen hatte, und befahl mir, sie zu beseitigen. Dann ging er ins Bad und verband sich die Schulter, und ich mußte ihm drei Opiumpfeifen zubereiten. Bevor er schlafen ging, trug er mir auf, ihn zu wecken, falls Susie sich meldete. Aber Susie hat in der Nacht nicht mehr angerufen, und als Slick aufwachte, war es schon Morgen. Er glaubte, Susie hätte ihn hintergangen. Er hatte sich schon angezogen und wollte sich auf die Suche nach ihm machen, als Susie herkam. Er erzählte Slick, daß er Rufus das Geld abgenommen habe, aber es sei nur Konföderierten-Geld gewesen. Slick nahm ihm das nicht ab.

Susie hatte irgendeinen Plan, mit dem er Sweet Prophet das wertlose Geld andrehen wollte, und Slick spielte mit. Sie gingen gemeinsam raus und kamen ein paar Stunden später mit dem Geld zurück, das sie erschwindelt hatten. Aber Slick war damit nicht zufrieden. Er glaubte immer noch, Susie würde ihn betrügen. Sie gingen wieder, als Slick zur Arbeit mußte – er ist einer der Auszahler bei Tia Juana –, und als sie zurückkamen, brachten sie Dummy mit. Es gab eine Schlägerei, und Slick bedrohte Dummy mit seiner Pistole.

Später hat Slick einen Kautionsvermittler beauftragt, die Hinterlegungssumme für Alberta Wright zu stellen. Als der Agent gegen acht Uhr anrief und berichtete, daß Alberta Wright auf freiem Fuß war, gingen sie alle wieder fort und kamen erst ein paar Minuten vor den beiden Polizeibeamten hierher zurück.«

Sie brach abrupt ab und wartete darauf, daß sich jemand anders zu Wort meldete.

Frick sah von Grave Digger zu Coffin Ed. »Glauben Sie das?« fragte er die beiden.

Die Detectives schauten einander an.

»Kann sein«, antwortete Grave Digger. »Es paßt alles genau zusammen.«

»Es ist aber nicht mehr als eine Aussage«, meinte Frick. »Sie hat keinerlei handfesten Beweis geliefert.«

»Sie finden die Kleidungsstücke, die Slick getragen hat, in meiner Reisetasche im Schlafzimmerschrank«, sagte sie. »In der Jacke steckt eine Brieftasche, die vielleicht mehr Aufschluß gibt. Außerdem lassen sich bestimmt ein paar Spuren an seinem Wagen sicherstellen – möglicherweise ist er irgendwo in Blut getreten oder so etwas.«

»Holen Sie die Tasche«, befahl Frick, aber Coffin Ed war bereits auf dem Weg. Die Tasche enthielt einen Anzug mit Blutflecken um einen kleinen Schnitt an der Schulter, genauso wie sie es geschildert hatte. In der Innentasche der Jacke befand sich eine alte, abgenutzte Brieftasche mit einem halben Dutzend Cellophanhüllen, in denen Lizenzpapiere und Ausweise auf den Namen Abraham Finkelstein steckten.

»Das dürfte genügen«, meinte Frick. »Aber da sie seine Frau ist, wird man sie nicht als Belastungszeugin zulassen, und wir sind auf ihre Aussage angewiesen, um ihn zu überführen.«

»Ich bin nicht seine Frau«, sagte sie wieder mit ihrer müden, leblosen Stimme. »Ich bin nur eine Frau, die durch seine Faustschläge erblindet ist.«

Während der verlegenen Stille, die folgte, sah keiner den anderen an.

»Hast du ihr das abgekauft?« fragte Coffin Ed, als sie gemächlich über die Seventh Avenue zu ihrem Revier zurückfuhren, um ihren Bericht zu schreiben.

»Zum Teufel, nein«, antwortete Grave Digger mit einem erstickten Lachen.

»Wahrscheinlicher ist wohl, daß Rufus den Juden umgebracht hat.«

»Natürlich war es Rufus.«

»Und es war Susie, der Rufus überfallen hat, um an das Geld heranzukommen«, folgerte Coffin Ed.

»Genauso stelle ich es mir auch vor«, stimmte Grave Digger zu. »Susie hatte Slicks Wagen und folgte damit Rufus in die Bronx. Auf dem Rückweg war er vor ihm wieder bei der Wohnung, hat Rufus dort aufgelauert und ihn erstochen.«

»Aber so, wie sie es erzählt, wird es sich für jeden plausibler anhören«, meinte Coffin Ed.

»Genau, sie wird mit ihm abrechnen«, bestätigte Grave Digger.

Dummy erwähnte nichts von dem hellbraunen Pullover mit dem Blutfleck an der Schulter, den er in Susies Hotelzimmer gefunden hatte, und die Polizei entdeckte ihn nie. Die Aussage der Frau blieb unwiderlegbar.

24

Sechs Tage lang lag Alberta in einem Krankensaal mit neun anderen Frauen. Ihr Kopf war von Bandagen umhüllt, ihr flaches, hübsches braunes Gesicht blieb düster.

Polizisten kamen zu ihr, Freunde kamen zu ihr, Sugar Stonewall kam zu ihr, Dummy kam im Rollstuhl aus einem anderen Krankensaal zu ihr. Mit keinem von ihnen sprach sie auch nur ein einziges Wort. Sie lag da mit festgeschlossenem Mund und sagte nicht mal hallo.

In dieser Zeit wuschen mitfühlende Pflegerinnen ihren Kittel und putzten ihre ehemals weißen Schuhe.

Am siebten Tag, wieder einem Montag, nahm sie wie üblich schweigend ihr Frühstück ein. Dann brachte die

Schwester ihr die Kleider und gestattete ihr, aufzustehen und ein paar Schritte im Krankensaal zu gehen.

Sie zog ihren frischgewaschenen weißen Kittel an und schlang sich ihr rosa kariertes Handtuch um den bandagierten Kopf. Zwei-, dreimal wanderte sie im Saal auf und ab, dann ging sie hinaus auf den Korridor. Niemand hielt sie zurück, niemand schien Notiz von ihr zu nehmen.

Wie vom Instinkt geleitet, ging sie hinunter in die Küche. Es war eine große Küche, in der eine Menge Leute arbeiteten, allesamt weiß gekleidet. Der Küchenchef hielt sie für eine neue Aushilfe und trug ihr auf, Kartoffeln zu schälen.

Sie nahm ein langes, scharfes Schälmesser, setzte sich auf einen hölzernen Hocker vor einem Zwanzig-Liter-Bottich mit Kartoffeln und machte sich an die Arbeit. Gegen halb elf war sie mit dem Eimer fertig. Sie machte Schluß, steckte das Messer in die Tasche ihres Kittels, stand auf und verließ die Küche. Intuitiv steuerte sie auf den Personalausgang zu. Der diensthabende Pförtner beachtete sie kaum, als sie auf dem Weg nach draußen an ihm vorbeiging; für ihn sah sie wie jede andere Hilfskraft im Krankenhaus aus.

Über die Lenox Avenue war es nicht weit bis zur 116th Street. Niemand auf der Straße schenkte ihr auch nur die geringste Beachtung.

In der 116th Street ging sie rüber zum Tempel des Wunderbaren Gebetes und stieg dann die Treppe hinauf zu Sweet Prophets Audienzsaal.

Elder Jones gratulierte ihr, daß sie wieder auf den Beinen war, und bat sie zu warten, während er nachsehe, ob Sweet Prophet sie empfangen könne.

Sweet Prophet saß hinter seinem Schreibtisch. Er trug dasselbe prächtige Gewand wie am vergangenen Montag, als sie ihn das letzte Mal gesehen hatte. Offenbar war es sein Montagskostüm.

Als Elder Jones ihm mitteilte, daß Alberta Wright ihn

sprechen wolle, rief er ungehalten aus: »Schon wieder diese Frau! Mein Gott, sie hat wohl mehr Leben als eine Katze!«

Dennoch ließ er sich überreden, ihr eine Audienz zu gewähren.

Mehr denn je sah er wie die aufgehende Sonne aus, als sie vor ihn trat. Die Hände in den Taschen ihres Kittels, ging sie auf seinen Schreibtisch zu. Die Sekretärin, die hinter dem Propheten stand, blickte sie mitleidig an.

Sweet Prophet wühlte in seiner Tasche nach der Brotkrume, die sie seiner Meinung nach empfangen wollte. Mit gütiger Miene schaute er auf und sagte: »Mein Kind, was bewegt dich heute?«

Sie stützte sich mit einer Hand auf den Schreibtisch, riß mit der anderen das Küchenmesser aus der Tasche und rammte es ihm mit solcher Wucht in die linke Brustseite, daß nur noch der Griff herausragte.

Er stöhnte auf und sank wie ein Stein vornüber auf die Tischplatte.

Zwanzig Minuten später verkündete man den Menschen, die sich unten auf der Straße versammelt hatten, die Meldung des Harlem Hospitals, Sweet Prophet sei außer Lebensgefahr.

Die Klinge war in den linken Lungenflügel eingedrungen, hatte aber die Aorta um Haaresbreite verfehlt.

Inzwischen saß Alberta, von glotzäugigen Polizisten umringt, im Harlemer Präsidium.

Endlich traf auch Sergeant Ratigan ein, der Diensthabende vom Morddezernat, der von Anfang an den Fall bearbeitet hatte. Er war in Begleitung seines eigenen Protokollführers und begab sich nun zum Verhör in das Büro des Captains vom Revier. Der Captain und mehrere seiner Detectives wohnten der Vernehmung bei.

Alberta saß auf einem Stuhl mit gerader Rückenlehne und wirkte angesichts des großen Aufgebots an Beamten hinter dem Schreibtisch reichlich abgeklärt und entmutigt.

»Warum haben Sie das getan, Alberta?« fragte Ratigan in einer Stimmlage, die er irrigerweise für liebenswürdig hielt.

»Er hat mein Geld gestohlen«, erwiderte Alberta im weinerlichen Tonfall ihrer Südstaatenstimme, den sie sich für Gespräche mit Weißen angewöhnt hatte.

Ratigan riß verblüfft die Augen auf, konnte sich aber gerade noch kontrollieren. »Wie hat er Ihnen denn Ihr Geld gestohlen?« fragte er, als unterhalte er sich mit einem Kind.

»Ich hab es ihm gegeben«, antwortete sie.

»Oh«, entfuhr es Ratigan. »Aber das heißt doch nicht, daß er es gestohlen hat.«

»Nee, Sir, aber er hat es nicht zurückgegeben.«

»Schön, das wollen wir jetzt mal klarstellen«, meinte Ratigan. »Sie gaben ihm das Geld, und er hat es Ihnen nicht wiedergegeben. Haben Sie es denn von ihm zurückverlangt?«

»Nee, Sir, ich hab ganz vergessen, daß ich's ihm gegeben hab.« Langsam und zunächst unhörbar begann sie zu weinen.

»Schon gut«, sagte Ratigan. »Regen Sie sich nicht auf. Lassen Sie sich Zeit, und erzählen Sie mir ganz in Ruhe, was passiert ist.«

Sie schluckte. »Am Sonntag morgen bin ich zu ihm gegangen, um ihm den Betrag für die Taufe zu geben«, begann sie. »Und ich hab ihm erzählt, daß ich zur Religion finden müßte, weil ich doch all das Geld im Lotto gewonnen hatte.«

»Das waren 36 000 Dollar, richtig?« fragte Ratigan.

»Stimmt, Sir, aber ich hatte nur noch 29 400 übrig.«

»Egal, fahren Sie fort«, drängte Ratigan.

Alle Anwesenden im Raum fixierten sie mit mißtrauischen Blicken, den Mund dabei halb geöffnet, als bekämen sie kaum Luft.

»Er hat mir gesagt, ich solle ihm fest in die Augen blicken«, fuhr sie fort, »und das habe ich dann getan, bis in meinem Kopf alles ganz leer zu sein schien und ich nur noch seine Augen sah. Dann sagte er: ›Du wirst jetzt genau das tun, was ich dir sage.‹ Und ich hab geantwortet: ›Ja, Sweet Prophet.‹ Er sagte: ›Geh zurück in deine Wohnung, hol alles Geld aus dem Versteck, und bring es mir.‹ Ich sagte: ›Ja, Sweet Prophet.‹

Dann bin ich gegangen und hab das Geld geholt und bin wieder zu ihm und hab es ihm gegeben. Er hat es genommen und weggesteckt, und dann hat er mir wieder in die Augen gesehen und gesagt: ›Du wirst jetzt alles vergessen, was du getan hast, nachdem du in dieses Zimmer gekommen bist.‹ Und ich hab gesagt: ›Ja, Sweet Prophet.‹

Dann wußte ich nur noch, daß ich dagesessen und mit ihm über die Taufe gesprochen hatte, aber alles andere hatte ich vergessen. Ich hatte keine Ahnung, wo mein Geld abgeblieben war, bis ich im Krankenhaus von der Gehirnerschütterung aufgewacht bin. Da hab ich mich dann an alles ganz genau erinnert. Er wußte ja, daß ich nach meinem Geld gesucht hab, und hat es mir trotzdem nicht wiedergegeben.«

Sie brach in lautes Jammern aus, und ihr grobschlächtiger Körper wurde von unkontrollierbaren Krämpfen geschüttelt.

Die hartgesottenen Polizisten starrten sie respektvoll an.

»Er hat bestimmt gemeint, ich hätte nie was von Hypnose gehört«, lamentierte sie. »Er hat mich für einen total blöden Trottel gehalten. Dabei mußte er mich gar nicht hypnotisieren und mein Geld nehmen und es verstecken«, plärrte sie. »Ich hätte ihm ja alles gegeben, wenn er ganz offen zu mir gekommen wäre und darum gebeten hätte.«

Ratigan gaffte sie fassungslos an. »Wollen Sie etwa sagen, Sie hätten dem Scharlatan alles bis auf die letzte Kröte von diesem Riesengewinn gegeben, wenn er nur darum gebeten hätte? Großer Gott, warum denn nur?«

»Weil ich an ihn geglaubt hab«, antwortete sie und schrie jetzt fast hysterisch. »Genau darum. Wenn Sie 'ne schwarze Frau wie ich wären, dann würden Sie auch was brauchen, woran Sie glauben können.«

Sergeant Ratigan hatte sie im Verlauf des Verhörs eigentlich fragen wollen, warum sie mit Slick und Susie in ihre leere Wohnung gegangen war, wo die beiden sie dann mißhandelt und niedergeschlagen haben, aber jetzt hatte er nicht mehr den Mut dazu.

»Es besteht die Chance, daß das Gericht Sie freispricht, wenn der Prophet durchkommt, und das scheint der Fall zu sein«, tröstete Ratigan sie. »Jetzt ziehen Sie aber nicht gleich los und stechen auf Ihren Freund, diesen Sugar, ein. Der überlebt das vielleicht nicht, und dann sieht es böse für Sie aus.«

Sie blickte ihn verständnislos an. »Was hat er denn getan?«

Ratigan wurde verlegen. »Na ja, ich dachte, Sie hätten gewußt, daß er es auch auf Ihr Geld abgesehen hatte.«

Ein zaghaftes Lächeln schaute hinter ihren Tränen hervor. »Oh, deswegen bin ich ihm doch nicht böse«, sagte sie. »War doch ganz normal, daß er das versucht hat.«

Ratigan schloß das Verhör ab. Eine Aufseherin kam und nahm sie in Gewahrsam, bis der Wagen vom Gefängnis eintraf und sie wieder in die Stadt brachte, wo für den nächsten Morgen ihre Verhandlung anberaumt war.

Kaum hatte sich der Schlüssel hinter ihr im Schloß gedreht, da fing sie an zu singen:

»I'm blue
But I wont be blue always
'Cause the sun's going to shine in my back door
Some day.«

Einige Tage später, als farbige Reporter ihn fragten, warum er Albertas Geld an sich genommen habe, antwortete Sweet Prophet: »Ich brauchte es. Heutzutage braucht man viel Geld, um Prophet zu sein. Denken Sie doch mal an die hohen Lebenshaltungskosten.«

Weitere Bücher im Unionsverlag …

Amerika im Unionsverlag

Calamity Jane
Briefe an meine Tochter
Schon zu Lebzeiten, als sie durch den Wilden Westen ritt, hat sie Phantasien erregt und Gemüter erhitzt. Für Hollywood wurde sie von Jane Russell und Doris Day verkörpert. Doch die Frau hinter dem Mythos blieb unbekannt. 128 Seiten, UT 73

Anne Cameron
Töchter der Kupferfrau
Ein Zyklus von Geschichten zur Entstehung der Menschen nach den Überlieferungen der Nootka-Indianerinnen auf Vancouver Island: Kupferfrau ist die Urmutter, ihre Kinder zeugen die Menschen. Frauen planen und bauen das Haus, entwickeln die Gemeinschaft, schaffen eine solidarische Welt. Dann kommen die weißen Eroberer. 160 Seiten, UT 79

Joan Clark
Der Triumph der Geraldine Gull
Am Rande der Hudson Bay, zwischen der Baumgrenze und den Eisbergen, liegt verloren und vergessen das Indianerdorf Niska. Ein Fluch scheint über ihm zu liegen, bis die rätselhafte, unbezähmbare Geraldine Gull mit ihrer Vision den Bann bricht.
400 Seiten, gebunden

Francisco Coloane
Feuerland
Wenige Seiten genügen Coloane, um unvergeßliche Porträts jener Goldsucher, Walfänger, Robbenjäger, verlorener Gauchos, gestrandeter Matrosen, Aufständischer, Desperados aus aller Welt zu skizzieren, die auf der Suche nach Glück und Reichtum durch die endlose Weite Patagoniens und Feuerlands streifen. 200 Seiten, gebunden

Literatur aller Länder im Unionsverlag

Tschingis Aitmatow
Dshamilja
Im Vorwort zu dieser Neuausgabe hält Aitmatow Rückschau auf die Geschichte von Dshamilja und Danijar, die »zur schönsten Liebesgeschichte der Welt« wurde. 94 Seiten, gebunden oder als UT 1

Salim Alafenisch
Das Kamel mit dem Nasenring
Nach dem Sturm in einer rauhen Winternacht hält der Stammesälteste die Zeltbewohner mit einer Geschichte wach. Sie ist länger als ein Kamelhals, denn es ist die Geschichte eines Beduinenstammes. 192 Seiten, UT 63

Assia Djebar
Weißes Algerien
Mit ihren Erinnerungen an die Toten Algeriens beschwört Assia Djebar ein genau beobachtetes Bild der neueren Geschichte Algeriens, an der sie selbst engagiert teilhat. 240 Seiten, gebunden

Mahmud Doulatabadi
Die Reise
Seit Monaten wartet Chatun auf ein Zeichen ihres Mannes, auf das versprochene Geld, auf einen Brief. Weil keiner mehr Dreschflegel und Hakenpflüge kauft, seit es Traktoren gibt, mußte er in den Golfstaaten Arbeit suchen. Wie soll eine Frau, allein mit Tochter und Großmutter, überleben? 120 Seiten, gebunden

Patricia Grace
Drei Cousinen
Drei Maori-Mädchen wachsen gemeinsam auf, werden auseinandergerissen und finden am Ende ihrer Lebenswege wieder zusammen. Patricia Grace zeigt in ihrem Hauptwerk eine vielfältig aufgebrochene Maori-Gemeinschaft, die im Sog der modernen Gesellschaft auseinanderzubrechen droht. 348 Seiten, gebunden

---

1781